LOCUS

LOCUS

LOCUS

L O C U S

在時間裡，散步

walk

walk036

文學關鍵詞100：給入門者的通關祕笈

作　　者　呂珮綾、班與唐、秦佐、陳泓名、陳冠宏、盞彧
總 顧 問　朱宥勳
編　　輯　林盈志
封面設計　兒日設計
版型設計　兒日設計
內頁排版　江宜蔚
校　　對　呂佳真
出 版 者　大塊文化出版股份有限公司
105022 台北市松山區南京東路四段25號11樓
www.locuspublishing.com
電子信箱　locus@locuspublishing.com
服務專線　0800-006689　電話：(02) 87123898　傳真：(02) 87123897
郵撥帳號　18955675　戶名：大塊文化出版股份有限公司
印務統籌　大製造股份有限公司
法律顧問　董安丹律師、顧慕堯律師
總 經 銷　大和書報圖書股份有限公司
新北市新莊區五工五路2號
(02) 89902588 (代表號)

初版一刷：2025年1月
初版二刷：2025年4月
定　　價：新台幣420元
ISBN：978-626-7594-40-7

國家圖書館出版品預行編目（CIP）資料

文學關鍵詞100：給入門者的通關祕笈／呂珮綾, 班與唐, 秦佐, 陳泓名, 陳冠宏, 盞彧著. -- 初版. -- 臺北市：大塊文化出版股份有限公司, 2025.01
面；公分. -- (walk ; 36)
ISBN 978-626-7594-40-7(平裝)

1.CST: 文學 2.CST: 寫作法
811.1　　113019174

100 Keywords
in Literature for
Beginners

給入門者的通關祕笈

文學關鍵詞

100

朱宥勳 總顧問

呂珮綾、班與唐、秦佐、陳泓名、陳冠宏、盞或——著

目次

CONTENTS

第二區 圈內行話 179

第三區 文學理論 319

序——路障與繩梯

不少初次接觸文學的人，可能都遇過這類情況：明明自己讀過了某本書，讀完覺得還算明白；但一翻看書評或推薦序，卻反而被這些專家的評述搞昏了頭。專家說某小說「節奏張弛有度」，或說某詩「意象精準」，或說某本書的「形式略顯粗糙」……奇怪了，我們自己閱讀的時候，怎麼就沒看到「節奏、意象、形式」在哪裡？莫非他們都有通靈之術，能看到我們看不到的東西？

這還沒完，如果你再交叉比對同一作品的不同評論，頭只會更暈。某甲說一本詩集「富含音樂性」，某乙卻說同一本詩集「放棄追求音樂性」，這到底怎麼回事？為什麼同樣是文學前輩，竟然會做出火車對撞的結論？這時候，你可能會想先去搞清楚他們使用的這些名詞是什麼意思，於是上維基百科查了一下——恭喜你，你又會遇到新一波災難：維基百科要不是沒有相應詞條，要不就是有詞條了，但寫得詰屈聱牙。你為了查詢一個自己不懂的專有名詞，又誤吞了十個新名詞。現在好了，如果繼續查下去，會不會一路查到下個月圓之日，還沒辦法解答最初的疑惑？

——文學人到底有什麼毛病，要搞出這麼多複雜的詞彙？

這本《文學關鍵詞100》，就是為了協助新手讀者和新手作者解決上述困惑而生的。不瞞你說，每個看起來學識淵博的作家、學者、評論家，一開始接觸「文學」的專業知識時，大概都有和你一樣的困惑。只是，他們可能憑著強大的意志力，在漫長年月的跌撞摸爬裡，終於久病成良醫，熬出一套自己的心法。然而，並不是所有人都有義務如此苦熬，也並不是只有這麼一條天堂路，才能讓人爬進文學殿堂。只要有適當的引導和說明，很多文學名詞，及其背後的理論體系，其實並沒有想像中困難。

秉持此一信念，文學團體「想像朋友寫作會」的一群年輕寫作者集結起來，共同編寫了這本《文學關鍵詞100》。本書由班與唐、陳泓名、秦佐、盞彧、陳冠宏和呂珮綾六位作者主筆，每人負責十餘條詞彙的編寫。我則負責數篇導言和最後的文字修潤。從文學圈「排資論輩」的習性來看，這些作者都稱不上資深，並不是文學史裡的名宿。然而，我認為這正是本書最大的優點——他們都是剛出一、兩本書，或者即將出書的新人作家／準作家，這也意味著，他們的閱讀品味、養成背景、用語習慣，最能貼近「新人讀者／新人作者」之所需。如果找一批中研院院士和國家文藝獎得主來編寫同樣一本詞典，或許能寫出功力精純、思想深邃之作，但這會不會又回到文章開頭的那種困境裡呢？

因此，本書的定位不是「老師教你」，而是「學長姊帶你」。就像我們參加學校社團，那些比我們早幾年踏進圈子的學長姊，正好經歷完一輪新鮮熱辣的成長歷程。他們最知道新人哪裡會搞不懂，哪裡會需要出手扶一把。

這也是為什麼我們會採取「詞典」的形式，而非寫一本「文學導論」。市面上優良的文學導論很多（比如湯瑪斯・佛斯特〔Thomas C. Foster〕《教你讀懂文學的27堂課》〔*How to Read Literature Like a Professor*〕），但新手就算讀通了這些導論，實際進入研討文學的場合時，還是會被大量的陌生名詞淹沒。相對的，提供給新人的「詞典」型著作就非常少見了。懂行的人或許能舉出雷蒙・威廉斯（Raymond Williams）的《關鍵詞：文化與社會的詞彙》（*Keywords: A Vocabulary of Culture and Society*）和廖炳惠的《關鍵詞200：文學與批評研究的通用辭彙編》，這兩本書確實非常經典，也對本書的編寫有極大的幫助。但讓我們面對現實吧：它們顯然都不是為了「新人」而寫的，不是為了普通讀者或有志創作者，最能從它們獲得益處的，應當是有志於成為學者的人。然而，學者及其學徒，會是最大宗的文學讀者嗎？不應該是，我們也不希望是，對吧？唯有更多的普通讀者，才能支撐起具規模的文學體制。

前述種種考量之下，這本《文學關鍵詞100》便形成了如今的樣貌。我們花費三年多的時間籌備本書，先以網路問卷的方式，收集了人們最好奇、最困惑的文學關鍵詞。經歷多次會議討論後，我們最終篩選出一百個常用詞條，並且開始了馬拉松式的編寫過程。每個詞條，我們都盡力控制在千餘字左右的篇幅，以求言簡意賅地讓新人入門。當然，某些實在太過複雜的概念，字數還是可能稍微膨脹。編寫時，我們也依循如下原則：

1、盡量以直述句提供明確的定義（是什麼）與區分（不是什麼），避免讀者越讀越糊塗。

2、盡量簡要勾勒歷史脈絡，適度提及經典的作家、作品與學者。

3、盡量以台灣文學或當代流行文本為例，一方面說明詞彙的內涵，一方面也方便讀者延伸閱讀，使理論概念能落實到文本裡。

當然，以這樣的規格來介紹「意象」、「主題」甚至是「後現代」、「存在主義」這類內涵複雜的名詞，勢必有所簡化。本書裡的任一詞條，都是寫成一篇論文、甚至寫成好幾本書也不奇怪的規模。在此，我們取捨的標準是「以新手讀者／新手創作者的需求優先」，先思考新手會在什麼場合聽到、在什麼情境使用這些詞彙，再決定優先提及哪些內容。比較細緻的學術脈絡，就只能暫且割捨。如果讀者有興趣進一步探索，我們也會在詞條內文盡量提及相關的關鍵詞，留下延伸閱讀的線索。總之，我們希望能轉化這一百個常用的文學詞彙，讓它們從「路障」變成「繩梯」，讓人們能深入文學殿堂。

也因為詞條數量不少，在全書結構上，我們便稍作設計，將詞條依序分成「創作觀念」、「圈內行話」和「文學理論」三區，每一區也都有簡要導言。各詞條可以獨立閱讀，真的當「詞典」來查閱；也可以依照我們安排的順序，逐步建立文學觀念。當然，三個區塊的分類並不真的涇渭分明（比如，我們要怎麼說「存在主義」只是文學理論，而無涉創作觀念？「陌生化」又怎麼會只是創作觀念，不是文學理論或圈內行話？），只是透過大致的分區，建立由淺至深、由單點而體系的閱讀引導。在閱讀過程裡，讀者也會自然發現，許多詞條之間互相關涉咬合，終究會形成一套四處連通的網路。如果你一路讀下去，逐漸有左右逢源、前後呼應之感，恭喜你，你對文學的理解已然更進一步、略有小成了！

最後，我要特別感謝六位作者的投入與耐心。在過去三年內，他們幾乎每個月都要剋期完成一定數量的詞條，並且協助審閱他人的詞條。初稿完成後，又分別經歷了二到三輪的修改，其中甘苦，是遠遠超過他們所能獲得的報酬的。如果在我還是文藝青年的時代，就有這麼一群「學長姊」的引導，想必能少走很多冤枉路吧。而雖然我們已經竭盡全力，但本書涉及層面之深之廣，是不可能沒有缺漏或偏重的。我們不揣淺陋，推出這本《文學關鍵詞100》，也是希望提供一個起點，讓文學圈對我們常用的名詞，能有一套討論的「本事」，哪怕是糾正、辯駁、顛覆，也起碼有一個基礎，不至於讓圈外人覺得我們總是在抽象概念裡買空賣空。如果順利，我們也期待這本《文學關鍵詞100》可以如同國外許多文學入門書一樣，隨著時代變化而不斷改版、增補。畢竟，文學關鍵詞從不是固定不變的。它不應是路障，可以是繩梯，更應是文學史的琥珀，為我們保留每一個時代的文學基因。

閒話休提，讓我們言歸正傳吧。下一頁開始，就是詞典的正文了。祝你旅途愉快，每一步攀登都能找到穩固的落腳處。

第一區

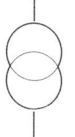

創作觀念

培養高手的眼力

第一次被要求寫「讀書心得」作業時，你是不是也有過「不知從何講起」的感受？即便你把一本書前前後後翻透了，還是不知道老師要求的「自己的心得」在哪裡。

這其實不是你的錯，你只是還沒練出「眼力」。

雖然絕大多數人都有眼睛、能識字，但我們很少意識到，每個人的「眼力」是完全不同的。會攝影的人，一眼就能從雜亂的現實景色裡，「框」出合適的構圖。會看棒球的人，在球打出去的瞬間，就知道眼睛要移去哪一個角度等待。專業的水電師傅，總能從些許跡象裡，辨識出房子的管線問題。連動物都有自己的眼力：在人類看來如茵一片的草原，在牛看來，卻是「好吃、難吃、不能吃」的紛繁沙拉盤。

在文學領域也不例外，好的文學讀者，也有自己的「眼力」。

「創作觀念」這一區塊，就是一系列能夠培養「眼力」的詞條。本區收錄四十四條，涵蓋文學創作的基礎觀念。這些名詞都是文學人琅琅上口，彼此溝通的「日常用語」；同時，它們也是拆解文學作品的工具箱。歸根究柢，文學作品並不滿足於「把話講清楚」，而更要「把話講漂亮」，是一種帶有藝術性的「秀」。因此，對於作者與讀者來說，如何把作品寫漂亮、如何精準辨識一部作品為何漂亮，就是文學活動最核心的關懷了。

有趣的是，讀者往往不需要太深刻的訓練，就能夠體驗一部作品——不管他的體驗是否美好。對大多數讀者而言，讀後有感，閱讀的基本目的便已達成，無須過多探究。但如果你要講清楚「為什麼我覺得這篇小說很好、這首詩很差」，那就需要更精確的「眼力」了。面對「讀書心得」而不知所措的小學生，並不是讀不懂書、也不是沒有心得，只是沒有「眼力」，不知道該注意作品的哪些部分，也無法辨識各個部分之間，如何組合激盪出他所感受到的效果。普通讀者與高手讀者的差別就在於，前者讀書讀到的是一顆顆的「字」和一條條「資訊」，但高手讀者能分辨輕重緩急，知道有些資訊特別重要，知道每顆字詞功能不同，有主有次。就像牛可以在草原裡認出最好吃的草一樣。

因此，你可以把本區塊的詞條，當作一系列「建立眼力」的訓練流程，順勢通讀過去。當然，你也可以跳讀跳查，只針對你需要的部分來補強。大致而言，本區塊的前半部分，會先羅列所有文學作品都共通的基本原理——比如第一條「形式／內容」的區分，便是不分文類、流派，都需要先搞清楚的分析框架。本區塊後半部，則會帶入各文類專門的術語，比如來自小說的「敘事觀點」、來自戲劇的「三一律」和來自新詩的「迴行」。不過，我們雖然大致以「普遍到特殊」的原則來排列，但並沒有特別強調邊界。畢竟許多文學概念會彼此借鑑，界線並沒有那麼分明——比如新詩有「音樂性」，但散文或小說又何嘗沒有？小說或戲劇強調「衝突」，但在散文與新詩裡，這項要素也並不罕見。

清大中文系的蔡英俊教授曾在一堂課程裡說到：人文學科的核心，說穿了就是「看得出來、講得清楚」。聽起來並不太難，但由於人文現象——文學當然是一種人文現象——本身的複雜性，要能跨過這道門檻，卻沒有想像中容易。希望在「創作觀念」的這些詞條洗禮之後，你也能成為「看得出來、講得清楚」、有眼力的高手讀者。甚至，你也許還能更進一步：把這些觀念融入血肉，成為通透文學原理的創作者。

誰說你只能寫「心得」呢？也許可以是你寫書給別人讀呢。

形式／內容

形式（form）與內容（content）是任何創意產出、創作領域，都必須面對的重要課題：文學、繪畫、雕塑、塔羅牌、音樂，或是一幅在NFT市場販賣的猴子插圖。乍看之下，明明「形式」與「內容」截然不同，能夠分開討論——單以文學而言，形式著重的是關於人物塑造、情節高潮、格律結構等技巧，是作品的「骨架」基底；而內容則探問文學作品的核心主旨、意義、價值觀，是文學作品的「血肉」裡層。用一句話說得更直白：形式是探問作品「如何說」它，而內容則是作品它「說了什麼」。但若是要回到實際的創作面，兩者其實無法割裂，它們必須要互相完整。

是的，所以這本書當然不會、也無法告訴你任何簡單的分法「形式就是××」、「形式不是××」、「內容是形式以外的○○」。任何一個寫作者，從來都無法輕易畫出兩者的界線。甚至，如果單純只是以「讀者」角度出發，其實也不太需要在閱讀過程中去區分何處是形式、何處是內容——看電影時，我們是被主角的動機吸引，還是因為鏡位的拍攝與美術色調？一首詩結尾的韻味，是來自於作者對生命的獨特體察，還是分行斷句帶來製造的效果？長期關注台灣文史、妖異傳說的瀟湘神《臺北城裡妖魔跋扈》一書裡的「共同作者」兼「小說人物」新日嵯峨子，是小說家筆下的形式或內容？我們可以去分開來個別細談，當然也可以兼得享受。

不過，對於每一個剛起步、打算投入寫作的人來說，不免總得思考如何去拿捏兩者的關係。台灣當代重要詩人楊牧曾在《一首詩的完成》這本書信體的散文集裡，自述過這樣的迷惘：「我一度深為內容和形式孰先孰後感到困惑，那是少年時代，當我開始執筆要寫一些什麼東西的時代——」因此，楊牧開始試圖模仿各種詩型、臨摹連自己也不確知意義的格律、甚至強記各種辭藻來填充自己的詩行。但楊牧後來很快便厭倦了這般制式途徑，便轉向追求現代詩中的敦厚與真摯。

然而，十七歲的楊牧曾經走過一遭的遠路，並不只是出於臨摹格律、學習不同詩型的形式練習。事實上，許多優秀作家對於「形式」技術層面的關心，也往往並不少於對「內容」的追求。這個困惑，只是尚在辯證「內容該如何安置」的問題。在這封寫給年輕詩人的信中，彼時已經四十八歲的楊牧寫道：「形式是活的，不是死的，因為死的是規律，而詩不要規律。內容呢？內容是中性的，天下無事不可入詩。」

因此，這不是選擇題。你媽和你（男）女友都掉進水裡了要救誰？都救好嗎。你有兩隻手。畢竟「形式」與「內容」總是互為表裡，缺一不可。

有趣的是，所謂「形式」與「內容」兩者之間，其實也不一定會是互相調節的關係。尤其在前衛藝術或是超現實主義（見360頁）的表現手法中，它們也可以去互相衝撞、刺激、異議彼此。只要你有志於創作，那你終究得非常認真地面對這個問題：屬於你自己的「形式」與「內容」的結晶體，究竟是什麼？你希望它是什麼？

很難，但它是永遠會值得你以生命去尋找的事情。永遠會值得。

002

隱喻

「隱喻」（Metaphor）最早是修辭學概念，原意是希臘語中的「轉換」一詞。Meta本身有「超越、之外」等意思，而phor是「傳送」。有趣的是，在現代希臘文中如果使用「metaphor」，則用以指把行李移到馬車或電車上的載運工具。如果放在文學，或許也可以想像成：將作者的感受與思想轉移到故事的「載運」過程。

提到「隱喻」這個概念，你或許也會接著聯想起明喻、轉喻、換喻等國文課曾經提過的修辭概念，甚至想起那個暴力的考題拆解法：句子裡有「是、為、乃」是隱喻；而「像、彷彿、比較」則是明喻。但在文學上（尤其在詩歌中）更常出現的，多半是「隱喻」的修辭。隱喻是以「兩物之間的相似性」來作為「間接」暗示的比喻。透過想像、暗示的方式將A物視作B物——儘管A與B本身各自無關，但藉由兩者之間某些幽微而相通的性質、情感或想像，便能迸發出新意。

所以「明喻」和「隱喻」最大的區別是：明喻有強烈的從屬關係，主體明確，但隱喻則否之。以王鷗行（Ocean Vuong）的自傳體小說《此生，你我皆短暫燦爛》（*On Earth We're Briefly Gorgeous*）的兩段句子來看：

其一，是一段短小而充滿張力的同性情愫：「我們坐在田邊工具間的屋頂，夏日快結束，但熱氣依舊，襯衫像未蛻之皮黏在身上。」這是明喻。

其二，描寫戰亂、女性、在美國年輕士兵槍口之下的移民者時，生於越南、兩歲隨著母親搬到美國的王鷗行如此寫道：「女人站在自己的一圈尿中。不。她腳底的不是尿，而是真人大小的句點，標記她的句子結束，她還活著。」這是隱喻。

前者藉由暑氣、黏稠的氛圍，能讓人清楚意識到襯衫的狀態（與某種曖昧的官能性）；然而，後者所要呈現的幽微處境，幾乎是難以用「具體」所承載的向度。

另一個廣受談論的「隱喻」經典案例，當屬著名的英國文豪、劇作家威廉·莎士比亞（William Shakespeare）在《皆大歡喜》（*As You Like It*）中的句子：「世界是一座舞台，所有男人和女人只是演戲的人；他們有各自的出場及進場。」（All the world's a stage,/ And all the men and women merely Players;/ They have their exits and their entrances.）第一層隱喻以「舞台」勾勒出世界的輪廓，到了第二層隱喻則將「男人」與「女人」視為舞台的表演者，暗示人類也只不過是穿梭其中（世界）的一員，所謂的「進場」與「出場」同時隱喻了人的生與死。透過隱喻的重重焊接，莎士比亞成功塑造了一種極具說服力的連結。

在一九八〇年代，許多語言學家就已經認為，隱喻不只存在於修辭中，其實在人類的普遍思維與日常行為裡，隱喻也無所不在。因為我們所思維、記憶、行動的概念系統，其實本質上就是「隱喻性」的。我們藉由不斷打比方的過程，在許多「相似」裡開創出新的事物，用以認知或者顛覆世界既有的觀點。

自此，對於有志於文學的寫作者來說，如果在路上隨機遇見一個（或是許多個）隱喻：停下來思考，玩耍，甚至互相狩獵，大概也只是再平常不過的事。

意象

在西方的語境中，所謂「意象」（image，又譯「心像」）這個源自於拉丁文的詞彙，是由榮格引入精神分析的心理學名詞，後來在藝術、文學領域上被廣泛使用。美國理論家韋勒克（René Wellek）、華倫（Austin Warren）曾在《文學論：文學研究方法論》（*Theory of Literature*）中，將意象定義為一種「心靈現象」，認為它包含了人類各種層面的感官、認知、經驗、潛意識，並且如何被記憶或再現。

雖然學界對於「意象」仍然各有不同的細部界定，但是比較廣為人知、也是當代最普遍被接受的說法，是浪漫主義文學批評家M．H．艾布拉姆斯（Meyer Howard Abrams）的分類：廣義而言，意象是一切的感覺特徵，任何涉及到「感覺」的文字皆屬於此；狹義而言，是指文字能夠引發讀者聯想、具有形象或畫面感的「視覺」思維，就稱作意象。

……那聽起來，不是超級包山包海嗎？見山是山，見山不是山，見山還是山。但無論如何，這一切總是攸關「你自己」，以及這些狀態的總和：你想寫什麼？你特別在意什麼？你決定要使用什麼樣的意象？在什麼樣的時機點使用？你希望能透過這些意象傳遞什麼？沒有最正確或最完美的意象，端看它是否（放在整個作品中）適合或精準。文學批評家泰瑞・伊格頓（Terry Eagleton）說：「即使是對世界最清晰的感知，也包含創造性想像。如果我們對現實的認識包含了想像，那麼，意象也是認知的（cognitive），而不僅僅是裝飾性的（decorative）」。

但延續著伊格頓的框架，似乎不難發現：我們其實也會共享、共感，甚至集體厭倦了一些太過牢固，反而流於單薄的意象連結，例如「下雨＝淚水」的悲傷聯想、「黑暗＝邪惡」的絕望聯想（詩人曹馭博在《夜的大赦》裡，就重新辯證了「黑暗」的更多層次）。這意味著什麼？如果意象從來就不只是修飾性的金邊，而是身處於語言的核心位置，真正可以牽動「意象」的，其實更是我們的創作意識。尤其，對於跳脫了嚴謹格律的新詩而言，如何經營意象、讓意象群能鍛造出個人風格，就成為了相當重要的一環。因為它很大幅度地影響了詩人的語言會往哪裡去。

前面談了許多西方歐美的文學概念流變，但不妨也來回望東方吧。畫面感極為鮮明靈動，元代初期的劇作家馬致遠數百年前寫下的名句：「枯藤老樹昏鴉，小橋流水人家」是具有高度故事性的秋日（視覺）意象，但擅長將具體與抽象之物鎔鑄成一體的——而「有時靜默連接著別的靜默／我們便抬頭張望」仍然也是意象，出自詩人鄒佑昇在詩集

《集合的掩體》中的一詩〈即景〉。某種意義上，東方的「意象」源頭幾乎可以上溯至老子的《道德經》：「道之為物，惟恍惟惚。惚兮恍兮，其中有象。」惚兮恍兮，那裡面有萬千物質，也有萬千人心。

004

象徵

象徵，是以具體的形象、物體，或者約定俗成的文化作為媒介，表達出一種更為廣泛、抽象的概念或情感連結。玫瑰（具象）象徵愛情（抽象）、鴿子（具象）象徵和平（抽象）、國旗（具象）象徵民族精神（抽象）。當然，不是所有的「象徵」放諸四海皆準，更多是「地區限定」。西方文化認為「獅子」象徵英勇、數字「13」有不祥之意，但是這樣的連結無法通用全世界。不同的文化，自然會創造、延伸出不同的文化與象徵意義：例如「百步蛇」在台灣原住民的神話之中，普遍都有重要的象徵地位。布農族語稱百步蛇為kaviath，意思是「朋友」。

等等，那麼「象徵」和「意象」（見025頁）有什麼差別？確實，它們幾乎難以完全劃清界線，彼此有所交集。張錯在《西洋文學術語手冊》中曾指出：「文學裡的象徵比較複雜，互涉功能極廣，經常與意象、明喻、隱喻、預言在運用上有重疊的灰色地帶。」但意象更偏向於「自然喚起」的存在。是一個詞彙、一種說法，投射在人心所激發的感官或情緒；而象徵普遍更具有「文化性」意涵，會利用特定文化、約定俗成的東西。即使沒有約定俗成，作者也必須建立起連結規則，或是反覆讓「一個物件＋一個概念」同時出現，直到讀者能夠接到球為止。

整體而言，我們仍然可以說象徵是一種以「具象」實體，傳達「抽象」精神的概念。寫作者可以開創各式各樣的連結，當然也能夠賦予既有概念新的象徵。作家湯舒雯〈初經．人事〉的篇名就有一個這樣的雙關，作者把成語中原先指涉「經驗、經歷」的「經」加入了另一層象徵，用來描寫女性生理期的「月經」。

有時候「象徵」也能用來凸顯出角色的亮點。如果你試著回想一下希臘神話那群神祇，或許很快就會發現，你不只能夠馬上記起幾個希臘傳說（與各種貴圈真亂的）故事，也會記得祂們自帶的屬性：全能之神宙斯象徵權力；雅典娜象徵智慧；而邱比特象徵愛情等等。當然，象徵有時候也會有其獨特的政治意義——當代的台灣人看見228、8964、911、318這幾組數字，腦海會浮現出什麼？

因此「象徵」幾乎是文學、哲學、神話學、乃至整個人文科學的內建概念，透過象徵的牽引，我們能夠去試著想像更多他者的樣貌，想像世界的樣貌。如果我們試著回顧經典的文學文本，關於「象徵」的例子可以不斷地舉例下去：賴和的「稱仔」象徵了殖民地人民所渴求的公平正義；琦君透過「髻」勾勒的複雜心結；張愛玲「紅玫瑰與白玫瑰」分別象徵了熱情的情婦與聖潔的妻子……。

美國理論家、作家湯瑪斯．佛斯特在《教你讀懂文學的27堂課》中曾說：「文學教授的閱讀和思考模式都離不開象徵，除非論點被推翻，否則無處不象徵。我們常常自問自答：這是不是隱喻？那是不是類比？這是在象徵什麼？」對於專業讀者、學者而言，解讀「象徵」不僅是理解文學作品的重要方式，更是進一步琢磨、衍生出文學研究的必經之路。

解讀「象徵」沒有捷徑，也不需要太花稍的技巧。多練習、閱讀、累積資訊，並且持續地思考，始終都是最重要的事。正如佛斯特甚至就認為：「文學院的訓練就是在鼓勵學生多運用象徵的聯想力。」記得細節，鍛鍊自己對象徵的聯想力，那麼文本就會漸漸被串連起來，形成更龐大的「結構」（見047頁）。

在層層包裹下，如果故事中有「什麼」似乎事有蹊蹺：尤其是那些反覆出現，似乎不太尋常的細節。那也許有什麼致敬、歷史淵源，或是作家精心埋下的伏筆。這個空間是不是遙遙呼應了某個經典名場面？一件懸疑案發生了，窗外下的是一場普通的雪嗎？那個角色患上的肺結核，單純就只是肺結核這個疾病本身嗎？

——你得要走進這條小徑，去親眼看看。

主題

「所以你到底想寫什麼，我怎麼都看不懂？」

對創作者來說，聽到讀者說「看不懂」，有時候比「不好看」更傷人，作品中明明講了很多事情，卻沒能在讀者心中留下任何印象。為什麼會這樣呢？這很可能是因為作品的「主題」不夠聚焦。

我們可以簡單將主題定義為：「作品所要表達的中心內容。」在接下來的篇章中，當我們提到〇〇文學時，常是指以「〇〇」為主題的文學，例如武俠、科幻、推理、恐怖、言情，就是以某個範圍的內容為中心的作品。

試著想像，如果有一篇故事，描寫會輕功跳躍的機器人，在河邊殺了人，並且與外星人展開美食之旅的愛情故事，你一定會想說：「元素也太多了吧！」當創作內容發散，讀者就難以辨認創作的完整面貌；反之，將作品的元素聚焦在相同的內容，會有助於讀者看懂你想傳遞的訊息。

例如，我們之所以可以清楚地知道《伊索寓言》的〈狼來了〉，主題是關於誠實的重要性，就是因為作品表達的內容中心是「說謊有壞下場」，故事中的牧羊人不會突然決定去旅遊或談戀愛。

剛剛所舉例的是類型文學，而純文學的主題往往更為複雜難以辨認，因為每篇純文學作品的主題都差異甚大。此時，我們可以用一種常見的方法來判斷主題，那就是「凡重複者，必為主題」。可以試著去計數看看，在該篇作品中哪些元素、概念是反覆出現的，那很可能就是作者想呈現的主題。

也有些狀況，主題是由複合的元素所組成的。像是在張亦絢的《永別書》中，就成功地將性別與政治兩大元素結合，指出性別認同與國族認同之間，隱約有可以對照之處。

主題就像是在做一道料理時，可能同時有鹹、甜、辣的味道。而當辣味特別明顯，那就是以「辣」為主題的作品；而如果「酸」跟「辣」的味道都很明顯，那「酸辣」就是主題。適當的融合不同主題，或許作品就能有意想不到的滋味。

當然，也有作品會刻意將主題設定得五味雜陳或清淡如水。在一些「後現代」（見390頁）作品中，會因為對「大敘事的不信任」，因此特別避開描寫特定的內容範圍，讓作品看不出清楚的主題。

反之，聚焦在某個主題上專注書寫，會有個優點，那就是主題是有繼承性的——你所寫的主題，別人也寫過、並且也可能往下寫，而在文學的長流裡形成一條支線。

主題的聚焦，讓你的創作可以更集中。也不妨依照自己喜歡的主題，尋找前人的作品，或許能從過去開拓出路徑中，得到意想不到的收穫。

006

核心

有看過水蜜桃嗎？剝去外皮與果肉，核心就會顯露出來，而果肉與果皮，也是依附著核心而生長的。核心聽起來是超級難找的東西，其實它就藏在「情節」這個詞條內（見107頁），核心就是主要情節中的因果關係，所有情節都為了服務它。比如：「水蜜桃」和「水蜜桃的果核」的生存目的是什麼？為了「繁殖」。而果肉是儲存播種的必要營養；果皮保護果肉與果核；果毛為了阻擋害蟲。但是如果說「果毛、果皮、果肉」為了「繁殖」這個目的而存在，其實也沒有說錯。

核心就是故事中最重要的關鍵，這個關鍵可能是故事的任何元素。有哪些元素呢？比如電影《媽的多重宇宙》（*Everything Everywhere All at Once*），一一剝除眼花撩亂的平行世界、武打元素、華麗變裝，其本身蘊含的核心就是「亞洲家庭那黏膩不已的家人議題」。湊佳苗成名作品《告白》，隨著情節推進，把學生們的獨白一一剝除後，最後是一個「由母親完成的復仇與教育之恨」的情感。或者回到台灣，楊双子的《臺灣漫遊錄》不管有怎樣的故事、美食與美景的變化，最後還是得回歸到「兩人終究是殖民者與被殖民者」的關係。在這些舉例中，核心可以是故事的「議題、情感、人物關係」等元素。

核心可以視為作者透過作品對讀者擊出最重要的一拳。而讀者要如何明確指認一部作品的核心呢？這件事情其實不困難，如何解讀一部作品的核心，等於也就是提出：「這部作品在講述什麼？」在這個意義下，「核心」其實與「主題」類似，只是被層層包裹在許多元素當中。宮崎駿《龍貓》（となりのトトロ）中，有許多各式各樣的「情節」，例如孩子們剛剛搬入新家的喜悅、小梅迷路的恐懼、沒有母親在身旁的孤單，或者是遇到奇妙生物龍貓，但上述說法都只能解釋這部作品的某一部分。唯有理解最後的情節：小梅、姊姊、龍貓們，在樹上看著媽媽與爸爸，終於露出安心的微笑後，才知道這部作品真正的核心：「媽媽生病了，因此兩姊妹得要在鄉下的新家學習獨立，但是孩子總還是懷念母親、渴望母愛。」抓到這條因果鏈後，才能全面地去解釋「所有」故事的「情節」。

回到第一段水蜜桃的舉例，當我們分別說明「果毛、果皮、果肉」的存在意義是「儲存營養、保護、阻擋害蟲」雖然沒有事實上的錯誤，然而如果要解釋「水蜜桃為何存在」的話，卻有些見木不見林；而唯有理解「果核」後，才會對「果毛、果皮、果肉」的功能有更完備的解釋——為了「讓水蜜桃繁殖」，水蜜桃的各部位發展出了不同的功能。

有了核心的認識，我們可以進一步來看小說家如何變化戲法。駱以軍〈降生十二星座〉整篇搭載了許多「情節」，卻在最後明白告訴讀者「故事找不到核心」，因此故事裡面每一個謎團最終都沒有解答。如此一來，「沒有核心」變成了「核心」，彷彿悖論的迴圈因果結構，成了閱讀駱以軍作品最重要的「鑰匙」，而倘若讀者沒有發現這把鑰匙（核心），就難以體驗故事的樂趣。

最後，一部作品也許會用許多眼花撩亂或者隱晦的方式，把作品核心藏起來；如上段舉例駱以軍〈降生十二星座〉，純文學作家很喜歡「將核心作為與讀者鬥智的解謎遊戲」。當讀者能夠找到核心，因而成功解開每一個情節背後的謎團時，那真的是再暢快不過了。

如果你也想一起參加這場遊戲，透過整理情節的因果關係，就可以清楚找到作品所想要傳達的核心（鑰匙）喔。

離題

「這篇作文離題，零分。」

在求學過程中，寫作文最害怕的就是離題，每個段落都要小心翼翼，生怕偏離主題會被打叉扣分。但在文學創作上，「離題」卻不是這麼一回事，甚至卡爾維諾（Italo Calvino）在《給下一輪太平盛世的備忘錄》（*Lezioni americane. Sei proposte per il prossimo millennio*）中，大力盛讚離題是文學上的偉大發明之一。

卡爾維諾是怎麼說的呢？我們一起來看看：

> 在實際生活中，時間是一種財富，我們吝於花用。但在文學的世界裡，時間是一種財富，可以從容自在漫不在意地使用。……「離題」是拖延結局，繁衍作品中之時間的一種策略，一種永不停止的躲避或逃逸。迴避什麼呢？當然是死亡。

在探討「主題」的條目時（見031頁），我們提到一個核心觀點：在作品中反覆出現的元素往往被視為主題。然而，當談及主題「被推進」時，實際上隱含了一個假設——作品朝向一個明確的終點邁進。這種觀點將寫作視為一場賽跑，作者和其創作似乎被某種無形的力量驅使，一路狂奔直至終點。按此邏輯，一旦到達終點，作品的生命便宣告終止。

然而，若脫離這種線性的追求，我們會發現適時的「離題」，不僅不會削弱作品，反而能賦予其更豐富的層次。這種策略允許作品跳脫原有軌道，探索更廣闊的視野，讓讀者與作品之間建立更為複雜和多維的聯繫。

透過「離題」，作者得以插入新的敘事元素，探討旁支議題，或是深化對人物的描繪。這些元素雖然在第一眼看來可能與主線敘事無關，但實際上豐富了文本的內容，增加了其情感的深度與哲理的探討。這樣的創作策略挑戰了傳統的結構主義觀點（見374頁），認為故事必須沿著一條直線前進，而是提倡一種更為開放、有機的故事發展方式。

例如在《水滸傳》中，我們很輕易的看出主題——官逼民反上梁山，集齊一百零八條好漢。但就在主角之一的宋江被發配江洲服刑時，有這樣一個段落：

宋江孤身一人，心中滿是憂愁，漫步至城外以尋求些許慰藉。偶然間，他來到一家酒樓之前，抬頭便見一塊青布旗幟飄揚，旗杆旁立著一塊刻有蘇東坡親筆「潯陽樓」三字的牌匾，雕檐畫棟，風格古雅。

踏入樓內，宋江選了一個臨江的小閣落座，只見窗外瑞雪，銀白素裹的世界，江面煙波浩渺，酒樓裡豐盛的佳餚如肥羊、嫩雞、釀鵝等，讓他不禁感慨：雖因罪名被貶於此，卻也讓他得以覽賞山川的秀美。同時，他也對自己年過三十，名利未成的生涯感到唏噓，不覺酒意上湧，淚水悄然滑落。

在酒意的驅使下，宋江在白牆上揮毫留詩，隨後又舉杯淺飲幾盅。終究酒力過勁，他踉蹌著步履返回營房，推門而入，隨即倒在床上，一覺睡到天明。

當酒醒之時，宋江已然忘記了昨日在潯陽江樓上的那番題詩之舉。

在《水滸傳》的敘述中，原本宋江懷著不願意背負叛逆之名、渴望過上平靜生活的決心，似乎已將命運的舵轉向了一條看似穩定的航道。然而正當故事進入平靜之際，宋江卻意外地選擇了一條迂迴之路，走向潯陽樓以賞景、飲酒、題詩自遣，暫時忘卻了現實的重擔。

正是這種似乎偏離了主旨的舉動，無意間拉開了小說深層次的發展。醉意之下題詩不僅豐富了故事的情節——這首詩成為了宋江必須反叛朝廷的關鍵——，更岔出了後續諸多事件，使得這部作品生命力更加旺盛，故事分支更多彩。

若我們將閱讀視作是攀登山峰，那遠行的意義不在於達到頂峰。而是在途中呼吸山野的空氣，側耳細聽雀鳥悠揚的鳴唱，感受腳下踩過每一片落葉帶來的獨特觸感。

在這樣的旅程中，登頂竟成了遺憾的終結。反而是那些看似偏離主題的書寫，提供閱讀一條探索未知的新徑，讓旅行得以延續。也印證《給下一輪太平盛世的備忘錄》中，卡爾維諾引述卡羅·李維（Carlo Levi）的說法：

假如直線是命定的、無可避免的兩點之間最短的距離，「偏離」則能將此距離延長；假如偏離變得複雜、糾結、迂迴，或轉變得快速，以至於隱藏了本身的軌跡，誰知道呢——也許死神就找不到我們，也許時間會迷路，或許我們就可以繼續藏匿在我們那不斷變換的隱藏所在。

虛構

二〇二〇年的春天，武漢肺炎疫情延燒。在疫情嚴峻的日本，人們因為不斷攀升的感染人數和隔離壓力，陷入恐慌和絕望。在這時候，適逢漫畫誕生五十週年的《哆啦A夢》（ドラえもん），在官方網站上發起「Stay Home待在家」系列企畫，而其中包含在《朝日新聞》刊載一則〈來自未來的信〉：

因為你留在家中
因為你認真洗手
因為你惦念家人
因為你幫助朋友
因為你心懷友善
因為你救助病患

因為你辛勞奉獻
因為你沒有放棄未來
放心吧！我們的未來充滿活力。

海報上的哆啦A夢帶著口罩，穿越時空，向眾人承諾未來很好。面對史無前例的全球疫情失控，來自醫師、政府或任何權威機關的預測，或對於疫情何時平息的保證，都難以令人信服。但這則廣告卻溫暖了無數人的內心。這或許就是唯有「虛構」能做到的事情，也是文學能著力之處。

同樣是在二〇二〇年的春天，台灣作家楊双子出版了小說《臺灣漫遊錄》，奇怪的是，如果你手上剛好有這本書的初版一刷，會發現第一作者的欄位寫的是「青山千鶴子」，一位不存在的日本小說家，而真正的作者楊双子則是掛名共著。

在虛構的設定中，孿生姊妹若暉和若慈，在日本北九州的「林芙美子紀念資料室」，找到一份書信，提及青山千鶴子曾將戰前在台灣旅遊的經驗，寫成《臺灣漫遊錄》出版。而兩人調查文獻後，從日籍研究員取得書稿，開啟中文新譯版工程，而成果就是《臺灣漫遊錄》的新譯版。然而，再提醒一次，上述流程純屬虛構，歷史上並沒有青山千鶴子這位作家，所以《臺灣漫遊錄》實際上並不是「譯本」，而是不折不扣的原創小說。

這樣的設定新穎，然而並非首創，義大利作家安伯托．艾可（Umberto Eco）的作品《玫瑰的名字》（*Il nome della rosa*），也是相似的虛構，宣稱找到古籍進行新編。

但或許因為《臺灣漫遊錄》的「虛構」太逼真了，所以一度引發出版倫理的爭議，在第二版之後，出版社就將書封上「青山千鶴子」的名字從作者欄位移除。

不過，這本小說對於食物和鐵道歷史細節的描述，細緻真實還原了當時的台灣風貌，獲得一致讚賞，甚至得到第四十五屆金鼎獎的肯定。

或許我們會疑惑，為何要虛構出一個不存在的作者呢？

作者在書中說：「遊記／歷史是否更加「真實」？而小說／文學是否相對虛構？我無意以論文回答這個問題，姑且容許我抒情的這樣說：小說是一塊琥珀，凝結真實的往事與虛構的理想。」

當我們在說虛構時，大家常誤會虛構等同「假的」，因為太看重「虛」這個字，忽略了「構」的意涵。虛構的「構」，是指作為一個創作者，如何去建築一個作品。甚至我們可以說所有的文學作品，本質上都是虛構的，因為都有人為「構」築的過程。

哆啦A夢的口罩和青山千鶴子的琥珀，或許都在告訴我們，文學中虛構的意義在於，改寫不可能發生的過去，以及宣告尚未發生的未來。

009 寫實

你是否在網路書店上看過「社會寫實小說」這個分類標籤？

你點進去一看，發現標籤下的故事內容五花八門，警匪懸案、底層人物、弱勢社群、職場日常、在地見聞，一篇篇小說主題殊異，卻都被歸類於「社會寫實」。而這些故事常常在開頭註明「改編自真人真事」，你不禁疑惑，所以裡面寫的有多少是真的呢？

既然小說允許虛構，那標舉「寫實」有什麼意義呢？

當我們談論文學創作，「寫實」往往指涉一種作品的效果，而非「內容屬實」的保證。

如此，我們可以先區分作品效果上的「寫實」與內容的「紀實」。後者較容易理解，所謂「紀實」意為「記錄事實」，也就是說，「紀實」不允許虛構的人事時地物，所以出現在紀實作品中的內容皆有其根據。人物可能匿名或使用化名，時間地點可能經過模糊化的處理，但讀者明白世上真有其人其事，僅是由於議題敏感等原因而隱去姓名或部分特徵。而「非虛構寫作」（見264頁），因為其對於真實性有嚴謹要求，即使揉雜文學性的描寫與編排，仍屬紀實作品。

接下來，我們來討論作品效果的「寫實」。「風格寫實」常常被用於形容小說，而所謂寫實的小說，其實允許虛構情節、人物，只要故事背景能「反映」社會現實即可。文學中的現實主義（Realism）有時也被翻譯為「寫實主義」，「寫實」一詞於是與現實主義（見341頁）產生聯想。因此，若一篇小說呈現出現實主義那種強調客觀紀錄的風格，就會被認為是「寫實小說」。現實主義主張要擯棄浪漫想像，並要關注中下層階級的生活，藉由揭露和批判來達成改良社會的功能，出於此因，與之混用的「寫實」一詞也就常被強調其社會意義。

讀到這裡，你是否能感受到「寫實」與「紀實」的微妙差異了呢？

最後，讓我們以舉例來再次說明。描述同一個事件或同一段歷史，往往能見到風格寫實的虛構小說，同時也能見到內容紀實的非虛構作品。以台灣的白色恐怖時期為例，在《讓過去成為此刻：臺灣白色恐怖小說選》之中，我們能讀到多篇給人強烈真實感的虛構作品（小說），而在《靈魂與灰燼：臺灣白色恐怖散文選》則能讀到考據詳盡的非虛構寫作（回憶錄、傳記與口述）。從這例子，我們能更加明白，在描寫重大社會事件或歷史時期時，「寫實」小說與「紀實」作品能夠互相補足。

簡而言之，「寫實」是一種作品效果，能讓讀者產生真實感，並聯想到我們所生活的這世界。即使小說情節和角色皆是虛構的，寫實風格可以激發讀者對人物的感情，甚至可以促使讀者對習以為常的社會現象、歷史詮釋進行反省。

結構

所謂「結構」（Structure）是指一個「系統」中，彼此交互關聯的元素組合。這個「系統」可以是各種集合體的總稱——無論是建築、儀式、文本、社會——從極小的神經元細胞到人類世界的經濟發展史，你都能歸納出某些內部結構；彼此之間，也會出現共同模式的共同性、組織性、重複性。

那麼，各式各樣的「結構」究竟要如何埋進文字的肌理？這當然也是許多文學研究者關切的議題。不過，即使不是「專業人士」，也能學會拆解文本結構的能力。作家朱宥勳曾在YouTube影片〈不只可以抓抄襲，更是高手與普通讀者的差別：「結構」怎麼看？〉中，提供了頗有參考價值的初步概念：若將整篇作品視為一棟房子，那麼「結構」就是房子的鋼筋水泥。影片中進一步提出，我們可以從以下三件事來拆解文學作品中的結構：「元素」（在文本中具有重要性的要素）、「功能」（這些要素在文本中扮演的功用）與「關係」（各種元素與作品交織出的網絡）三者。

同樣的，結構與節奏（見171頁）一樣，沒有絕對好壞。節奏的快慢不能判斷作品優劣，當然結構的緊密與鬆散亦是——因此，在大多數文學作品中，各種大、小、鬆、緊的結構都會錯落出現，只取決於寫作者如何去調度他的語言：像一支交響樂團的指揮家，作者也得要去判斷各種音色（文字）是否能讓作品帶來更好的效果。

如果在一堂大學的文學課程裡提起「結構」一詞，可能是文本分析，也可能是進行理論細讀。因此，文學系學生也有可能會聯想起「結構主義」（見374頁）這個在二戰之後極具代表性、有特定歷史脈絡的西方理論。但「結構」牽涉到各種廣泛的層面，不見得與「創作」或「理論」相關。當我們談論「結構」，有可能包含作品內部的「敘事結構」，也可能從外部的「社會結構」、「歷史結構」來定位某部作品。

下文節錄自言叔夏的作品〈無理之數〉：這篇散文敘述童年、終結、魔幻般的時刻，其中最核心的是「父親」與敘事者的關係。成長後的敘事者憶起童年過往，然後回憶消散，再次回到當下場景。這其實也是現代散文中常見的模式，而在這個「大結構」的寫作模式裡，作品中有一段極重要的「小結構」如是描述童年：

我忽然想起國中時代父親最後一次教我數學。童年時算不出習題，會對我掀桌咆哮的父親，整個晚上和我在同一道題目周旋不去，無論如何也算不出解答上的數字。計算紙上畫滿紅色的數字，父親的手指沾滿暈染的墨漬；$\sqrt{2}$是2的頭上戴著的一頂大帽子。像魔術師。我心裡真想跟他說：不要把帽子掀開，否則帽子裡就會拉出一連串根本無從理解的數字來。我還記得搖晃的日光燈管下父親終於疲憊的臉孔，有一種彼時我尚未理解的成年人的凹陷。他白日必須攀爬極高的天車，到煉鋼廠六、七層樓高的地方去修理開關。

「爸爸沒念過多少書。」父親這樣對我說。

「以後的作業，我再也不能教你了。」

除不盡的命運。還有時間。$\sqrt{2}$打開是1.414213562……，彷彿未來一直來。父親那句話的意思是：就送你到這裡了。以後的日子，你要多保重。

使用朱宥勳上述的三個概念「元素」、「功能」、「關係」來分析文章結構：顯然，此處最重要的「元素」自然就是數字（而且得要是「無理」數，不是乾脆又精準的整數）。敘事者藉由描寫回憶、與父親互動的種種細節，這些「元素」就得以在散文中產生不同的敘事「功能」，成功描寫出一種魔幻，同時帶著哀傷的勞動父親形象。在這個小結構之中，言叔夏極巧妙地讓無理數與父親的「關係」接軌了。大概很少有人能想到要用數學來描寫一段親情——相傳$\sqrt{2}$是人類史上最早被發現的無理數，那是不是也可以視為一種原生家庭中難解、甚至破碎的初始親緣？數字與「我」的關係，數字與「父親」的關係，同時又更是「我」與「父親」的關係。

文學看似充滿了各種「看起來好像沒有關係」的東西，但處處暗藏縫隙。究竟是什麼使它們彼此「有關係」的？那幾乎像是一種語言的魔法——但我們武斷地說，最美麗的魔法之中，其實也充滿了由各種精細「結構」所層層包裹起來的物質吧。

風格

從評審紀錄、訪談或任何談論文學的文章，也許都聽過「風格」這個詞，或者聽過「文氣」或「文風」。而在學術領域裡，也會有人使用「文體」這個詞。事實上，大家在使用這四個詞時，基本上是指同一件事。所謂「風格」，根據「風格學」（Stylistics）的定義，便是「文字特徵的持續偏向」。那麼，什麼是「文字特徵」呢？要如何「持續」「偏向」？

在解釋定義之前，我們要特別注意：千萬別跟「文類」（見247頁）搞錯了，因為文類是「文的種類」；但「風格＝文體」，可以想像是「文的體態」。人類與魚類不同；但是胖子和瘦子同樣是人類。拿歌唱來比喻，周杰倫唱RAP與情歌，是兩個不同的種類，需要滿足不同的脈絡與市場；但如果讓鄭宜農與周杰倫分別唱〈七里香〉，那麼兩個歌手會唱出兩種風格，但還是同一首歌。回到文學，詩、小說、散文，分別代表不同的文類；而童偉格寫的小說與楊双子的小說，兩者則會有截然不同的風格（或文體、文氣、文風）。

回到第一段的定義，所謂「文字特徵」可以是任何詞彙、標點、句型的使用偏好。有人喜歡寫長句，有人堅決不用副詞、有人熱愛使用生難字詞，這些偏好都會影響作者的文字特徵。以下表格，便是幾位作家特殊的文字特徵：

反覆出現的慣用詞彙	使用自創辭彙	漫長而無標點的句子
童偉格《西北雨》、《無傷時代》：有時、有一天、那時、〇〇不知道的是	王文興《家變》：「他的母親她把末終的一道湯也上了進來，然後她自己也頭一度的加入進來和他們一道吃。」	舞鶴《悲傷》：「屁股洞則是斜陽打到山壁映在頭頂上的層疊肉褶不禁你打起大鳥來時不堪歪來歪去歪破的。」

值得注意的是，文字風格的建立，重點在於「持續」表現出「文字特徵」。就算有某種特徵，如果只是出現一、兩次，那只是偶一為之，不能被辨識為「風格」。因此，「有強烈風格」其實是一件不難達成的事情，只要你持續把文字以某種方法改造變換，自然而然也會形成你的風格（例如經過水利系訓練的我，喜歡把動詞「裂開」改寫成「降

伏」）。然而，「有強烈風格」是一件好事嗎？又或者說，「讓讀者感到一點困擾但是很有風格的作品」VS.「讓讀者順順讀下去」，哪個比較好呢？

在二〇二二年林榮三文學獎小說組評審紀錄裡，郭強生說：「我認為，所謂好的切口是有意義的細節，無論情境的細節、人物的細節、背景的細節等等，都應該是努力營造的部分，而非只在文字上重複繞圈。」以及，楊照也有如下評論：「文字基本上都沒有問題，卻很少看到經營得成功的風格化寫法。」

綜合上面兩位林榮三文學獎常駐評審的言論，你可以發現，「細節與情節」會是評審首先在乎的點，接著評審才會在乎文字風格，並且要是「成功」的。也就是說，並不是「有風格」就是好事，有些風格可能只是凸顯了某種文字特徵，但不一定能帶來更好的閱讀體驗。

風格是辨認作家的其中一種方式。如果你的「風格」符合寫作的「人設」（你寫作的內容、出版社對你的包裝、大眾對你的認識），那自然會有不錯的效果。但如果讓故事裡的一名青少年操著老人的口吻，又沒有合理的鋪陳或解釋，那就算「老人的口吻」模擬得很像，效果可能也不會太好。

反過來說，就算你不刻意追求某種風格，但因為每個人都會有某種偏好，所以，只要你累積了夠多的作品，這些偏好也可能在無意間形成風格。因此，如果你很在意自己

「有沒有風格」，請先完成一定量的作品吧。

你的風格是什麼呢？閱讀時，不妨這樣練習看看吧。每當閱讀一個段落時，暫時先把書闔上，並且重新模擬自己會如何重寫這個段落。針對單一句子，去看看作者使用文字的前後因果；問看看自己，會不會選擇在這句後加上逗點，抑或是會選用那些連接詞，來當作文句中的緩衝；或者注意作者是否有使用倒裝。最後，「常駐」這些行文習慣，便會形成「風格」。

抒情

發憤以抒情。

——《楚辭》

抒情是一種注重「情感」的文學技藝，但抒情並不是一味地在文學作品裡「宣洩」情緒而已。在台灣的散文寫作中，有一個有趣的特殊現象：我們時常預設「散文＝抒情」，因此更偏向議論、宣言、甚至學術論述的文章，較難被一般讀者視為「散文」。而在其他文類裡，也多少帶有一種「文學的主要任務是抒情」的傾向。所以，如此受到重視的「抒情」到底是什麼？

最早，希臘哲學家亞里斯多德（Aristotle）曾將文學分為「戲劇」、「史詩」、「抒情詩」三類。當然，這個歸類方式已經不適用於當代的文學體系了。西方文學傳統的「抒情詩」到了浪漫主義時期才逐漸凝聚共識：篇幅短小、直抒情緒、富有音樂性（見175頁）等特色。不過，所謂「抒情」此一概念，始終不斷被解構、擴充、甚至重新定義。

許多思想家認為，抒情應該包含社會意義的批判面向。而屈原在戰國時期所提出的「發憤以抒情」，其實也有這種抵抗灰暗現實的含義在。

而在台灣文學提到「抒情詩」一詞的時候，雖然沒有絕對的形式判準，但有一個常見特徵：選定某個（或多個）你想在詩中傾訴的對象，然後對著「他／她／它／牠／祂」說話，行文中就會很容易召喚一種呼告、傾訴、祈禱的抒情主體。有時候，也會因為詩中時常出現「你」、「我」的角色互動關係，而被認為是一種「你我體」的抒情詠嘆。

詩人唐捐曾在〈抒情文作法〉中以荒謬、詼諧、同時頗值得深思的方式寫道：「假如你有志成為一台好用的抒情機器，最好先熟習各種抒情句式。」乍看之下是理性、冷靜、充滿邏輯的，但這話其實也是「抒情文」的一環。文中，唐捐甚至列出了停頓呼叫法、鄭重宣告法、祈禱命令法等抒情句式。或是——啊反正，你如果要捨棄掉一切句法或技巧的話——那乾脆用驚嘆號吧！驚嘆就對了！

說到這裡，也許你反而會打上問號：如果抒情是注重私我情感，那為什麼還有一個幾乎隨之而來的「抒情傳統」一詞？是什麼樣的「傳統」呢？這要從一位旅美的中國文學評論家陳世驤說起。陳世驤在一九七一年發表〈中國的抒情傳統〉一文，指稱中國文學有別於西方的史詩、戲劇傳統。他以《詩經》、《楚辭》為例，認為中國的文學傳統「注定有強勁的抒情成分」。換句話說，所謂「抒情傳統」的概念，其實是一種再發明，同時也是銜接新舊文學的軌道：傳統文學的主流是抒情，新的語言風格所誕生的「中國新文學」也仍然保有抒情的底蘊。

這個說法不只在學術上蔚為主流，也確實反映在當代中國知識分子的作品上。黃錦樹在〈抒情傳統與現代性：傳統之發明，或創造性的轉化〉一文亦提到，一九三〇年代「京派」的中國文人（沈從文、林徽音、周作人、朱光潛等）作品，皆能看見這種美學：抒情是重要的文學風格，舊與新都在這裡發生。

綜觀近代的文學作品，不難發現「抒情」仍然是最大的公約數。不過，抒情自身其實就有萬千面貌。引用自黃麗群在《九歌109年散文選》序文〈普通，然而貴重〉所談論散文的一段話：「每個時代的散文大約都有各自的抒情慣性，外者包括常用的辭彙組合、分段方式、句式節奏，內者包括什麼樣的事物值得抒寫？甚至包括什麼樣的事物『應該』以什麼樣的情感對應、而這些對應又『應該』用什麼樣的語言風格展現……」在刪節號後面，還會翻轉出各種未知數。

如果暫時拋下定義、理論、歷史背景，姑且將「抒情」當成動詞拆解，那麼抒情其實也就意味著：面對自身的情感，並且做出有效的抒發——無論你持有的那份情感是關於生命、愛情、家庭或是社會議題，甚至只是月底快要吃土了怎麼辦（這一期的發票又沒中），就去以你自己的方式「發憤以抒情」吧。

013

反諷

擅長譏諷政治的英國主持人約翰・奧利佛（John Oliver）曾在《上周今夜秀》（*Last Week Tonight with John Oliver*）節目開玩笑道：「為什麼GAP得因為T恤的中國地圖沒有出現台灣而道歉？那件T恤只會在你老爸站上滑步機時，出現在他身上三十分鐘而已。GAP卻得為這樣的T恤向十四億中國人道歉？」

講話酸言酸語是約翰・奧利佛的特色，也有人說這是英式幽默的精髓，罵人得兜一圈講，連當事人都不一定知道自己被酸了。唯有聽懂字面底下真正意思的人，才有資格噗嗤笑出來——這樣的技巧，在文學上則稱為反諷（irony）。

反諷有兩種呈現形式，一種是「語言式反諷」，也就是正話反說。以上述約翰・奧利佛那段話為例，該句正面意思是：沒想到中國人如此在意T恤圖案；反面意思是：中國人對台灣主權議題有多玻璃心啊？

因為語言式的反諷刻意不將真正的意思說出來，能製造出幽默（見066頁）或黑色幽默（見071頁）的效果，像是黃崇凱《新寶島》〈過度開發的回憶〉描述台灣、古巴人口大交換後，女主角在街上巧遇男朋友：

「在台北整年都碰不到一次，結果在哈瓦那碰到了。最近怎麼樣？」

「最近喔，跟你說一件很扯的事。」

「什麼？」

「就是我一整年都避開前男友可能出沒的地方，結果剛才在哈瓦那的不知怎麼發音的街頭被他遇到了。」

「幹嘛用第三人稱啦。而且我什麼時候變成前男友？」他乾笑兩聲。

表面上女主角像在胡說八道，捏造一個不存在的前男友，說自己跟對方不小心碰到面。句子的反面其實是女主角譏諷男朋友：是把我當前女友在躲嗎？怎麼那麼久都沒見面？

另一種形式是「情節式反諷」，指的是全知全能的觀眾，目睹劇中人物不知道其所作所為，會導致下一步關鍵性的失敗。例如古希臘悲劇（見226頁）可看到情節式反諷的運用，像是逃避殺父娶母預言的伊底帕斯王，不知道自己早已應驗了預言，成為整部劇最為重要的悲劇主題，也是最為關鍵的反諷。

情節式反諷特別能表現由不得人的無奈感，無論是面對命運的無所適從，或是社會上各種形式的限制，像是殖民壓迫、新舊文化的衝擊等。

日治時期作家賴和，常用情節式反諷來刻畫小說寓意，如〈蛇先生〉描述鄉民口中的「神醫」蛇先生，惹來西醫的嫉妒，被控訴違法，沒想到反而使自己的名聲更遠播。西醫想知道蛇先生的配方，特地前來拜訪，而蛇先生也老實表示：

> 「所以對這班人，著須弄一點江湖手法，」蛇先生得意似的說，「明明是極普通的物，偏要使它貴一些，不給他們認識。到這時候他們便只有驚嘆讚美，以外沒有可說了。」
>
> 「哈哈！你這些話我也只有讚嘆感服而已。可是事實終是事實，你的祕方靈驗，是誰都不敢否認。」西醫說。
>
> 「蛇不是逐尾有毒，雖然卻是逐尾都會咬人，我所遇到的一百人中真被毒蛇所傷也不過十分之一外，試問你！醫治一百個病人，設使被他死去了十幾人，總無人敢嫌你咸慢，所以我的祕方便真有靈驗了。」蛇先生很誠懇地說。
>
> 「這也有情理，」西醫點頭說：「不過……」

「那有這樣隨便！」不待西醫說完，傍邊又有人插嘴了。「那一年他被官廳拿去那樣刑罰，險險仔無生命，他尚不肯傳出來，只講幾句話他就肯傳!?好笑！」

「哈哈！」西醫笑了。

就算蛇先生怎麼誠實，說自己根本沒有祕藥配方，西醫也不願意相信，很諷刺吧？在小說結尾，西醫收到朋友來信說祕藥分析完畢，裡面根本沒有什麼特別成分，虛擲了西醫十年的光陰。

朱西甯的〈鐵漿〉，同樣用情節式反諷的架構，用世仇的孟沈兩家人爭奪利益的過程，來嘲諷迷信的傳統社會，懼怕象徵新時代來臨的火車。在小說尾聲，人們眼睜睜看著孟家的兒子，為了贏過沈家而賭氣喝下「鐵漿」，當場倒地身亡。火車最終仍駛進小鎮，日子照常往前進，人們逐漸忘卻孟家喝鐵漿的事蹟。

反諷雖然分成「語言式反諷」與「情節式反諷」兩類，但兩者也能同時併存在作品裡，如科幻小說家海萊因（Robert Heinlein）曾說：「生命中最極致的反諷，就是幾乎沒有人能活著離開。」

好吧，祝我們都能好好理解生命，好好體會最極致的反諷。

口語化

你一定聽過老師批評同學作文：「太口語化了，不夠優美！」而同學可能很不服氣：「是範文太做作了吧！」於是你仔細讀了讀範文，還不明白全文意旨，就先迷途於文字華美的雕欄玉砌——可是，平常誰會這樣講話啊？沒錯，剛剛那句就是示範。你注意到書面與口語的風格差異，接著不禁疑惑：所以，生活化的口語必然不優美嗎？好文章必然詞藻華麗嗎？

在國文課堂裡，我們接觸到的口語文句往往是置於引號內的「飛白」，用以引述人物的日常對話。依據教育部重編國語辭典，「飛白」是故意援用方言、俗語、錯別字的修辭方法。以洪醒夫小說〈散戲〉為例，首先我們看阿旺嫂與秀潔爭執的對白，再看下一段對金發伯的描寫，可以發現小說中對白和敘事之間的風格有明顯轉換：

「喂，喂，你講話要有良心，你知道你在講什麼嗎？我給你講，吉仔頭上撞一個大包，哭個不停，我才帶他們去的！老實給你講，這邊的人也不是捨不得孩子哭的，剛才在戲台上，你跟我講小的在哭，我給你說管他去哭，有沒有？……」

……

金發伯站在稍遠的地方，木然地看著他們，他抽著煙，始終不發一語。天色漸自黯了，僅剩的那一點餘光照在他佝僂的身上，竟意外地顯出他的單薄來。

阿旺嫂生動呈現了台語（台灣閩南語）的口語句式，讓讀者感覺十分親切，彷彿能直接聽到她講話的聲音。但下一段對金發伯的描寫就很不同，無論是「天色漸自黯了」還是「佝僂」，都不像我們平常講話時會直說「天黑了」或「駝背」，這便是口語風格與書面風格的差異。如果洪醒夫全篇使用口語風格來寫作，恐怕也要被國文老師批評「寫得太直白、不優美」吧！然而，這種書面與口語分離，且以書面語為美的現象，世界各地都能觀察到，語言學界稱為「雙層語言」（diglossia），簡稱雙言。

「雙言」意指兩種語言、方言或語言變體使用於同一社群，然而分別使用於不同情境，且兩者聲望高低有明顯差異。其中聲望高者，被稱為高階變體（high variety），常用於正式場合、政府文書、文學、教育，也就是方才提及的書面語。而聲望較低者，則被稱為低階變體（low variety），用於日常生活、家庭、友人間談話。所以在文學作品中，常以高階變體來「敘事」，低階變體寫「對白」。

值得注意的是，聲望是指某個語言、方言、語言變體在社群中的相對地位，也就是語言與社會文化、權力的關係，並不代表語言本身的優劣。以語言學的觀點，語言之間並沒有高低優劣之分，所有語言、方言、語言變體都客觀呈現了人類的語言能力。舉漢語為例，文言文與白話文之爭，也是雙言的顯現。新文學運動之前，人們多以文言文作為標準書面語，文言文具有言文分離的性質，與日常口語的分別日益懸殊，因此在「言文一體」的訴求下，被較接近口語的白話文所取代。但即使由白話文取代文言文，雙言現象仍然存在，主因為各地方言不同於政府、教育機構所推行之標準語，因而常在社會中成為低階變體，使用於家庭日常。

回到文學裡，傳統教育常以接近書面語的高階變體為模範，認為文學應當高雅，應當盡量避用俚俗口語，因此口語化的作品常會被批評為文筆差勁、缺乏美感，口語被局限於「飛白」。在這樣的美學標準下，往往要求文學作品字句雕琢，異於日常言談。然而，如同前述，語言、方言、語言變體之間並沒有客觀的優劣之分，傳統以書面語為美的文學觀在當代也備受挑戰。隨時代變遷，各族群口傳故事、地方書寫日益受重視，網路世代的創作也大量使用口語，口語化文學作品蓬勃發展，反映出社會對於雙言現象的反思。在原先被視為高階變體的領域（例如文學、教育）加入更多口語，縮減了各語言、方言、語言變體之間的聲望差距，使之趨於平等多元，所謂文學「口語化」便是反映此趨勢。

作為文學愛好者，你一定也發現了近年越來越多使用口語風格的作品受到喜愛。口語與書面語的聲望差距縮減，是文學美學的轉向、社會風氣的改變，大大凸顯了語言活力。

可見靈活的口語未必不優美，使用得當可使讀者感到親密，一樣能成為優秀的作品。

幽默

「你們真的能解決問題嗎？」

「是的，我們公司的宗旨是解決任何關於水的問題。」

「唉，不可能的。」

「可是你還沒說你的問題呢。」

「我們的問題是，只要是這傢伙碰過的水，都會變成哈密瓜汽水。」

這段出自日劇《喜劇開場》（コントが始まる）的對話，看了是否也覺得很瞎，同時覺得好笑：到底誰會需要把水變成哈密瓜汽水的超能力啊？

這就是幽默（humour），讓人覺得有趣，惹人發笑，帶來輕鬆愉悅的感覺。

不過，我們為什麼會覺得幽默？這個問題看似簡單，其實很難回答，足以讓各領域的學者花費心力發展各種學說，解釋人為什麼會感覺到幽默。

古希臘時期，柏拉圖（Plato）認為幽默是來自於「對他人的優越感」，觀眾藉由嘲笑台上的卑賤人物，來感覺自己比較厲害。

儘管古希臘人對幽默的想法，看在今日會覺得不可思議地壞心，但是回憶一下，我們詬病的「政治不正確」笑話，有些不也是出自主流社會建立的優越感嗎？像是取笑陰柔氣質的男生是娘娘腔、陽剛氣質女生是大金剛，都是在主流價值中刻意被貶低的特質。

到了十八世紀，學者對幽默的思考加入了醫學、心理學的想法，認為幽默有助於釋放神經累積的「能量」（nervous energy）。例如，當人感到憤怒時，會握緊拳頭，此時讓他聽一段幽默的小故事來釋放能量，是能阻止他揍人的辦法。當然，這個觀念不見得符合當今的生物學知識，但是那年代的人至少觀察到一件事情：幽默能紓解情緒。

學者還觀察到人對什麼樣的情況會感到幽默：遇到與預期相反的情況。也就是說，想讓他人感到幽默，可以先製造出「期待」，接著去違背那個期待就行了。

這個技巧常見於單口喜劇（stand-up comedy），一則段子的前半段負責安置吊人胃口的懸念感，讓觀眾對故事產生某個期待，作為表演的「鋪陳」（set-up），接著在後半段拋出一個觀眾意料之外的「笑點」（punchline），這樣的結構能製造出反差，強化笑點的幽默。

像是《喜劇開場》前面鋪陳「解決任何與水有關的問題」，緊接著「把所有水變成哈密瓜汽水」成為意料之外的笑點，因為前者永遠不可能解決後者的問題，也就違背觀眾原有的期待。

美國單口喜劇演員汪黛．塞克絲（Wanda Sykes）有個段子是〈當同志比當黑人困難〉（Being Gay is Harder Than Being Black），開頭先鋪陳出櫃的情境，語重心長地請爸媽坐下，告訴他們，希望我說出來之後你們還是愛我。這時觀眾產生期待，想知道這段出櫃對話會有什麼結果。接著汪黛．塞克絲繼續說：「爸媽，其實我是黑人。」這完全不是觀眾原先預料的「出櫃」，但厲害的是，這句話不僅反映同志處境的不合理（為什麼身為黑人不需要特別解釋，但身為同志就要特別解釋），還順便諷刺美國歧視黑人的現象（上帝啊，為什麼你非得當黑人呢），成為效果極好的笑點。

小說表現幽默的方式也是相似的道理，像是蔡欣純《如果電話亭》的〈女朋友目錄製造機〉寫道：

> 我不像小胖，雖然長得矮肥醜、青春痘又多……他只要隨便喇幾個笑話，就能把到漂亮的學妹，哄她們心甘情願地和他上床。……
>
> 我也不像來福，欸，妳別笑他的名字像狗。
>
> 我一開始也覺得好像。後來看到他花錢的方法，我差點沒哭出來！

這段用到預期落差的手法：胖子雖醜，但是很受歡迎；來福像狗，但是生得好狗命。

小說還能將幽默作為人物（見088頁）的特色，增強讀者的印象，如吳明倫〈湊陣〉描寫父親（陳玉獅）不甘願神明指示讓不懂傳統的女兒（陳十一）製作婆姐陣面具，而不讓做面具做了「一世人」的自己來負責。此刻，負責傳達神明旨意的主委，得同時安撫父親並說服女兒：

主委知道陳玉獅脾氣來得快去得也快，竟不去追，只顧著遊說陳十一接下這工作。……主委不知哪來的自信，「你得過那麼多獎的人，沒問題啦！不是我在講，你離婚得正是時候，神明都算準準。」

陳十一送走了客人，馬上與師問罪。離婚的事情，到處去廣播了嗎？

陳玉獅果然早已消氣，一臉無辜地反駁，離婚為何要怕人知道。

「我又沒有怕人知道。」

「對啊，你無做毋對代誌。閣再講，咱這小所在，毋知才奇怪咧。」

該說主委、陳玉獅是幽默大師嗎？還是放暗箭高手？讓陳十一不知道該哭還是該笑。

幽默其實不只能放到喜劇（見230頁），也能放置到悲劇（見226頁）之中，讓人體驗到更強烈的悲傷。另外，幽默還有另一種變形稱為「黑色幽默（見071頁）」，表現人物在荒謬處境下，僅能用笑來面對的無力感。

好了，說了這麼多，其實啊，還有一個幽默大師的祕密，我沒說出來。那個祕密跟最熱的島有關。想知道答案嗎？

答案就是，中晝（台語，tiong-tàu）。

好啦，或許有人覺得這不夠好笑，只是一則早餐店冷笑話。但仔細對照：它不正符合了前面提過的種種特徵嗎？

黑色幽默

小說家舞鶴曾說：「嘲諷是我書寫時的本能，因為低調，轉成幽默，也因為嘲諷背後有憤怒很快被察覺出這幽默屬於黑色。」

為什麼幽默屬於黑色呢？

幽默（見066頁）原本單純是形容有趣、引人發笑的事物或狀況，例如一則笑話、一段脫口秀、一段電影或小說對話等，通常調性輕鬆、簡單，不會擔心下一秒會發生恐怖的事情，就像觀賞《湯姆貓與傑利鼠》（*Tom and Jerry*）的時候，觀眾永遠不必擔心湯姆貓哪天真的把傑利鼠殺了。

但是，如果湯姆貓真的把傑利鼠吞進肚子呢？然後轉頭對觀眾說：跑了八十二年，我終於可以退休啦。

某些情況下，「好笑」來得並不輕鬆，有時有嘲諷的意味，有時則帶有血腥、暴力或情色的元素，又或者我們知道那個好笑的情境，其實是來自某種更深刻的絕望，這樣另類的幽默稱為「黑色幽默」（black humor）。

「黑色幽默」是從法國作家安德烈．布勒東（André Breton）的書名《黑色幽默文集》（*Anthologie de l'humour noir*）而來，他認為所謂的黑色幽默，是作品彰顯人類落入一種荒謬的情境，既無能力改變現況，也毫無反抗能力時，僅能用「笑」來面對當下處境的絕望。

也就是說，在黑色幽默的世界中，笑並非因歡樂而笑，而是因為絕望，什麼事情都做不了，所以只能笑。黑色幽默既像喜劇（見230頁）一樣，能引人發笑，卻也像悲劇（見226頁）能誘發人警覺自己面對命運的無力，探討人存在的意義為何。

雖然黑色幽默的詞彙出現得早，但是在英美文學作品中廣泛被指認出來是一九六〇年代以後的事情，用來指認出當代社會的一些荒謬處境，像是約瑟夫．海勒（Joseph Heller）《第二十二條軍規》（*Catch-22*）描述一名美國飛行員試圖藉「第二十二條軍規」來證明自己是瘋子來逃兵，但矛盾的地方在於，「第二十二條軍規」得由本人申請。問題是，能指認自己是瘋子的瘋子，還算是瘋子嗎？說穿了，「第二十二條軍規」是官員企圖逃避問題的軍規。作者巧妙設計了這條有趣的悖論，影射美軍文化與政府官員的腐敗。

舞鶴善用黑色幽默與反諷（見058頁），以「無用之人」的視野來表達對現實的失落，例如〈悲傷〉的主角是一名意外漂流海上的傘兵，獲救後被診斷為「機能損傷，已不適服兵役」，輾轉被送進療養院：

大護士先生是絕對不肯開具「病癒正常」一類正式證明的。自開院以來，只有活著進來的，出去都是躺在官方補助的棺材裡抬出去的。大護士的考績是年年優等不二的，從來沒有狂人或自閉者漏過他指尖逃了出去……

小說表面表揚大護士先生的積極作為，但其實諷刺了療養院簡直是無期徒刑的監獄。在這裡也會發現一些特殊場域，如軍隊、醫院、療養院、葬儀社、警消、實驗室等，常涉及超出常人生活經驗的議題，也就特別適合用黑色幽默的手法來表現。

仔細想想，後疫情時代之下的我們，也發生許多荒謬情境，例如：《孤絕之島》收錄張怡微的小說〈出了象牙之塔〉，描述一名教授面對女友的逼婚，但兩人其實皆對疫情下結婚的意義感到迷惘：

他其實什麼也沒有喊。他們背對背睡了一夜。沒有做愛，也沒有說「晚安」。第二天女友送他去機場，嚶嚶地哭了，說「你真是個渣男」。他問：「為什麼？」女友說：「網上的二級心理諮商師都這麼說。」他就笑了，心想，心理學的工作一定很難找。

「我還付了十六塊錢……」

（比結婚證貴七塊那麼多。）

追求個人價值的社會之下，愛情與婚姻還有什麼意義？在疫情毫無可能阻擋的時代下，兩人既然不能結合生活，那麼結婚有什麼意義？結婚的虛無與治癒的虛無，並行在這後疫情的時代。

下次，遇到哭笑不得的荒謬狀況時，先別急著反應，仔細觀察，黑色幽默正悄悄誕生喔。

典故／致敬／抄襲

卡夫卡（Franz Kafka）曾疑似被人抄襲。

當卡夫卡完成《變形記》（*Die Verwandlung*）後，在文壇引起一陣風潮，自然也有不少模仿者。某天他的朋友亞努赫（Gustav Janouch）偶然發現一本英文小說《狐女》（*Lady into Fox*），用的手法跟《變形記》很像，疑似抄襲，只是甲蟲換成了狐狸，就拿給他看。沒想到卡夫卡說：

「不，他沒有模仿我。那是時代的問題。我們都抄襲自時代。」

在中國古典文學中的江西詩派強調，好的作品應該「無一字無來歷」，意思就是創作時應該每個字都連結某些典故，也衍生出「奪胎換骨」、「點鐵成金」這樣的說法，認為能增減古人的詩句，或擷取文意另做他用，使得作品更具深度。當然，奪胎換骨、點鐵成金的前提是，別人是鐵，你的作品是金。

在沒有智慧財產權概念的古代，「與前人作品雷同」未必是負面的。然而，當代的創作環境已經大不相同，雷同很可能會被視為抄襲，是創作者必須避免的。然而，文學創作又常常有使用「典故」、「致敬」這些手法，同樣會與前人作品雷同，卻被視為好的寫法。其中差別何在，又要如何在雷同中保持原創性，是困擾許多寫作新手的問題。

我們先從「典故」說起。怎樣使用典故才能讓舊內容煥發新意呢？可以看看袁哲生的例子。在袁哲生的小說〈寂寞的遊戲〉裡，就用了司馬光破缸救友的典故：一群小孩玩捉迷藏，少了一個找不到，發現是跌進水缸，而眾人著急時，司馬光機智地打破水缸救出來。

但袁哲生的版本不一樣，他寫道：捉迷藏結束時，司馬光堅持有一個小孩還沒被找到，眾人疑惑，但司馬光發瘋似地開始砸水缸，裡面果真躲著一個人，仔細一看躲在水缸中的——竟然是司馬光自己。

破缸救友這個典故原先是光明而帶有教育意義，但袁哲生反轉了結局，呈現出略帶陰鬱，完全不同的深意。這是「用好」典故的其中一種方式：在很常見的典故中，找到從未有人想過的可能性。

再進一步，「典故」跟「致敬」這兩個概念又有什麼差別呢？

在電影《陽光普照》中，有一個段落，完整地將〈寂寞的遊戲〉中的司馬光搬上大銀幕，用動畫的方式呈現，劇情完全沒有更動，這部分就是致敬了袁哲生的作品。

在致敬某部作品時，會盡可能尊重原作品的成果，希望讀者可以輕易指認出處。而致敬的段落通常也不會占整篇比例太高，更像是一種點綴，提醒讀者「這部作品的宗旨跟致敬對象相似，而致敬對象走在更前面的地方」。

談完典故跟致敬，我們還是得回頭釐清：怎麼樣算是「抄襲」。

在探討抄襲問題時，「實質相似」和「真實接觸」是兩個關鍵的要件。「實質相似」指的是兩個作品在字句、敘事結構、概念創意等方面有顯著的相似性。這種相似性超越了一般性的或偶然的相似，在主要元素上明顯相同或非常接近。「真實接觸」則是被指控抄襲者，在創作該作品之前，有機會接觸到原創方的作品。比如原創作品已公開發表，或曾經私下分享給抄襲者。這個概念基於一個假設：如果被告從未接觸過原告的作品，那麼兩作的相似性就是偶然的。

假如你在創作時，還是分不清自己究竟是抄襲了他人作品，還是合理使用典故或致敬，有個粗略但有效的判斷方式。不妨檢視看看：將典故與致敬的部分，都先從作品中刪去、替換，作品吸引人的魅力還能成立嗎？

如果可以成立，就代表作品本身是完整的，典故與致敬起到加分作用。而反之如果不能成立，就代表這篇文章「太依賴他人作品曾經表達過的東西」了，就算不是有心抄襲，原創性恐怕也不太夠。

回到文章開頭「卡夫卡被抄襲」的舉例，這當然不是作者直接詢問卡夫卡得來的。故事其實出自張大春的《小說稗類》中的舉例，舉例是引自捷克詩人亞努赫《與卡夫卡對話》（*Gespräche mit Kafka*）的內容；而亞努赫的書，記錄了他與卡夫卡真實的談話；最後卡夫卡則說，他的創作是抄襲自時代。

「每個人都活在牢籠中，到哪裡都帶著它，所以現在人們才會寫這麼多關於動物的故事。」

卡夫卡在讀完《狐女》之後說。

以上的例子讓我們理解，在創作時，不避開前人成果、使用典故，代表我們能跨越文本傾聽、對話，在前人的基礎上繼續前進。也因為有讀者能指認，讓作品和作品、世界和世界之間，是隱約連結的。這麼想，創作是不是就不那麼寂寞了呢？

田野調查

「寫作之前是否需要田野調查？如何田野調查？」這是許多創作者需要考慮的問題，特別是創作題材與創作者本身的生活環境有一段距離時，更顯得迫切。然而，究竟什麼是「田野調查」？

我們可以將「田野調查」分為「田野」跟「調查」兩部分討論。第一部分的「田野」（field），看起來會讓人以為意思跟農田有關係，但實際上不只是農田，就連辦公大樓、生物實驗室、醫院、工地等場域，都能算是一種「田野」。

「田野」包含被研究的各式人群，乃至動植物與環境在內，都是田野的一部分，例如：在基隆碼頭工作的工人、工頭、船務人員，還有工作的碼頭、周圍的休憩場所、店家，以及跟船務有關的政府人員、工人的親朋好友等，甚至包含基隆的氣候狀況、風土人文條件等，這些都算是田野的範圍。

第二部分「調查」則是一種技藝，用來幫助田野工作者蒐集、整理田野現場獲得的雜亂資訊。首開先例的是奧匈帝國人類學家馬淩諾斯基（Bronislaw Malinowski），在第一次世界大戰期間拿著敵對國（英屬澳洲）的獎助金，前往巴布亞紐幾內亞做調查。為了不讓自己因戰事遣返回國，於是將短期計畫改成長期計畫，首開人類學家的長期觀察工作，建立起田野調查工作的原則與方法。

過去人類學家都是做短期調查，長期觀察的文獻則仰賴傳教士、航海水手留下的紀錄等，內容常帶有偏頗的立場。直到馬淩諾斯基才開始發展出如何「客觀」得到他者觀點的技術。

後來，田野調查廣泛地被人類學以外的學科採納，諸如生物學、考古學、地質學、社會學等領域。田野調查也應用在文學領域，尤其是現實主義（見341頁）、自然書寫（見256頁）的創作者，會強調自己的作品是由扎實的田野調查轉化而來，所以內容含有符合現實的細節，增強作品的說服力。

田野調查要怎麼進行呢？

在實際進入田野場域之前，調查者在腦中得先自建「問題意識」，設定大致的觀察方向。例如：想知道基隆碼頭工人與卡拉ＯＫ產業的關係。實際走進田野後，便能依循問題意識，篩選出與問題有關的資訊，像是把目標放在常去卡拉ＯＫ店的工人，而不是記錄工人所有的休閒娛樂。問題意識以外的資訊也可能很有價值，但未必是本次田野調查的核心。

為了得到更深入的他者觀點，調查者需要跟田野「互動」，花時間跟「報導人」聊天相處，慢慢建立起信任。如此，對方才可能願意分享更私密的事情，像是坦露他與家人的緊張關係、帶你去認識他自己的生活圈。說起來，與田野互動的過程，非常像是在交朋友。

可是，要怎麼讓對方願意對你——一個陌生人——敞開心胸呢？難道要很會聊天嗎？訪問過許多知名作家的阿川佐和子在《阿川流傾聽對話術》一書下了有力的註解：「原來，一個善於問話的人，不一定得不斷丟出問題，而是能成為對方想要主動傾訴的訪談者。」

重點是讓對方感覺你是願意傾聽的人，不要幫對方預設話題跟回答什麼，讓對方自己來選擇話題告訴你。我們能觀察對方說了什麼，以及「沒有說什麼」，這都可能是有價值的資訊。

若田野調查進行順利的話，對方會把你當成自己人，對你吐露非常私密的事情，但如果這時候，對方突然告訴你，剛剛說的事情都不能公開，你該怎麼辦？

這就牽涉到田野調查的倫理問題。田野調查牽涉的對象是人，調查者的每個行為都可能對田野有正負面影響，所以須格外留意倫理界線，像是：有沒有取得被調查者的同意？

有沒有做好保護措施，如匿名、去識別化，好讓被調查者不會在成果公開後受到外界的侵害？因此，在上述狀況裡，原則上要以報導人的意願為優先。

倫理問題是田野調查的重中之重，因為調查者是透過報導人的分享，才能獲得珍貴的資訊，因此必須尊重報導人。畢竟，那都是報導人的生命經驗。放到文學領域也是類似的道理。除非作者刻意將某些現實人物放進虛構作品，來喚起大眾對某些議題的關心，如黃崇凱〈狄克森片語〉取自白色恐怖受難者柯旗化的真實經歷。否則，作者得將現實素材「去識別化」，使得外界無法指涉出特定對象。

好比作家童偉格在二〇一〇年接受《中國時報》訪談時，談及創作小說《西北雨》的心態：「我要迴避寫真的人的人生，以免僭越他們，希望我的寫作乾淨到，沒有從他人生活剽竊任何東西。」

難怪有人類學家形容，田野調查就像在學習怎麼當「人」，即便田野調查能成為文學作家的寶庫，但在取用「寶物」的同時，務必謹記要尊重且慎重看待到手的材料。

閱讀動機

請在腦中想著你最喜歡的那本書，接著，請回想你第一次閱讀它的經驗。

你是一氣呵成地整本讀完？還是斷斷續續地邊讀邊回味呢？無論是哪一種，閱讀當下，那部精彩作品勢必讓你欲罷不能，持續吸引你讀到最後一個字。

是因為情節緊湊嗎？是因為角色迷人嗎？是因為故事主題你原本就很感興趣嗎？還是因為你享受作者的文字風格呢？這些全都可能構成你繼續閱讀的理由，而那份「想讀下去」的動力，就是本篇討論的重點——閱讀動機。

閱讀動機能使人主動且持續地閱讀，保持對文本的投入、專注，避免讀者被其他事物吸引而放棄閱讀。值得注意的是，閱讀動機運作的範圍有大有小，大至進行閱讀這項活動（不限書籍種類）的總體動機，例如一個人的家庭環境、社經地位是否利於養成閱讀習慣；小至針對某一目的或喜好而閱讀特定語言、主題、類型，例如學生為了學英文而讀英美文學、想了解生態議題而讀自然書寫，或者推理迷熱中於偵探小說。

以上簡短介紹了各種外於單篇作品的閱讀動機，接下來進入我們本篇討論的重點，主要產生於文本之內、作用於單篇作品的那種閱讀動機。

一篇作品是藉由什麼來吸引讀者讀下去呢？

這個問題在每一部文學作品、每一個文類可能都會有不同的答案，並沒有放諸四海皆準的原則，但我們仍能觀察到一些常見現象。

以小說為例，小說家往往透過營造懸念（見114頁）來保持讀者的閱讀慾望。懸念可以明顯的是一個謎題，使讀者困惑並期待解答（例如偵探小說一開場就死了人，讀者迫不及待想知道兇手是誰），或者其他千迴百轉的精彩情節發展（例如愛情小說裡出現情敵，讀者想知道主角會如何克服）。簡而言之，這種使用情節來營造懸念的方法，建立於人類天生的好奇心，故事聽到一半，總忍不住問：「然後呢？」難怪章回小說每回末尾總是一句：「欲知後事如何，且聽下回分解。」

讀者基於對情節發展的好奇，產生一回一回讀下去的動力。

然而，懸念不是唯一可以激起閱讀動機的元素。例如，在意識流小說裡，情節可能相當薄弱或根本缺乏貫串全文的主軸情節，全篇都沉浸在敘事者漫無邊際的聯想與回憶之中。抑或是，詩歌、散文之類的文本，並不以故事性為其核心追求。

這時，讀者的閱讀動機在哪呢？

以意識流小說來說，很可能來自角色（主要是敘事者）迷人的性格、語調，使讀者對文中人物產生共鳴。而詩歌和散文，則常常營造特殊的文字風格、提供層出不窮的意象，以此吸引讀者的注意。值得一提的是，所謂「營造文字風格」未必依賴於華麗詞藻，有時流暢自然甚至日常直白的語言，透過意象與節奏的經營，也能有意想不到的效果。

讓我們舉出一首風格強烈的詩作為例，以下為陳令洋〈我要在上風的地方做一個吸菸的動作〉第一及第三段的節錄：

我要在上風的地方做一個吸菸的動作
懂事雞精會靠北的部分
老實說我不在意
雨在這個城市下了兩個星期
肺還來不及焦黑
都先發霉了
點根菸也算是除濕大家的肺
……
我這邊要在上風的地方

做一個吸菸這樣
搶joke國文聯萌有一個動作的部分
就是說我們被判語言癌
但我們是一個連菸都抽的概念
國文不好，算得上幾個癌細胞？

這首詩乍看之下，語言直白到帶點搞笑的意味，由許多諧音哏（懂事雞精會、搶joke國文聯萌）組成，詩名和引言都來自於余光中〈請莫在上風的地方吸煙〉。但仔細一讀，會發現作者的直白搞笑，其實藏有反思與嘲諷的企圖，詩中「致癌」意象不停擴大，從抽菸得肺癌到國文不好得語言癌。同時，作者透過冗贅的言詞來安排節奏，刻意表演出「國文很爛」的形象，正是一種反諷，思辨健康和語言是否該由權威來界定。若讀者理解到這層用心，便能更享受作者那犀利直白的用字遣詞，甚至期待這首詩下一段又要變出什麼新的「哏」，這使得閱讀本身就能帶給讀者樂趣。

因此，我們可以說，哪些元素能激起讀者的樂趣、好奇，進而產生著迷感，那就往往是單篇作品的閱讀動機來源。但天底下有各式各樣的讀者，也就有千百萬種閱讀動機，能使一個人著迷的風格，可能使另一個人相當厭惡。

所以，想要精準地喚起讀者的閱讀慾望，最好的方法可能是在提筆前，先仔細地問問自己：

我要寫給誰看呢？

020 人物／角色

探討「人物／角色」（character）之前，我們可以先從一個問題開始。請問《哈利波特：消失的密室》（*Harry Potter and the Chamber of Secrets*）的這個段落，有幾個「人物」出現？

貓頭鷹送衛斯理太太的信給榮恩，沒想到送來的是可怕的咆哮信，榮恩當場被衛斯理太太狠狠咆哮修理。

直覺來說，榮恩是「人物」，對吧？那麼貓頭鷹、咆哮信，兩者算是人物嗎？

等等，好像開始有點混亂？我們有必要先名詞定義一下，看什麼是小說的「人物」。

小說的「人物」，會透過對話與行為來表現出「性格」與「動機」。因此，我們只要檢查一下有沒有性格、動機兩個要件，就能判斷是不是人物。

以榮恩來說，我們曉得榮恩的性格，雖然不像妙麗機靈，但他會在關鍵時刻幫助朋友，算是值得信賴的人。至於榮恩在這個段落的動機是「幫哈利跟自己回到霍格華茲」，所以他決定偷開爸爸的老爺車（劇情部分就請各位自行去回味小說了）。因此，我們可以確定榮恩有性格與動機，確實是人物沒錯。

我們接著來檢視貓頭鷹、咆哮信算不算人物。

如果貓頭鷹送信的時候，對榮恩頭頂降下「禮物」（小說實際段落沒有如此描寫），然後在旁邊竊笑榮恩，顯然牠的性格是有點調皮的寵物，而動機就是羞辱主人，便符合人物的條件。然而，小說實際的貓頭鷹並沒有做出這些行為，沒有展現出性格、動機，便不能符合人物的定義。

咆哮信雖然發出衛斯理太太的聲音，但咆哮信只是傳聲筒，在完成咆哮任務後，化為一攤碎紙，沒有展現出性格與動機，所以咆哮信也不符合人物的條件。

好了，弄清楚什麼是人物之後，可以繼續思考其他作品出現的動物、物品，例如吳明益《單車失竊記》中〈靈薄獄〉的象，算不算人物？

我先不直接說答案，先來接續討論人物有哪些類型。

按照英國小說家E・M・佛斯特（Edward Morgan Forster）在《小說面面觀》（*Aspects of the Novel*）的分類，人物分成「扁平人物」（flat character）與「圓形人物」（round character）兩種。

扁平人物是作者依照單一理念或特質所建造出來的人物，最簡易的識別方式是突出且單一的性格，例如《哈利波特》的皮皮鬼，出場就是為了惡作劇，幾乎沒有別的性格。不過，扁平人物隨小說的發展，構成要素可能疊加超過一個，像是皮皮鬼在最後霍格華茲大戰中，展現出對學校的效忠，加入作戰的行列。於是皮皮鬼在前幾集是「扁平人物」，但在最後一集卻演變成「圓形人物」。

圓形人物相較扁平人物，有更多面向的性格。通常小說的重要人物都會是圓形人物，像是榮恩除了扮演哈利忠心的好友，他也是家中受人欺負的弟弟；他也會因為自己的堅持跟好友吵架。這些特質顯然比扁平人物複雜得多。

正因為圓形人物複雜，作家能創造出非常多樣的圓形人物，有的如傳統神話的「英雄」，如注定要打倒佛地魔的哈利。有的則是非典型的「反英雄」（antihero），性格比英雄陰暗，做事也不算正派，但仍然發揮了某種「英雄」的效果。《哈利波特》的石內卜就是反英雄人物。他前期是討人厭的老師，常讓人懷疑他效忠佛地魔，暗中想謀殺哈利，但石內卜其實是在暗地裡幫助鄧不利多。讀者有時會覺得，反英雄人物比傳統英雄更有魅力，因為反英雄人物的陰暗面與良知有著強烈對比，性格的缺陷更加明顯，反而令我們覺得這類人物非常真實。

人物的解釋就到這邊。至於前面問《單車失竊記》〈靈薄獄〉的人物問題，答案是：是。小說以象作為人物，描述象如何面對人類的戰爭：「象並不理解自己為什麼被捲入這些事，象的身體、象的意識、象的經驗都沒有給予牠們去面對這樣世界的能力。」因此，最後一件需要提醒的是：「人物」並不一定是「人」，這是「character」一詞翻成中文的「人物」時，常常帶來的誤解。「人物」的定義，最核心的仍然是「性格」和「動機」兩個要件。

角色動機

動機，即一個或一連串行動開始的原因。

在「英雄之旅」（見146頁）、「情節／故事」（見107頁）等詞條中，我們強調了讀者將在閱讀歷程中，深受角色遭遇的情境所影響，進而深入整個故事、並得到滿足。然而，究竟是什麼元素，能使讀者願意踏上旅程，追隨角色群的奮鬥直到最後呢？

就像你在旅行、工作、社交上，不會輕易和目標南轅北轍的人們同行。同樣的，在閱讀時，我們是否會被主角打動、並好奇後續發展的關鍵，便是本條目將要談的「角色動機」。

一個良好或充足的動機，將說服讀者「為何主角即將開展某趟旅程」——不管那看起來將會有多麼荒謬或艱辛。而當一部作品中的角色動機明確，並能使讀者感同身受時，更會大大強化讀者的代入感。也因此，打造精彩生動的角色動機，是小說或戲劇創作上不可或缺的關鍵技術。

承接開頭，一切角色動機均可簡化為：「角色們因為想要……，於是開始……。」如日本的熱血動漫中，第一集往往便會明確告訴讀者，主角想要達成什麼目標，這個動機將支撐角色走過漫長的冒（ㄌㄧㄢˊ）險（ㄗㄞˋ）歲月。以漫畫《比宇宙更遠的地方》（宇宙よりも遠い場所）為例，它在第一集中便明確揭示：主角小淵澤報瀨渴望前往南極，追尋身為南極觀測員的母親腳步。這股近乎偏執的意念深深感染並改變了身邊的女高中生們，使她們也毅然決然擺脫「正常」的高中生活，進而一路帶領讀者們，踏上這趟直白純粹的冒險。

有時候，角色動機也可能是「被迫」的。主角原先並沒有特別的動機，但因為捲入了突發、未知的意外，於是被迫展開行動。在美國電影《醉後大丈夫》（*The Hangover*）一開場，男主角與兩位好友發現：他們歷經了一整夜的告別單身趴後，弄丟了即將在當日結婚的準新郎，還有所有喝醉後的記憶。於是他們必須在拉斯維加斯的公路上，推理出他們前一夜做的瘋狂行徑，以便找回生死未卜的好友，並將他帶回洛杉磯參加結婚典禮。許多犯罪題材的作品，主角們通常也都是捲入一場陰謀或事件，為了倖存或緝兇，而被迫展開一連串前所未有的行動。

若要進一步剖析，角色動機還可更加細緻地分成「外在」與「內在」。有時主角的動機，只是他在初始階段設立的目標，真正驅使他行動的，可能是成長經驗中缺失的慾望，或是其他不自知的心理因素。當作者試圖展現一個角色更為深層的一面時，會讓角色反思自己的內在動機，更加釐清自身的本質。

為方便對比，讓我們以同為日本漫畫的《火影忍者》（NARUTO -ナルト-）為例：主角漩渦鳴人在第一集時，以受盡歧視的孤兒身分，宣布要「成為統治全村的火影」，並行動至結局，這是外在動機。但作者也在許多情節與對話中安插對比，揭出了「鳴人想成為火影，是因為從小受盡排擠」——我們由此可知，鳴人真正的內在動機，是想獲得認同，不再寂寞。

當鳴人在一連串困難中，理解到自己真正追求的「不是一味的強大與獨自承擔」，而是「與他人相互認同與信任」時，他同時完成與童年創傷、內心幽暗面的和解，也使整部作品的主題昇華了。

角色動機是故事的發動機。在任何帶有敘事性的作品中，設定好一個精彩的角色動機，能使旅程得到啟動、角色更加飽滿，並讓作品的靈魂點起一盞閃爍的光。

場景

場景是作品的時代背景的物理空間，也是事情發生的地方。聽到「場景」這個詞，也許大家第一個會想到電影、舞台劇等，在有著固定的畫面裡面，有著固定演員、道具，觀眾融入了場景之後，便開始期待情節的發生。

場景的作用，是將這齣戲／故事的前提告訴讀者，現在是何時、現在在哪裡。千萬別覺得這沒什麼大不了，場景的特色是，它實在太基礎也太常見了，以至於許多新手寫作者都會忘記要先處理場景。讓我們先看一段高手如何處理場景，請注意每一個句點前的主詞是什麼：

> 台南的柏油路熱氣蒸騰，經過日光曝曬過後的街景在視野裡晃動。小臻騎著摩托車在路上亂晃，安全帽悶著頭髮，熱風夾帶海的鹹味吹過我們的皮膚。我一手摟著小臻的腰，另一手緊抓皮包，那裡面放著一個紅包袋。

——何玟瑋，〈那一天我們跟在雞屁股後面尋路〉

讓我整理這段的表格，你會發現，第一段展現出台南這個行政區；接著到了第二句，小臻騎著摩托車，規模比「台南」更小了；第三句，則更限縮在腰、皮包、紅包這樣更小的物品上：

第一句	第二句	第三句
台南的柏油路熱氣蒸騰，經過日光曝曬過後的街景在視野裡晃動。	小臻騎著摩托車在路上亂晃，安全帽悶著頭髮，熱風夾帶海的鹹味吹過我們的皮膚。	我一手摟著小臻的腰，另一手緊抓皮包，那裡面放著一個紅包袋。
台南／太陽曝曬街道	小臻／騎著摩托車的人	我／腰、皮包、紅包

發現了嗎？場景可以透過運鏡的方式，帶出故事的細節。一定得要從大的地方描寫到小的？並不一定，端看你的「這一段」需要多大的舞台布置，來呈現你想說的故事。重要的是，好的場景設計可以協助讀者融入故事，獲取必要資訊或娛樂體驗。

場景並不是每次都得要從「同樣的規模」開始寫起：《魔戒》（*The Lord of the Rings*）中的中土大陸，各處充滿陷阱的世界，讓哈比人的旅途困難重重；然而描寫哈比人小屋時，卻用了許多小門、小桌子、小麵包。在小說寫作中，大小是相對的概念——甚至最小的場景，就是內心糾葛。

場景也是設定的其中一環，透過細節的設定，場景便能引發讀者對於該地的嚮往、恐懼、甚至是鄉愁；如前引的何玟珒作品裡，作者第一句便描寫台南的熱氣，若是長居於台南的讀者，便能體驗到一種文字帶來的質感與體驗。

那麼，場景＝物質性細節嗎？沒錯，你可以想像你是舞台總監，在每一場戲開始之前，要考慮擺上哪些物品、布景，好讓觀眾更投入。並且請注意，並不是把舞台塞得越滿，這個場景就越好；好的舞台布景，應該是精確的，而非雜亂的。

那要是這場戲沒有任何布景呢？人物就這樣走上舞台，開始演戲，可以嗎？其實也是可以的，那依然在「場景」的定義內——事情發生在空無一物、無可辨認的時空內。比如底下的案例：

那段日子，作像是夢遊病患，又像是已死之人卻意識不到自己已死這一事實。

太陽升起便睜開眼，刷牙、穿上手邊的衣服、乘電車去學校、在課堂上記筆記。就像颱風來襲時行人會緊緊抓牢路燈一樣，作僅僅依照著日程表機械地行動著。如無必要，他不向任何人開口說話，晚上回到一個人住的房間後，就倚著牆坐在地上，一個勁地想著死或是生的欠缺。在他面前，晦暗的深淵張著巨大的裂口，直通到地球核心。那裡所見得到的只有空虛化作的旋渦狀厚厚雲層，所聽得見的唯有壓迫至鼓膜的深邃的沉默。

——村上春樹，《沒有色彩的多崎作和他的巡禮之年》

在上一段落中，小說人物遭逢了一場巨變，生活過得行屍走肉。小說家為了讓故事更可信，創造出「遭受打擊時並不會注意周遭」的場景，要是作者「寫太多物質性細節」，反而讀者會注意不到人物內心的空洞。

最後，若是場景中「沒有人物」，那麼故事只能停滯嗎？當然不。

例如：一棟因大地震半傾斜、隨時會倒塌的大樓，此時「場景」扮演了隨時改變故事人物命運的「主動方」；有時候場景奇異無比，例如：全世界的鴿子同時飛向天空時，為故事提供「謎團」。此時，「場景」可以成為故事的主動方，而不僅僅只是「人物所在的地方」。

轉場

想像一個畫面：有兩個成年人正坐在餐桌兩旁對話。接著室內一片搖晃，兩人頭上的電燈摔落，畫面一黑。再次亮起時，場景已是一片森林，還只是兒童的兩人正張開眼睛，開始奔跑……。

將兩段看似時間、場景都不相連的畫面給連結起來——這便是轉場（Transition），它是一個電影術語，描述鏡頭與場景間交替、轉換的影像效果。

在一部電影中，最小的敘事單位是鏡頭。透過鏡頭的運動，我們可以看見一個場景內發生的事情、出現的角色、擺放的物品等等。為了避免鏡頭切換時的不連續感，人們發明了各式各樣的轉場方式，如：「淡入」（Fade In）／「淡出」（Fade Out）、「跳接」（Jump-cut）、「溶接」（Dissolve）等等。轉場為電影場景的轉換提供了黏合的效果，流暢的轉場甚至能承接情緒、強化張力。相比電影鏡頭的視覺效果，文字在瞬間所能賦予讀者的資訊量是遠遠不及的，要如何令讀者在閱讀過程中減少不必要的消耗、卡頓，也是寫作者必須透過「轉場」解決的課題。

文字又不是鏡頭，如何能轉場？若我們將思路從「鏡頭的運動」搬移到「文學作品的用字遣詞」上，我們就會發現「轉場」這項技術，在文學作品裡也有大量的應用。

以下，就讓我們以台灣小說家黃凡的名作〈賴索〉為例：

> 青春期並沒有帶給他多大的煩惱。他是班上最矮小的一個，坐在離講桌只有一公尺的凳子上。日本教師不時地偷偷抓著下襠，他患了濕疹這一類的皮膚病，認為別人都看不到，他可錯了。
>
> 「支那！」日本人說，「通通跟我念一遍。」
>
> 「機那。」賴索說。
>
> 「知不知道，你們不是支那人，你們是台灣人。」
>
> 「可是老師，」一個本地生問：「我祖父說我們都是跟著鄭成功從支那來的。」
>
> 「八個野鹿！」日本人罵道。口沫飛到賴索臉上，他舉起手來擦臉，發現臉上長了一顆顆的青春痘。
>
> 當這些青春痘開始膨脹，有幾顆甚至化了膿時，他正走在大稻埕的街上，一面走一面用指甲去擠，弄得臉上，紅一片白一片，擠到第五顆時，同伴小林用肩膀撞

撞他。

「快看！」小林壓低聲音說，「那不是田中一郎嗎？」

「兩年前教我們歷史的日本人。」

看見了嗎？請注意畫線標記的地方，作者透過賴索「發現青春痘」，先將鏡頭聚焦到了青春痘上，隨著青春痘「化了膿」，場景已飛快地從教室轉移到了大稻埕，時間也就這樣過了兩年。對「青春痘」的個別描寫，如同電影中的特寫鏡頭，當鏡頭再次拉大，賴索所處的時空已然劇變。然而對讀者而言，閱讀的體驗卻不會因時空的跳躍而有所中斷，這便是一次優雅的轉場。巧妙地控制讀者的視野，透過敘事資訊的收放，將龐大的物理法則與現實世界給收斂在短短的幾行字內。身為讀者的我們，就跟著看起來只是摳著青春痘的賴索，跨過了青春、栽入了歷史的下一個路口。

值得注意的一點是，和多數文學技巧不同，「轉場」技術的華麗，正在於它的「不留痕跡」。愈是讓讀者不經意地通過，愈能讓讀者在回味時，對這份流暢感到妙不可言。

024 運鏡

想像你正觀賞一部電影，劇情到精彩之處，兩位角色在大街上起了口角。銀幕上除了兩人之外，還能看見街道上行人、小販穿流而過。

這時，你會不會希望畫面再靠近一點？再更集中於兩位角色？如此你才能好好看清楚，兩人爭執過程中表情如何改變、有哪些細微動作。畫面轉為主角特寫，你看見他深深皺眉，向對方開槍之後甩頭離去。隨著中槍者倒下，四周尖叫連連。

這時，你會不會反而希望畫面拉遠一點？讓你看清周圍反應？

也就是說，作為觀眾的你，其實並不希望畫面一成不變，反而希望畫面能適時調整遠近、突顯重點。這種「近」與「遠」的調度，若實踐在文學作品之中，就是文字的「運鏡」。

「運鏡」一詞原是電影術語，是透過鏡頭縮放或攝影機位置、移動方式的改變，來引導觀眾專注於特定畫面。而在文學作品之中，寫作者也能透過調整書寫的次序、描摹的精細程度等要素，來達成類似電影運鏡的效果，以此控制讀者的注意力，並使得故事的層次更加豐富。

推移、滯留，造成畫面移動或停滯於特寫，都是電影常見的運鏡手法，而文字能以安排描寫次序來進行推移，詳細敘述某一人事物來進行特寫，再改變句子長短節奏，就彷彿控制電影運鏡的速度。然而，文字和影像不同，某些「推近」和「拉遠」的能力是文字獨有的，在影片中若不用旁白說明，則很難達成。例如，文字的「近景」，可以「近」到進入人物內心，直接寫出其獨白，使讀者貼近觀賞人物的內心景觀。反之，文字的「遠景」，又可以「遠」到幾百年、幾千公里都用一句話帶過，或者整段敘述只概略提供了時空輪廓的摘要。有近有遠，那麼文字的「中景」是如何呢？便是介於遠與近之間，描寫具體的外部動作，並且聚焦在特定場景。

通常，一篇精彩的文學作品都適當地在「近景」與「遠景」之間交錯移動，就像一部好電影的鏡頭不會只有大遠景或只有特寫。我們可以說，除非刻意經營的特殊風格，不然只有「遠」就顯得空泛，只有「近」則顯得瑣碎。好的寫作者會有流暢自然的運鏡工夫，帶領讀者在「近景」與「遠景」之間穿梭，且流暢得往往不使讀者察覺。

讓我們以李奕樵的短篇小說〈兩棲作戰太空鼠〉開頭為例：

> 沒有威嚇。我只是輕說了聲：跑。
>
> 他立刻從地上彈起身子，在小小的牢室裡，跑了起來。沿著四方牆壁，繞著圈跑，跑得很快。圈子很小，他得向中心斜著身子，以畸形的身姿跑著，好抵抗離心力。不停旋轉，像一只無奈的鉛錘。
>
> 在這之前，我無法想像一個人看起來不像一個人，而像鉛錘。

明確的場景（牢房）、具體的動作（繞圈跑）、人物（跑者和命令者），這是「中景」。但作者隨即拉近鏡頭，描寫命令者（敘事者「我」）的思緒，進入敘事者內心景觀的「近景」：

> 我只聽他跑步的踏地聲，並且讓他知道我有在聽。
>
> 我不免認真思考：為什麼籠中鼠會在輪上奔跑？
>
> 還有，為什麼我可以忍受呢？作為一個觀看的人。

此處透過敘事者內心獨白，帶出兩個抽象問題，讀者可以快速聯想到上一段牢房內的跑者（籠中鼠）。這兩個問題呼應前述「一個人看起來不像一個人」，點出這篇小說的其中一個核心——是什麼樣的殘酷，讓人變得不像人？

可是，作為讀者，此時我們已看到了「中景」和「近景」，卻還是對故事的時空背景一頭霧水：這是哪裡的牢房？什麼時代會這樣處罰犯人？

直到下下段，作者把鏡頭拉遠，讓我們看清「遠景」，這些疑惑才解開：

這是座彈丸之島，幾乎沒有平地，倒是有無盡的隧道。我們睡在隧道裡，隧道裡有很多房間。我分配到的寢室有兩管日光燈，流明極低，很難在裡頭閱讀。……海島的夏天是四十度的嚴酷濕熱。……

有人在睡夢中中暑。

我們得拚死喝水，強迫自己排汗。但部隊裡沒有海水濾淨機……

讀到這段，讀者才明白這是一篇關於離島部隊的故事。也才理解到前述的牢房很可能不是一般監獄，而是部隊的禁閉室。這種開場手法在電影裡很常見，先近距離拍攝一事件，讓觀眾被事件吸引卻不明白前因後果，接著再拉遠鏡頭，使觀眾進入故事時空，並產生恍然大悟的暢快感。

值得注意的是，這篇小說只用了七百多字，就完成以上的鏡頭伸縮，寫出簡潔有力的開場。你可以試著在腦中替它抽換次序，把「遠景」換到開頭再拉近，你會發現故事還是講得通，但就沒這麼精彩了。

由此可見，成功的運鏡能適時突顯重點，替故事增色。下次寫小說時，你不妨也花些心力來安排運鏡，發揮鏡頭調度的威力吧！

情節／故事

講到小說，大多數人都會同意必定含有「情節」或「故事」的要素。然而，這兩者的定義是什麼？又有何差別呢？

想像一場棒球比賽，如果我直接告訴你「比分是二比一」，你一定不覺得自己有「觀看」到這場比賽。同樣的，如果只告訴你一部作品的開頭與結局，比如《火影忍者》的主角鳴人是孤兒，最後當上火影了，你一定也會覺得「我看了什麼」。由此可知，讀者不只想看到「結果怎麼了」，更想知道「導致結果的過程」，而此一過程，便是「情節」。

那「故事」又跟「情節」有何不同呢？在E・M・佛斯特一九二七年《小說面面觀》中，更進一步把「情節」與「故事」，用「是否具備因果關係」來區分。該經典的篇章開頭用了如下案例來說明：「國王死了，後來王后也死了」是故事，單純呈現「事件的順序」，而未必有因果關係；而「國王死了，不久王后也因傷心而死」則呈現了明確的「因果關係」，因此是情節。

因此，人物的一舉一動、做出的每個決定，都會影響接下來的情節。比如前述的《火影忍者》，要是九尾妖狐沒有封印進鳴人的體內，他也不會受人排擠，然而，若是沒有九尾妖狐，他也無法真正當上火影。是的，情節透過一個串著一個的「因果關係」運行著，也許這個因果並不一定符合現實法則，但只要本身具備因果關係，就能夠說服讀者，引起讀者的反應。例如說「青蛙被親吻，然後變成王子」，這情節顯然有點奇幻，但並不妨礙它成為經典的童話作品。

更進一步說，就算是非常不合理的「導致結果的過程」，在小說裡仍然能夠形成因果關係，從而連綴成情節。比如在馬奎斯（Gabriel García Márquez）的《百年孤寂》（*Cien años de soledad*）裡，有一名角色被人殺害後，他的血液穿街走巷，流過很遠的距離，回到了老家的老祖母面前。如果在現實生活裡，我們說「因為一個人惦記老祖母，所以他的血會自己流回家」，這顯然是荒誕不經的。但是，這在小說裡，是完全可以成立的「因果關係」。這些看似奇形怪狀的因果關係，卻造就了拉美魔幻寫實小說的敘事經典。可以說，情節的鋪陳，並非只能有一種合理的邏輯，只要有「能夠被推敲的因果軌跡」即可。情節的作用就像是運用一種看不見的線，把一切都串在一起，並通向結局。

不過，考量到現當代創作評論者在分析作品時，並不會特意區分「故事」與「情節」兩者的語境，更多時候，當我們使用「故事」一詞，更像是指「完整的作品本身」，比如

「《子彈是餘生》描寫了一群資工人的故事」；而「情節」則是「作品的段落發展」，比如「〈州際公路〉裡，跳樓那段情節」。因此，儘管佛斯特的說法相當經典，不過當代使用上，其實並沒有嚴格區隔「故事」與「情節」兩個詞彙。

雖然我們前面討論的，都是小說裡的情節，但情節是可以出現在所有「有在講故事」的作品當中，包含小說、劇本、散文、詩歌、非虛構寫作等等。比如說，洪萬達的詩作〈一袋米要扛幾樓〉就有顯著的情節，並博得喝采。

而我們也可以進一步思考，若是情節的因果關係發生了，但是「結果與一開始根本沒差別」或者「差距非常小，幾乎可以忽略」，那麼故事還會成立嗎？作品「反情節」的設計，也可以是一種展現風格或凸顯特定主題的方法，例如：薩繆爾．貝克特（Samuel Beckett）在《等待果陀》（*Waiting For Godot*）中，為了強調「即使做了些什麼，但最終仍無改變」，主角兩人從一開始在樹下相遇並且等待，重複的爭執、和解到最後決定嘗試自殺，但仍然在樹下動也不動地等待——像極了現代社會中「白忙一場」的隱喻。

最後，我想告訴你的是，情節可以很「短」，短至一句話；「情節」也可以很長，像是每部《不可能的任務》電影或者美式RPG《巫師》一樣，為了達成最終任務，循著一條因果線索跑遍世界。心理科學發現，人會把曾經遇過的「事件順序」安插「因果關係」，讓人生成為故事——不停地編造故事，我們的大腦才是故事的培養皿呢。

026

高潮／反高潮

複習時間：情節是「循因果關係導致結果的過程」。而「高潮」呢，就是故事中的主菜時間，也是「主要情節」的結果全然決定的時刻。比如說在《小美人魚》（*The Little Mermaid*）的故事裡，最主要的情節是「愛麗兒追求愛情的過程」，這是「主要情節」；隨著這個主要情節，可能會衍生出次要情節，比如「愛麗兒想要獲得一雙腳的過程」。所謂的「高潮」，就是愛麗兒決定「有沒有追求到愛情」的那一刻，而不是「有沒有獲得一雙腳」的那一刻。

我們可以試著以下列故事練習看看：

女孩從小就不受人喜愛，因為她是個孤兒，她的養父母也都對她很差。有天，她發現了自己親生母親的所在地的線索，於是孤身一人，起身前往異國，尋找親生媽媽。

途中，她遇到會說話的烏龜，烏龜想要找到被烏龜族喜愛的龜殼，以便能交到朋友；她遇到想要蒐集所有彈珠的士兵；她遇到異國暴虐統治的宰相。

最後，烏龜找到了龜殼，雖然龜殼是破掉的，但烏龜獲得族人的喜愛；士兵為了拯救小女孩避免宰相的冤罪而死，最後在臨死前發現太陽是最閃亮的彈珠；宰相則是不受愛戴，民眾發起革命，而倉皇逃亡。

最後她在井裡找到自己的媽媽，兩個人在陰暗的井裡感人重逢。

問題：哪段是高潮？A、烏龜找到破掉的龜殼。B、士兵為小女孩而死。C、宰相逃亡，國家覆滅。D、小女孩找到媽媽。

答案是D。因為整個故事看下來，主要情節是「小女孩有沒有找到媽媽」，其他都是由此衍生的次要情節。在井裡的這一幕，即使不是故事裡最奇幻或最盛大的，也仍然是最核心的「高潮」。相對的，雖然「國家滅亡」是件大事，但因為與主要情節無關，所以最多也只是次要的「小高潮」。

在不同類型的作品裡，高潮會有不同的表現方式。比如《名偵探柯南》（名探偵コナン）中，每次事件的解決，都會落在「用俐落的推理與犯人相互對峙」，這是一種高潮，揭露了案件的真相——而不是用博士發明的道具來追捕犯人的時候，因為真正確定「定罪」結果的，是推理而非追捕。動畫《玩具總動員》（*Toy Story*）系列中，玩具們經過重重難關，找到了同伴、找到了生存之路、找到自己的意義，最終有溫暖的歸屬；白先勇〈國葬〉中，老將軍經歷了重重回憶，努力爬上卡車的舉動。這些情節，都回應了角色最初的狀態，讓我們看到確實的改變發生了。

總之，我們可以發現，高潮的來臨，似乎會呼應到一個關鍵的東西——故事一開始告訴我們的原初狀態，它最後變成了什麼？當主情節結束的時刻抵達，高潮就會發生，會帶給讀者「大勢底定」的感受。因此，高潮往往都發生在故事後段，接近結尾之處。即使高潮之後仍有若干情節，那也會是不影響「大局」的補充。

不過，隨著讀者越來越熟悉這種模式，許多創作者也開始會採取「反高潮」的寫法。如果說「高潮」是隨著情節的堆疊，讓我們感到「事情必將以某種方式解決」，那「反高潮」就是「預判讀者的預判」，用「不解決」或「歪斜的解決方式」，來塑造一種意外的「期望落空」之感受。例如，史蒂芬·史匹柏（Steven Spielberg）的電影《世界大戰》（*War of the Worlds*）中，地球人被外星人打得節節敗退，讀者會預期地球即將滅亡，或者主角群能夠力挽狂瀾。結果這些期待都沒有發生，外星人竟然是被感冒病毒消滅了。如果你有一種「蛤？」的感受，那就對了——這正是反高潮所帶來的落空感。這樣的戲劇結構，有時能賦予截然不同的感受，甚至產生反諷的效果。

是的，不是所有點燃的炸彈一定會爆炸，進一步來說，也不是所有的作品都必須「高潮」。舞鶴的小說〈拾骨〉裡，主角一開始要幫母親撿骨，經歷了靈修、母親的託夢、民俗拾骨後，卻摸不著頭腦地跑去召妓，故事便在此收尾，所有合理的預期都沒有發生。要說這是反高潮嗎？是的，這也是純文學寫作中常見的手法，顯示了作家對敘事成規的反叛；這也代表純文學通常相信，期待的故事，其實不一定會發生！

在這裡，想跟你說的是：其實「高潮」與「反高潮」都是一種劇情設計的典範。有了這樣的認識後，高潮作為一種文學結構，也可以應用於非虛構的書寫。報導文學、紀實文學、自然書寫等，儘管這些文類不允許虛構，但只要是「情節／故事」，就能透過高潮或著反高潮的劇情設計，透過情節的彼此呼應，重新調度與整理素材（這也是寫作者之責），也可以達到感人的「戲劇效果」。

027

懸念

在網路上的諸多內容農場中，流傳著一篇號稱是「世界上最短的科幻小說」，其內容不到三十字：

地球上最後一個人獨自坐在房間裡。這時，忽然響起了敲門聲……

「……為什麼!?」

若讀者有了這念頭，作品就有了懸念（suspense）。

渴望答案的念頭愈強烈，讀者對作品的陷入就會愈深邃。於是，文學創作要召喚起讀者閱讀的慾望，最快最精準的方法，就是為作品製造「懸念」——讓讀者產生困惑，並期待獲得解答。

懸念一詞的由來已不易考，但從各式各樣的創作中，都能發現這個概念的運用。以下便介紹幾種創作中常見的懸念使用方式。

懸念最簡單的運作方式，就是設計一個讓主角遭遇困難的情節，使讀者期盼知道他會如何戰勝難關，藉以得到激勵與慰藉。小至童話故事、大至英雄史詩，都常以這種方式製造懸念，使故事得以波瀾起伏。尤其當讀者與主角產生愈強烈的認同或是共感，渴望突破困境的心意就會更加強烈，懸念也將更加拉扯讀者。如：飽受排擠與敵視的孤兒要如何當上全忍者村認同的村長（《火影忍者》）、怕水的男孩要如何遨遊在全世界偉大的航道上（《海賊王》〔*ONE PIECE*〕）……。

除了在故事中編排情節，好去製造懸念、牽引讀者的思緒，在作品的開頭即丟出一個令人無法理解全貌的情境，也是誘導讀者深入的寫作手法。如台灣中學生都耳熟能詳的、國文課本名場面：

我與父親不相見已有二年餘了，我最不能忘記的是他的背影。

這是朱自清〈背影〉一文的開場，作者藉此埋下懸念：為何父親的背影使其「最不能忘記」？以此勾起讀者的懸念之後，就能順勢帶出父子關係、兩人離別的場景，從而推向文章最經典的高潮——父親艱辛地跨越月台去買橘子，表達出溢於言表的父子之情。

另外一種在通俗作品中尤為常見的手法則是：刻意隱藏某些人物、事件的資訊，不斷累積的張力或困惑，好迎來揭露時刻的高潮。比如推理小說中的揭曉真相環節、諜報片中的間諜身分公布，或是絕世祕密與寶藏的公諸於世等等。

不過，「懸念」也不只能用在故事開頭，當作勾引讀者的手段，它有時也會被安置在故事結尾。在許多靈異、驚悚的作品結尾，也常常會用某個一閃而逝的場景，或是突然插入新訊息，暗示心情還正在平復的讀者：「不，事情其實還沒有結束……。」比如在電影《酷斯拉》（*Godzilla*）的結尾，看似怪物肆虐的危機已經解決，但鏡頭卻讓我們看到「有幾顆沒被發現的蛋」。不論這是續集的伏筆，還是燒腦的提示，如此「懸而未決」的情節究竟會如何發展？故事似乎結束了，對讀者的折磨卻再度開始……。

這就是懸念的威力。

逆轉與發現

「你殺了我的父親！」

「不對，我就是你的父親！」

「不——！」

路克．天行者（Luke Skywalker）一心想擊倒殺父仇人黑武士達斯．維達（Darth Vader）——可是萬萬沒想到，達斯．維達竟然就是自己的父親！

這段情節堪稱是《星際大戰》（*Star Wars*）的經典橋段，使得其他作品也相繼模仿「我就是你的父親」來致敬《星際大戰》。

為什麼「我就是你的父親」能令大家如此印象深刻？因為這段情節充分發揮「逆轉」（reversal）與「發現」（recognition）在文學的功用。

逆轉與發現最初是亞里斯多德在《詩學》（*Poetics*）提出來的概念，用來解釋為何希臘悲劇（見226頁）的人物掉進痛苦深淵時，觀眾反而能升起強烈的憐憫心。

逆轉指的是「發生與預期情節相反的改變」。一部作品的主線劇情，常跟隨主要人物的角色動機（見092頁）進行，例如路克·天行者想消滅殺父仇人達斯·維達，好讓宇宙恢復和平，因此觀眾自然會預期，路克·天行者勢必會找到達斯·維達，並跟他決一死戰。

想不到在緊要關頭的時候，達斯維達拋下一顆震撼彈：你尊敬無比的父親，其實就是我本人！這顆震撼彈扭轉了觀眾預期的情節走向，也達成了「逆轉」的作用。

發現指的是「人物從『無知』到『知』的改變」，也就是真相大白的意思，但這裡揭露的事情不止是單純的新資訊，而是足以摧毀主要人物信念的真相，徹底認知到自己無力反抗命運之輪，希望墜入谷底。

例如原本天真無邪的路克·天行者，相信自己經過師傅的特訓，一定能成為強大的絕地武士打敗達斯·維達，讓宇宙恢復和平。然而當達斯·維達在決鬥時說出「我就是你的父親」之真相，讓路克發現整個局面真正的醜陋模樣——原來路克始終被師傅蒙在鼓裡，也被自己幻想父親的形象給欺騙了。想要拯救宇宙，恐怕他得弄髒雙手，殺掉親生父親才行。在那一刻，路克的天真崩毀了。

逆轉與發現相互搭配，能創造出讓人印象深刻的劇情高潮，能應用在小說、漫畫、影視、遊戲等作品，作為揭露最為關鍵、重要的劇情，也是大家常說「不可以劇透（爆雷）」的地方。

以電影《返校》來說，處處充滿逆轉與發現的應用。為了進一步解釋逆轉與發現，我似乎不得不劇透《返校》這部電影。若你還沒看過《返校》，不妨看完作品後再來看以下的說明，相信這麼做會有更多收穫。

——防雷線在此——

以白色恐怖為主題的《返校》，充滿逆轉與發現的運用，例如剛開始觀眾以方芮欣的視角，探索隱藏祕密的老舊學校，而每一次找到的詭異線索都是「發現」的應用。隨劇情進入回憶片段，方芮欣誤會殷老師介入她與張老師的關係，因而向教官舉報讀書會，就是「逆轉」使用的例子。

直到最後，劇情揭露真正的抓耙子是方芮欣，觀眾同時感受到「逆轉」與「發現」的加乘效果，那刻起觀眾才得知背景的陰森校舍，其實是方芮欣充滿悔恨的回憶。

——防雷線結束——

《返校》的例子說明了逆轉、發現能各別使用，或結合起來發揮作用。在文學作品則可以先在前半段埋疑點，再來鋪陳逆轉與發現，藉以扭轉讀者原先的期待。以黃麗群〈卜算子〉來舉例：

伯把一切瞞得很好，伯說自己一個人年紀大了，孩子是回來照顧他的，孝順呢，鄰里誇他，真是好孩子呢。

……

災中之災。回台北沒多久，追一袋血追到他身上。對方在電話那端像老式撥盤電話線一樣自我圈繞——我們知道，你一定莫名其妙，這麼突然，很不能接受，但是，還是要請你來一趟，檢查看看，也不一定——講來講去不知重點。……「是要請問，你之前出車禍輸過血，對嗎？當時那位捐血人，那位捐血人，最近驗出罹患後天免疫不全症候群——嗯，就是一般俗稱的——（不用講，我知道那是什麼。他打斷。）——我們必須，必須請你來驗血。」

伯在隱瞞什麼？為什麼要回家鄉？作者先在前面埋這些疑點，再透過追查血袋的電話製造「逆轉」情節，揭曉人物回家的真相：

那時講的命大命小都變笑話，證實感染，基因比對確認是那次輸血的結果，沒有發病，亦無人能預測何時會發病，仍被判斷應當治療。吃藥，嘔吐，腹瀉、無食欲，體重暴落，萬事廢棄。

人物因追查血袋而「發現」自己得到愛滋病，接著再回過頭看最初作者埋的疑點，一切都說得通了。人物不是出自孝順才回家，而是因為不幸染病，扭轉讀者對人物返鄉照顧父親的想像。

事實上，文學作品即是遍布著大小不一的逆轉與發現，等讀者慢慢揭開故事的外包裝，體驗到「發現」後的情緒反應，無論是驚喜、憤怒，還是悲傷也好，讀者都能因此對人物的經歷更感同身受，巴不得看完接下來的情節。下次不妨試試看這套古老的文學技巧，來緊緊抓住讀者的注意力吧。

伏筆

伏筆是創作時常見的敘事技巧：在故事的早期階段暗示後來劇情的發展，從而為之後的情節轉折、角色發展或主題奠定基礎。例如故事開頭放在壁爐上的獵槍，尾段衝突時擊發；或郵輪上遠方隱約看見冰山的影子，直至沉沒的結局到來。

在古典「推理小說」裡，因為安排適當的伏筆能讓作品的邏輯更嚴謹，所以格外重視這種技巧。例如在福爾摩斯開篇《血字的研究》（*A Study in Scarlet*）中，就有這樣的安排：開頭時，先介紹約翰．華生在阿富汗擔任軍醫作為伏筆，才有了在貝克街租屋時，夏洛克．福爾摩斯猜測華生曾經到過阿富汗的經典段落。

精妙的伏筆往往藏在看似不起眼的細節之中。以莫泊桑（Guy de Maupassant）的名作〈項鍊〉（La Parure）為例，一位渴望奢華生活的婦人，向朋友借來一串寶石項鍊參加舞會，卻意外將其遺失，結果不得不背上債務償還。為此，她與丈夫墮入刻苦的生活以還債。多年後，當婦人偶然遇見舊友，才驚訝地發現那串項鍊原來是廉價的贗品。

故事中出借項鍊的場景，朋友的態度顯得異常大方且毫不遲疑，這個細節乍看無關緊要。但那串輕易出借的寶石項鍊，正是莫泊桑以細膩手法埋設的伏筆，使之後揭露「贗品」的時刻更具戲劇性。

在探討伏筆運用時，常見的模式是採用線性布局：作品在早期階段設置伏筆，並在故事後期進行解答。但是，一個更加精細的策略是採用「一對多」的樹枝狀方式展開伏筆。

經典電影《全面啟動》（*Inception*）便是這種策略的絕佳範例，影片中巧妙地利用了陀螺作為伏筆。這個小道具在故事中不斷出現，不僅幫助主角辨別現實與夢境，也與他和妻子的回憶有關。並且，在電影尾聲，陀螺更為整體故事的真實性布下了疑點，形成了開放式結局。

這種「一對多」的伏筆安排，能夠豐富故事的情感層次和哲學探討，使得每一次陀螺的旋轉都超越了物理動作，成為載滿深意的象徵。

透過伏筆的安排，我們能讓故事在每次回歸這些元素時，都在原有基礎上增添新的層面，讓整個敘事結構更加立體，也增強了觀眾或讀者的參與感，使他們在跟隨故事發展的同時，也不斷發現新的連結和意涵。

衝突／張力

如果你仔細觀察，就會發現幾乎所有吸引人的故事，都有內在的衝突。衝突的概念並不難理解，隨著故事發展，不同立場和價值之間的對抗將產生衝突，而衝突帶來的張力使故事更加引人入勝。

首先，我們來看一個簡單的例子：格林童話〈小紅帽〉。故事中，小紅帽「希望」去探望奶奶（並且平安回家），而飢餓的大野狼「希望」吃掉小紅帽，兩者的願望明顯無法同時實現，於是故事隨之展開。陰暗森林裡，可疑的大野狼尾隨小紅帽，我們逐漸感受到立場之間的對抗，接下來大野狼躺在床上假扮成奶奶，小紅帽投以懷疑眼光，立場彼此對抗——到底結局會如何？

這是人物與人物之間的衝突，在兩造對峙的緊張裡，我們感受到了故事的張力。值得注意的是，就像弓弦的兩端一樣，衝突的雙方必須對等，才能讓弦繃得夠緊。小紅帽不能太聰明，一眼識破大野狼的詭計，同樣地，大野狼也不能太狡猾，否則故事就會失去張力。

衝突不僅發生在人物之間，也可以發生在人物和背景設定之間。例如，卡夫卡《變形記》的開頭這樣寫道：「當格里高．薩姆沙從煩躁不安的夢中醒來時，發現他在床上變成了巨大的甲蟲。」這個衝突中，主角格里高．薩姆沙的立場只是想過普通的生活，上班、與家人相處，然而與之對抗的是：他變成了一隻蟲，因此完全無法過自己想要的生活。他仍然能理解人類的語言，卻無法再與他人溝通。故事的張力來自於讀者對「主角是否能找到變回人類的方法」的期待，或者「主角是否將一直困在失語的悲劇中」。

此外，衝突更可以發生在角色自己的內心。黃春明〈兒子的大玩偶〉中，父親為了家計，畫上小丑妝，穿消防裝改成的厚衣，站在烈日下扛兩塊廣告看板。母親也會帶孩子到街上，遠遠看著工作中的父親。故事結尾父親得到新工作，不用再忍耐燠熱衣裝，本該值得慶幸，回到家時，孩子卻因認不出父親哭哭啼啼，因為他只看過父親的小丑臉。小說結尾這樣寫：

他走到阿珠（妻子）的小梳妝台，坐下來，躊躇的打開抽屜，取出粉塊，深深的望著鏡子。

這時，衝突就發生在角色的內心，他要為了兒子把臉塗抹起來，扮成自己不喜歡的樣子嗎？還是要保持自己原本的樣貌？

「我要阿龍，認出我……」

深望著鏡子時，主角掙扎地選擇在兒子面前扮演小丑，也扣回標題「兒子的大玩偶」。「想讓孩子過好生活」以及「想陪伴孩子」，兩種愛的方式互相衝突、產生張力，在如此困難的選擇下，更顯得親情動人。

在創作的過程中，我們經常是慢慢旋緊弓弦，調整衝突的平衡。原版的〈小紅帽〉結束在大野狼將她吃下肚，而格林兄弟選擇讓獵人登場，讓故事有個快樂結局。

當我們專注使作品的「衝突」最大化時，故事有沒有快樂結局，就未必是重點，有些悲傷的結局同樣精彩。製造「張力」是要讓弓弦時常緊繃著，那樣即使闔上書頁，讀者心中仍會擔心那支尚未射出的箭矢。

情緒曲線

電影，與其說像是小說，應該更像是音樂，有著情緒與感受的進程變化。而隱藏在情緒背後的主題、含義，都應該是後面的事情。

——史丹利・庫柏力克（Stanley Kubrick）

導演庫柏力克認為，比起小說，電影反倒更像音樂。然而導演沒說的是，小說的「情緒曲線」也跟音樂的起伏變化相像。在閱讀作品時，我們會隨作品的情節（見107頁）、字詞的選用，產生緊張、愉悅、悲傷等各種情感。若將這些情緒的高低起伏，隨敘事（見190頁）的「時間軸」畫出來，會發現是一條如山峰起伏的「情緒曲線」。

情緒曲線的概念來自於戲劇結構（dramatic structure）對每一幕的功用安排。德國劇作家弗雷泰戈（Gustav Freytag）針對五幕劇提出金字塔模型（Freytag's pyramid），將作品的情緒起伏分成開場（introduction）、上升（rise）、高潮（climax）、下降（return or

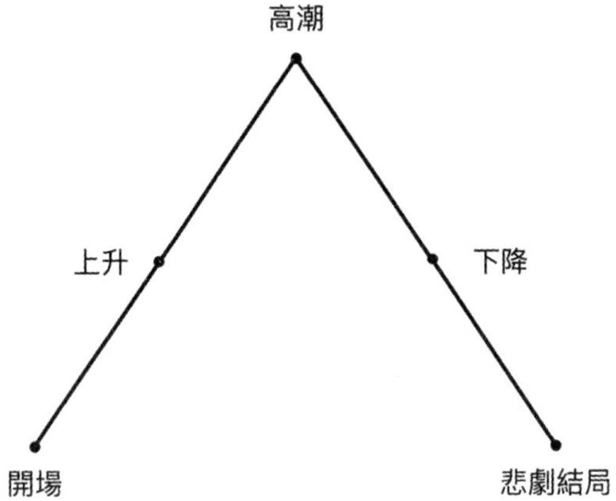

fall）與悲劇結局（catastrophe）五個階段。此模型跟好萊塢編劇慣用的三幕劇（見153頁）相似，觀眾的情緒隨情節發展，在高潮（見110頁）拉升到最高點。

在情緒曲線中，上升代表強烈、緊張的情緒；下降則代表緩和、平靜的情緒。讀者之所以會感受到情緒，主要來自作品的衝突／張力（見124頁）。當人物想要得到的東西越難到手，讀者感受到的戲劇張力就越強，情緒曲線就定義為上升。反之，人物能輕易得到想要的東西，過著和平的日子，戲劇張力也就較低，情緒曲線則是下降。

我們可以從弗雷泰戈金字塔觀察到，情緒曲線並非一味地升高，而是要有升、降的起伏過程。另外，情緒曲線並非只有弗雷泰戈金字塔一種樣態，例如在串流電影推出後，傳統的電影編劇勢必得順應新的觀影習慣，改變作品的情緒曲線。如何找到能引起當代共鳴的情緒曲線，是當代編劇的重要功課。

不過光是知道情緒曲線還不夠，更重要的是掌握哪些情節元素，能成功勾引讀者的情緒。

作家惠特科姆（Selden Lincoln Whitcomb）以喬治・艾略特（George Eliot）的小說《織工馬南傳》（*Silas Marner*）做了情緒曲線的實驗。他將同一章節的兩位人物，隨情節過程展現的情緒，繪製成一張曲線圖。從中我們可以觀察到，情緒的最高峰是發現某個女人死去的段落，因為人類對於懸疑、不解、死亡等事件，會有強烈的情緒反應。

然而情緒本來就是難以量化或測量的指數，所以惠特科姆的嘗試終歸只是實驗。不同的作家對於怎樣的情節、元素能勾引讀者的情緒，有諸多考量與做法，沒有標準答案。儘管如此，情緒曲線仍舊是值得寫作者留意的事情，畢竟我們都希望辛苦產出的作品，能讓讀者從第一頁翻到最後一頁，而不是讓他自以為聰明地直翻結局，對吧？

對白與獨白

你認真把故事想了又想，才終於決定動筆寫作。

這時，在你腦中的小說藍圖，可能已經確立了作品的主題，安排好了大致的情節轉折，也設計了活靈活現的人物。你一鼓作氣地趕緊寫完，卻在投稿後收到始料未及的批評：「人物對話太生硬了，讀起來好尷尬。」

於是你特意把小說中的對話挑出來讀，才恍然驚覺，原先你設計的幾個性格鮮明的人物講起話來竟然都像同一個人——而那個人就是你自己。這便是對話安排的常見失誤，輕則讓角色們面目模糊，重則讓角色說出完全不符合其人物形象的發言，導致讀者尷尬「出戲」，進而無法再被情節說服。

究竟要如何讓人物在你所設計的情境中，適當自然地「用他自己的方式說話」？

無論是對其他人物說話或是自言自語，要讓人物好好說話，我們都必須更加理解這兩項重要元素：「對白」與「獨白」。

「對白」是不同角色之間的對話，通常有來有往，像打球般一拋一接；而「獨白」卻是作用於單個角色，在沒有對話者的狀況下，該角色直接吐露情緒與思想。一樣是要讓角色「說話」（說出口，或者說在內心），兩者在寫作上需要注意的細節有所不同，我們這裡分開來討論。

「對白」的重要功能在於突顯人物屬性，且它跟其他文字陳述有相當不同的效果，它能讓人物自己「演出」個性。相較之下，其他文字陳述如同作者「轉述」給讀者聽。而「對白」既然是兩個（或兩個以上）角色之間的對話，「差異」就會成為重點。各個角色因為出身背景（諸如社經地位、教育程度、族群等）以及自身性格（莽撞或謹慎，寬容或刻薄）的不同，所慣用的措詞、語氣都應當做出區別。除了對白內容之外，語助詞、發言的長短與態度都能展現角色屬性，讓讀者把該角色歸為「某一類人」而易於理解，以利之後做角色形象的延續或反轉。

例如楊双子小說《臺灣漫遊錄》裡，日本殖民時期來台的日人作家青山千鶴子（小說敘述者「我」），和台人通譯王千鶴有以下對白：

我對小千說：「阿里山上的櫻花，來年春天，我們一起去看吧。」

然而，小千並不情願。

「移植內地的櫻花，強加在本島的土地上，不是太蠻橫了嗎？小千是不是這樣想的呢？」
「我並沒有這麼說過。」
「因為我一直看著小千的表情，自認不會看錯呢。」
「……。」
「帝國強硬的手段確實叫人不愉快，可是美麗的櫻花是沒有罪過的……。」
「……。」

這邊我們注意到，出色的對白除了突顯人物性格以外，也能發揮以下幾個功能：暗示主題、加強氛圍、提供資訊、推進情節。

首先，以人物屬性來說，我們可以發現一方性格（青山）直率敢言、好發議論，一方（王千鶴）以簡短否認或沉默來表現其壓抑與戒心。此段對白由青山掌握話語主動權，突顯了日人作家（殖民者）與台人通譯（被殖民者）之間潛藏的不平等關係，暗示了這部小說「權力不對等」的主題。

再來，此段對白使用「內地」（日本）、「本島」（台灣）等日本殖民時期的詞彙，加強了故事的時代氛圍，使現代讀者能如同身歷其境。這段對白也提供了當時的歷史資訊，並有助於情節推展（埋下兩人心結的伏筆）。

看過「對白」的例子之後，同樣在《臺灣漫遊錄》裡，我們來討論「獨白」。「獨白」作為單個角色的內心活動，透過自思自語，能夠揭露其隱蔽的情感。「獨白」適合用於描寫角色的思想轉折，或者加強渲染其情緒。

最後一章，作者透過青山的獨白，精彩地突顯此角色經歷人事遷移之後，內心的反思與轉變：

小千與美島，早早便看透了我的盲點。

不，不對，是看透了我。嘴巴上抱怨帝國對待殖民地、男性對待女性、內地人對待本島人的偏見，我嘲弄、抗議這個可笑的世間，……渾然未覺潛伏心底的我的傲慢，以及我的偏見。

從上述兩例，我們看見小說家如何妥善運用「對白」與「獨白」，使得筆下人物能「說自己的話」。也由此可見，無論時空背景與現代多麼殊異的故事，好的對白都能讓讀者順利投入情感，進而沉浸於情節之中。

細節

在閱讀各類作品的體驗中，我們常會發現，創作者特別安排或是強調某些物件、動作、景色，並刻意不去交代它們蘊含的訊息——是的，它們往往蘊含了很多幽微精準的情感——這些「意有所指之物」，就是「細節」。

細節的字面意義為「瑣碎而不重要的事或項目」。但在文學創作上，「細節」其實正是創作者利用「看似瑣碎單純的物件、動作，鋪陳出深邃情感」，並加以顛覆、引燃讀者情緒的重要技術。

那麼，「細節」是如何有此威力的？

首先我們得先知道大腦的慣性。當大腦接收到一份資訊時，會很自然地進行吸收與分類，而日理萬機的大腦為了便於演算，會針對過於簡易／熟悉的資訊，直接省略「感受」、「思考」的步驟，進入近乎反射的「認知」；藉此保留下的精力，則分配去對那些大腦判定為「陌生／複雜」的資訊進行「感受」與「思考」。這也是「陌生化」（見187頁）

概念的來源。

所以當創作者過於簡略直白地呈現某些資訊，讀者的大腦會因為「太簡單」，於是省略掉對這些資訊的感受。這種純粹理性的接收，不僅難以產生深刻的共鳴，且會讓讀者覺得自己一直在讀「早就知道的東西」，而產生冗贅感。這就是創作者為何需要營造細節的原因——為讀者創造情境，使其獲得代入感。

讓我們先以兩句話示範：

維尼現在餓了，想吃包子。

或是：

維尼說：「好餓啊，真想要吃包子。」

以上兩段文字都能讓我們得知「維尼餓，想吃包子」這個事實，但不太容易讓我們深刻感受到維尼的處境。

若我們將它改成：

維尼的鼻尖忽然一陣顫動，腳步也不禁慢了下來。他的注意力從肩上的重擔被拉開，忍不住循著撲鼻的香氣瞥去。只見一旁的餐桌上，正擺著一個散發著裊裊熱氣與甜香的蒸籠。維尼咂了咂舌頭，腦海中浮現了一籠白嫩鮮美的肉包。

以上這段文字加入了大量感官細節，雖然沒有一字提到「餓」，但透過各種細節的暗示，維尼的慾望已昭然若揭。且因為「只有細節，沒有解說」的鋪陳方式，讀者需要把自己代入情境，去推測維尼的感受，而不是直接被告知答案。這過程將使讀者清晰地與角色有同步的體驗。

這便是許多創作指南都會提到的原理：應以「演示」取代「說明」；讓讀者必須「想像／推敲」而非「得知」情境。

了解細節的作用後，我們便可以知道，在古典文學中，為何常常出現「登高遠眺」？在影視裡，大決戰前的黎明初升；或是在悲傷時，將鏡頭拉離角色扭曲的臉龐，接著讓遠景下起大雨……這些都是巧妙利用風景細節的鋪陳，來向讀者渲染角色的處境與情感。

一般的創作者描寫細節以點綴敘事，一流的創作者則會製造細節來昇華敘事。

輕小說改編的動畫《86—不存在的戰區》（86—エイティシックス—）中，主角群所在的「先鋒戰隊」歷經了數個月的自殺式任務，成員多在寥寥無幾的戲份中逝去。但動畫組卻在主角群的最後任務後，無預警插入了一個七分鐘的片段。

透過畫面中的電子訊號及其他角色的對白，讀者將可推測出：這段畫面來自主角群身邊的運輸機器人菲多（形象類似寵物狗）。而透過菲多視角播放的畫面，是陸續死亡的戰隊成員們，在成軍六個月來的生活片段。有人曾一度在黑板上倒數退役的日子、有人曾經賞花許願、有人曾向菲多竊訴愛戀、有人曾經躲起來獨自哀悼……這些生活細節的突然置入，讓原本充斥槍砲火海、人機殘骸的冷酷場景，出現了一個巨大的情緒反差——因為這些情節並不完整，觀眾需要自行想像這些角色的「生活樣貌」，並因此驟然體認到：我們習慣認知到他們的死亡，卻不曾體會到他們的活著。透過短短幾分鐘側錄，這些只剩錄影保存的角色們，帶給讀者的衝擊從「陸續死亡」（事實認知）轉成「曾經活著」（情緒感受）。

這樣的日常細節，若放在這些配角們還活著的前期敘事中，勢必會視角雜沓而且節奏瑣碎。但安排在死鬥情節的過後，以一個ＡＩ機器的視角剪裁播放，卻重重勾勒出這些生命、這些日常、這些存在過的渺小重量，是如何不可承受的輕。

善用那些看似微小瑣碎的物件，將使讀者更能「深」入其境，但若能讓它們既成為讀者的第一眼，也是最深的一眼，那便是細節運用的最高層次——表面即是深淵。

敘事觀點

女孩在頂樓上問男人：如果你現在能對我做什麼的話，你要做什麼？男人說：我要把你的眼睛挖出來，放到我的腦殼裡。這樣我就可以用你這雙眼看底下的這條街，我要回到我在你這個年紀，看它的感覺。

——電影，《鳥人》（*Birdman*）

在「敘事腔調」（見142頁）條目裡，我們介紹敘事是可以有聲腔的。而該用什麼腔調來書寫，有時候正是取決於敘事者是誰，也就是作品的「敘事觀點」所決定的。「敘事觀點」就是作者挑選了什麼人來說故事，挑了視角，就意味他在故事中可以知道什麼／不能知道什麼，如盲人摸象一般，呈現角色眼中所見的世界。如果將敘事觀點粗淺分類，我們可以畫出如下的表格。

視角／人稱	第一人稱	第二人稱	第三人稱
全知	第一人稱全知觀點	第二人稱全知觀點	第三人稱全知觀點
限知	第一人稱限知觀點	第二人稱限知觀點	第三人稱限知觀點

全知：敘事者知道整個作品中的所有事情，包含未來會發生什麼，以及其他角色的心境。

限知：敘事者只知道目前發生過的事情，不知道未來會發生什麼，也不知道其他角色的心境。

第一人稱：在作品中，以敘事者「我」的角度來描述。由於使用第一人稱時，能很方便描寫敘事者心理，拉近讀者與作品間的距離，讓人更能與作品共鳴，是散文常見的敘事觀點。

第二人稱：在作品中，使用「你／妳」來稱呼敘事者。這是比較少見的敘事觀點，使用上會有「作者在對讀者說話」的感覺，例如，高行健的《靈山》、駱以軍的〈降生十二星座〉、朱天心〈想我眷村的兄弟們〉，皆是第二人稱的作品。

第三人稱：使用第三人稱的「他／她」來說故事的作品相對多，因為這種寫法在敘事上更為自由。例如第一人稱比較局限於「敘事者」能看到的事件，而第三人稱就能夠藉由人物的跳換，去呈現更多面向。

在人稱與視角的排列組合中，常見且容易發揮的敘事觀點是「第一人稱限知」跟「第三人稱全知」。第一人稱限知觀點擅長深入敘事角色心理，而第三人稱全知觀點擅長完整說明複雜的故事。當然，不同的敘事觀點都有其優缺點，可以視創作者來挑選。此外，可以提醒的是，敘事者不一定要是「人」，任何主體都能有自己的視角。例如夏目漱石的《我是貓》（吾輩は猫である），就是以貓為主角去講故事。

除了以上介紹的人稱與視角之外，挑選不同的敘事者來說故事，也常常能達到奇效。例如，迪士尼電影《黑魔女》（*Maleficent*）就是以經典童話《睡美人》（*Sleeping Beauty*）的女巫為敘事者，翻轉了整個故事給人的感受。

而在推理小說（見300頁）的創作中，也有一種特別的作法，是藉由巧妙挑選的敘事觀點，誤導讀者對事件發展的判斷。例如，殊能將之的《剪刀男》（ハサミ男）利用性別刻板印象，將讀者的注意力和推理導向特定方向，同時隱藏了真相的線索，這種技巧被稱為「敘事詭計」。

敘事觀點幾乎可以說是小說創作最重要的技巧之一，有時甚至會影響一篇小說的成敗。因此，在下筆前，不妨先花一段時間沉思——這個作品，最適合哪個敘事觀點，我要借誰的眼睛和嘴巴來推動故事？

敘事腔調

在餐廳裡，當服務生說：「桌邊為您進行一個倒水的動作。」

你可能會覺得，倒水就倒水，何必講得那麼複雜。

但如果服務生說「我來幫你倒水囉」，又顯得太過於輕浮。

其實，這背後正是「腔調」在發揮魔法，仔細觀察你會發現，服務生的說詞字數較多，讓語氣不會太過急促。

「敘事腔調」涵蓋了作品整體所展現的語氣和氛圍。這不僅體現在個別對話中，而是貫穿於整個文本之中。因為文學作品「聽」不見聲音，就更依賴用字遣詞來呈現獨特的情感和意境。

你可以想像，不同年齡、性別、職業、個性的人，說話方式一定不同，而如果我們把作品視為一場戲劇表演，其中負責說故事的「敘事者」站在舞台中央大半時間，整齣戲要演好，敘事腔調決定了大部分成敗。

法國作家雷蒙・格諾（Raymond Queneau）寫了一本獲得廣大回響的作品——《風格練習》（*Exercices de style*），整本書的內容非常簡單：中午的公車上，主角遇到了一個戴著帽子的男人。

故事雖然單純，但雷蒙用了九十九種方式，一再重複、重複的寫這段故事。而每次重寫，都用截然不同的敘事腔調，試舉其中三段如下：

精確

中午十二點十七分，在一輛長十公尺、寬二點一公尺、高三點五公尺、距離出發點三點六公里的S線公車上，當這輛車乘載四十八人時，一個性別為男性，年齡為二十七歲三個月又八天，體重六十五公斤，頭上戴著十七公分高、帽身繞著一條三十五公分長絲帶帽子的人……

浮誇風

在晨曦玫瑰色的手指開始龜裂之時，我如迅速擲出的標槍，上了一輛體積龐大，有著牛兒般一雙大眼、行車路線曲折的S線公車。我以如備戰的印地安人般的精確和敏銳，注意到在場有個年輕人，脖子比腳程快的長頸鹿還長；他有凹痕的軟氈帽……

淡定風

我上了公車。

「是往香培瑞門方向嗎？」

「你自己不會看嗎？」

「對不起。」

……

我看看四周。

「喂喂，您啦！」

他的帽子上繞著一條編繩。

「您就不能小心一點嗎？」

他的脖子很長。

……

在上面三段例子中，我們會發現故事的元素一模一樣，都是在公車上遇到一位戴著帽子的男人。但是藉由敘事腔調的差異，卻能帶給讀者截然不同的感受——精確風格的腔調有種機械感，且節奏緩慢；浮誇風的節奏同樣緩慢，但情緒豐沛；而淡定風的情緒如精準淡漠，節奏卻很快。

而這僅僅是《風格練習》的其中三篇，敘事腔調的種類，幾乎是沒有上限的，反義風、諧音風、肉販黑話……只要想得到，敘事腔調可以變化無窮。

也有些作者的特色鮮明，將相同的敘事腔調，維持在不同本書的作品中，長期積累，就會形成作者獨有的風格，如「村上春樹腔」或「張愛玲腔」等。腔調也是可以操作的，例如林海音寫《城南舊事》時是幼年的腔調，而寫《燭芯》則是用已婚中年婦女的腔調。

在創作初期，不妨嘗試看看不同的敘事腔調，觀察不同的描寫方式，久而久之，或許就能建立專屬於你、獨一無二的敘事腔調。

036

英雄之旅

你能否想像，任何的故事創作都有可能被一個公式所概括？

有一群人是這麼相信的，他們根據的便是神話學家坎伯（Joseph John Campbell）所提出的「英雄之旅」（Hero's journey）：在古往今來任何時空與文明裡，讓一個平凡人透過「啟程→啟蒙→回歸」三大階段的經驗，成為一個超越自我的英雄。坎伯認為，這便是所有故事共通的核心原型。

讓我們回到這個宣稱一切故事都被破解的原點。在一九四九年，坎伯出版了《千面英雄》（*The Hero with a Thousand Faces*）一書，詳述他在探討了全世界神話故事的核心與結構後，發現在人類社會中，不分時間、空間、文化的差異，那些撼動人心的故事裡，普遍包含了一套相似的象徵與譬喻，坎伯稱其為「英雄之旅」。這套公式問世後隨即轟動，深刻影響了後續的各式創作與教學，甚至廣泛應用到了教育、行銷、心靈成長等範疇。

坎伯在《千面英雄》中提出的「英雄之旅」理論，除了有前述的三大階段，還有十七個細部流程。因為有些繁瑣，容我們僅以「啟程」階段中的五個細部流程為例。這五個細部流程包含了：「冒險的召喚」、「拒絕召喚」、「超自然的助力」、「跨越第一道門檻」、「鯨魚之腹」。

在這樣的架構裡，主角首先會經歷「冒險的召喚」與「拒絕召喚」——主角會自原本的日常生活中遭遇挑戰，並且基於對舒適圈的依戀，抗拒參與這份挑戰。但當然，身為一名主角，他終究得被這份挑戰拖出家門。

接著是「超自然的助力」、「跨越第一道門檻」、「鯨魚之腹」：也就是首先會出現一份推動主角去對抗挑戰的助力，通常會是一位擁有特殊力量的夥伴——往往是具備智慧的長者。他將幫助主角離開熟悉的日常，體會「新世界」的險惡，使其得以邁開步伐，進入「鯨魚之腹」——這個出自聖經的典故，意味著主角的旅程出現了第一個具體的危險與難關，主角必須加以克服，並在此體會到旅途艱難的伊始……直到通過這一關為止，故事才算是完成了「啟程」。

看到這裡，或許熟稔古典奇幻小說的人會感受到，坎伯提出的敘事公式有著顯著的奇幻史詩風格，「三大階段」的分段，也似可與古希臘戲劇中的「三幕劇」（見153頁）概念呼應。隨著時代演進，該公式出現了許多結構上的變體與增減，尤其是對於追求高概念製作的好萊塢影視圈。代表性的例子如喬治・盧卡斯（George Lucas）所導演的《星際大戰》，便自承深受「英雄之旅」的影響。而好萊塢電影製片人兼作家克里斯多夫・佛格勒（Christopher Vogler）對「英雄之旅」做了諸多補充與調整，並在其著作《作家之路：從英雄的旅程學習說一個好故事》（*The Writer's Journey: Mythic Structure for Writers*）提煉出了簡潔的「英雄之旅十二階段」，可說是近年「英雄之旅」較為人所知的版本。

「英雄之旅」的概念之所以能廣為流傳，也因為它不僅僅提供了具體的故事框架，還可以作為人們內省自身心靈時，所能參考的思考路徑。每一個人是如何在某些轉折點，遭遇生命歷程中「重大冒險」的召喚，進而踏上旅程、遭遇挫敗、蒐集希望、成長到足以收穫而歸……幾乎每個版本的「英雄之旅」，都相當重視最後階段的「回歸平凡」，因為這個階段似乎提示了：所謂成為「英雄」的意義，其實在於「過程」而非「終點」。是人們在冒險之途有所領悟、蛻變，這個超越自我的過程，讓這趟旅程成為了「英雄之旅」。每一趟英雄之旅，真正的重點都不只是一位英雄的誕生，而是讓所有參與這場冒險的讀者們，一起覺察內心被跨越的那一瞬間。

也許「英雄之旅」所真正鼓舞的，不是研究者或創作者，或是任何一部作品裡虛構出的英雄；而是每一個在生活中迷茫困惑，渴望在艱困中獲得勇氣與努力，去掙扎、奮力一搏的純真靈魂吧。

不妨回想一下，你也曾在哪些時刻中讓「英雄之旅」給召喚過呢。

三一律

當一部戲劇作品符合特定的三個條件，便符合「三一律」（three unities）的原則。這三個條件分別是：時間的統一（unity of time）、場景的統一（unity of place）、情節的統一（unity of action）[1]。

等等，這樣好像有解釋跟沒解釋一樣。我們直接從愛亞的極短篇小說〈打電話〉，來找這三個條件藏在哪裡吧。

〈打電話〉講述某間學校的下課時間，一群小朋友到公共電話前排隊，等著打電話叫媽媽拿忘記帶的文具或作業。

主角黃子雲一直很羨慕其他小朋友可以打電話。這次他決定也要像其他小朋友，排

1 action在這邊翻譯成「情節」，因為在三一律定義的語境裡，unity of action是指整齣劇的發展目標是一致的。

公共電話打電話給媽媽，手中緊握著銅板耐心地排隊。等終於輪到他的時候，他開心地告訴電話的另一頭，說自己很乖，考試又考一百分，會自己穿制服、泡牛奶，有幫爸爸的忙。

上課鐘響了，黃子雲仍捨不得放下話筒，哭著對話筒說好想媽媽，問為什麼媽媽還不回家。最後，黃子雲不得不掛上電話。在掛上話筒的那一剎那，話筒端傳來女子聲音：下面音響十點三十一分十秒……。

好了，先收起淚腺，我們來分析〈打電話〉的時間、場景、情節是否統一。

一、時間的統一：

時間的統一，通常指故事的時間線不超過一天。這不是一個嚴格的計時規定，而是一種說法。通常超過一天以上的故事線，會處理到更多不連續的情節，所以三一律的時間統一，一般而言是指一天之內。

以〈打電話〉來說，開頭到結束的時間線是下課到上課，之間頂多十分鐘而已，符合時間的統一。反過來講，如果小說寫到黃子雲隔天上學，再次想排隊找媽媽說話，時間已經跨越一天以上，可能會需要剪接情節，就不符合時間的統一。

二、場景的統一：

試著把小說想像成舞台劇的模樣，舞台要出現哪些布景，才能呈現小說提到的背景呢？會需要換場景嗎？如果不需要切換場景，代表作品符合場景的統一。

〈打電話〉從頭到尾的場景只有一個，就是學校的公共電話，符合場景的統一。反之，小說如果繼續寫黃子雲在教室上課、放學途中經過麵店吃晚餐，就不符合場景的統一。

三、情節的統一：

情節的統一，指的是完成一項「人物的行動」，而〈打電話〉的情節就是黃子雲打電話給媽媽。小說僅帶過其他排隊的小朋友，他們不會推進小說的情節，僅作為背景點綴小說而已。

倘若〈打電話〉繼續寫，導師找爸爸詳談黃子雲的狀況，所以爸爸決定假裝成媽媽寫信給黃子雲。如此就會增加情節，不符合情節的統一。

從上述我們能確定〈打電話〉確實是符合三一律的小說。

三一律最初是亞里斯多德對古希臘悲劇（見226頁）觀察到的規則，再經由後世的劇作家整理及採納，藉由時間、場景與情節的統一，增強戲劇的逼真感。

正因為三一律形式簡單，不需要繁複的情節或時空，就能創作出好看的作品，所以常運用到小說上面，創造非常好的效果。以「冰山理論」（見194頁）聞名的小說家海明威（Ernest Miller Hemingway），就有不少短篇小說符合三一律。例如〈白象似的群山〉（Hills Like White Elephants）描述一對在火車站月台的男女，討論墮胎是否會影響兩人的關係；〈鬥士〉（The Battler）講小男孩尼克遇到落魄的拳擊手等。

雖然小說的自由度很大，多數中長篇小說，時間線動輒一天以上，甚至跨越數年都有可能，可隨意切換數種場景，發展多條主線。不過有時創作者會忘記，作品的元素越簡單，越能讓讀者消化吸收，感受作品的精彩之處，還能在讀者腦中留下空白的韻味。如海明威〈鬥士〉的結尾：

> 尼克爬上路堤，開始順著鐵軌走。他發現自己手裡拿了一個火腿三明治，將它放進口袋裡。鐵軌一路向上，彎進山丘間之前，他在坡上回頭看，依然看得見空地上的火光。

鐵軌前方有什麼，一點都不重要。重要的是讓人難移開視線的後方火光，是作者凝滯的時空，也是小說用三一律施展的魔術。

三幕劇

在看好萊塢電影的時候，是否覺得劇情好像有某種「公式」反覆出現？開場不外乎是有魅力的主要人物，在某個關鍵時刻必須踏上冒險之旅，在經過一番訓練、挑戰後，終於能跟大魔王決戰。最後，主要人物要不是贏得勝利，要不就犧牲自我，成就他人。

電影劇情的公式感來自情節的結構（見374頁「結構主義」），而結構有多種類型。其中，大部分的好萊塢電影屬於「三幕劇」（three-act play）結構，意思是將一齣劇切分成三幕，且每幕各自有不同功能，分別是：開場（set-up）、衝突（confrontation），以及解決（resolution）。

「幕」（act）是切分劇情的單位，在一幕中有非常多的「場」（scene），例如：《星際大戰》的第一幕，先有一場風暴兵槍戰，顯示有個重要祕密沒被壞人拿到；再來換到下一場，介紹主要人物路克·天行者在荒漠的星球成長，開心地喝奇怪的藍色牛奶。兩個場發生在不同的地點，但皆同屬第一幕。

因此，幕決定了該出現哪些場，該發生怎樣的故事，來推進整個故事的核心。而在「三幕劇」裡，各幕的功能大致如下所述：

第一幕，開場：

快速建立整齣劇的故事背景、主要人物（見088頁），還有最重要的——角色動機（見092頁），讓觀眾跟隨主要人物的心境進入故事，一起展開故事的旅程。

不過，光是擄獲觀眾的心還不夠，還需要發生「關鍵事件」推進劇情到第二幕。例如電影《鐵達尼號》（*Titanic*）裡，先有一場奇蹟降臨，讓傑克賭博贏得船票，才有機會坐上鐵達尼號遇到真愛蘿絲，踏上不知該說幸或不幸的旅程。

第二幕，衝突：

這裡是故事的重點，占有整部電影最多的時間。第二幕要呈現劇中人物追求動機時，遭遇到的阻礙、陷阱，以及引發一連串的衝突（見124頁），使得戲劇張力逐漸升高（見127頁「情緒曲線」）。

在第二幕的中間，會安插吊人胃口的「轉折」，例如《魔戒》的劇情中段，甘道夫跟炎魔戰鬥而犧牲自己。遠征隊失去如此可靠的隊友，讓觀眾跟著擔心，遠征隊的前途是否不太樂觀？

而在進入第三幕之前，第二幕的尾聲會有個關鍵場景，試探主要人物是否願意接受考驗。像是佛羅多即使知道把魔戒丟進末日火山，自己也會跟著喪命，佛羅多還會願意犧牲自己嗎？還是因此退縮？

第三幕，解決：

第三幕最重要的功能是揭曉答案，包含主要人物的動機有沒有被滿足？以及對於觀眾來說最為重要的事情：看見主要人物如何經歷天人交戰，來圓滿自己的旅程。

因此第三幕會降下重大考驗給主要人物，作為人物動機的最大阻礙，例如：蝙蝠俠是否願意背上殺害高譚市市長的罪名，拯救高譚市陷入更嚴重的混亂？人物動機驅使人物在重大阻礙前做出行動，然而前進時遭遇阻力，便製造出非常強力的戲劇衝突，所以通常電影的戲劇高潮（見110頁）會在第三幕。

講了這麼多電影的三幕劇範例，難道小說沒有三幕劇嗎？

小說不是戲劇，沒有分幕、場的概念，所以不必嚴守三幕劇的結構來敘事。不過小說仍有與「三幕劇」類似的概念，像是開場同樣要交代故事背景、主要人物，接著小說隨人物動機推進情節，在過程中堆疊衝突阻礙，製造戲劇張力。

整體來說，多數小說脫離不了三幕劇的進程：開場、衝突、解決，但是也不限於三幕劇的結構。不過對初學者來說，三幕劇是很好的練習，能檢視自己想說的故事是否完整。下次不妨在下筆前，用三幕劇的概念整理看看想寫的小說吧。

現在只給你一分鐘，告訴我為什麼《侏羅紀公園》（*Jurassic Park*）吸引人，你會怎麼介紹？

如果你說：「這個故事的背景是人類靠生物技術復育恐龍，打造一座活生生的恐龍公園，但隨之一場人為意外，使得園區的人類陷入古老的生存困境，該怎麼避免被恐龍吃掉呢？這個故事能令人省思，科技是否真的能凌駕自然之上……。」

好吧，這樣子介紹《侏羅紀公園》沒有不對，但前提是我有足夠的時間消化你的故事。問題是現在我只有一分鐘的時間，連一首歌都來不及唱完，顯然上述的介紹方式，沒辦法瞬間抓住對方的好奇心。

試試看這個說法：如果人類能複製恐龍，會發生什麼事？

這句話沒有交代完《侏羅紀公園》的故事，但是這句話為《侏羅紀公園》製造重要的懸念，讓人忍不住猜想接下來會發生什麼事，這就是《侏羅紀公園》的「高概念」

（High Concept）。有的電影甚至會以高概念當作電影標題，例如《飛機上有蛇》（*Snakes on a Plane*），讓人看到標題就會繼續聯想，飛機上若出現蛇會發生什麼意外呢？

「高概念」之所以會被強調，是因為在好萊塢電影工業圈，每天都有上千個劇本誕生。製作人要怎麼從劇本堆中，一眼看出哪個故事能拍出值回票房的電影呢？這時候高概念就能派上用場，為忙碌的製作人歸納出辨別賣座電影的方式。

要怎麼使用高概念呢？可以從三個面向下手：

第一是「賣相」（The Look）：試想電影拍出來後，大眾對電影的接受度如何？《侏羅紀公園》拍出暴龍的利牙在車窗邊徘徊，鼻孔對玻璃窗噴氣等畫面，足以讓觀眾相信，活生生的暴龍就在眼前，為此願意進電影院觀賞。在動態捕捉技術以及3D電影技術都成熟的階段，《阿凡達》（*Avatar*）將潘朵拉星球的科幻世界建構出來，觀眾彷彿能在觀影時碰觸發光的外星植物，也是令大眾印象深刻的觀影經驗。

第二是「勾引」（The Hook）：故事能不能勾起他人的好奇心？能不能讓人想追問：接下來會發生什麼事？在《侏羅紀公園》的世界觀，科技能複製不具生殖能力的恐龍，因此人類握有最高的生殺大權，看似是個超級完美的計畫，對吧？可是若發生一場意外呢？可能是人為的操作意外，或是恐龍發生突變等危機，這些意外會激發觀眾去猜想，故事會有怎樣的結局？

第三是「主軸」（The Book）：指的是情節的主軸，畢竟要逼觀眾坐一個小時以上的椅子，總得說個通暢又有趣的故事，才不至於讓觀眾跑掉吧？《侏羅紀公園》表面上是恐龍復活的科幻故事，但實際探討的主軸是「人類的自大」。人類以為掌握複製恐龍的技術，就能扮演上帝打造一個假的侏羅紀時代。電影展開了一連串的危機，就是要戳破人類的幻想。人類其實是玩火，自取滅亡。

好了，講了這麼多電影的例子，小說能有高概念嗎？

某些小說的標題會用高概念來吸引讀者，像是《如果這世界貓消失了》（世界から猫が消えたなら）、《我想吃掉你的胰臟》（君の膵臓をたべたい），不論故事的主題是什麼，光標題就能吸引他人好奇故事會怎麼發展。

有的小說則是開頭具有高概念特性，像是張亦絢《永別書：在我不在的時代》第一句：「我真的打算，在我四十三歲那年，消滅我所有的記憶。」消滅記憶？怎麼可能！一般人多半會這麼想，所以想繼續讀下去，看敘事者要如何消滅自己的記憶。

奇幻小說的世界觀設定，也符合高概念「吸引人」的訴求，例如：中土世界奇幻經典《魔戒》系列；魔法世界的《哈利波特》系列；融合奇幻、驚悚與神話元素的《美國眾神》（*American Gods*）等。

無論是電影或文學作品，內容越接近高概念，表示越容易給大眾強烈的印象，便於商業上的行銷。反之，一部作品難用簡單的強烈印象來接近大眾，但情節（見107頁）構思複雜，或是有其他獨特、細膩的地方也能吸引人，像是《海邊的曼徹斯特》（*Manchester by the Sea*）、《淑女鳥》（*Lady Bird*）等文藝電影，還有許多非大眾向的文學作品便屬於此類，稱為「低概念」（Low Concept）。

簡言之，高概念不是構思文學作品的必要手段，但高概念能幫助創作者找到吸引大眾的切入點。下次在構思往大眾靠攏的作品時，不妨試試看高概念的起手式「如果……會怎麼樣？」或許你會找到不錯的小說點子。

機械降神

眾人被下了醒來便會愛上眼前人的魔法，原先配對好的情侶，反而有人被拋棄、有人一起愛上同個人、有人則是愛上驢頭人身的演員；在一切無可挽回時，仙王從天而降，解除了魔法、還原了記憶——所有人都以為是一場夢。

看到故事結局是這樣的你，是不是覺得派神仙救場的結局很生硬？然而，這卻是莎士比亞的名著《仲夏夜之夢》（*A Midsummer Night's Dream*）。這種故事編排手法，是從古希臘戲劇便存在的「機械降神」（deus ex machina），它藉由安插「能解決一切難題的力量」來「直接解圍」緊張劇情。為何被稱作「機械降神」呢？在劇場裡，藉由扮演神的演員降至舞台中間，解決劇中人物的困境，其緩緩降臨的身姿，讓機械降神因此得名；亦有「天外救星」、「舞台機關送神」、「機器神」、「解圍之神」等別名。

從當代的觀點來看，「機械降神」常被當成貶義詞。如果你的文學夥伴跟你提到作品結局「是不是有點機械降神」，那麼八成代表：他對於結局的安排不太滿意。現代讀者不喜愛機械降神的原因是：當創作者藉由外力強行結束劇情，便會使觀眾先前感受到的情節，反而變成毫不重要的過程。

為什麼會產生這樣的感覺呢？來自於「造成結局的原因」本身說服度不夠。《死神》（*BLEACH*）漫畫的結局，一護殺死最終敵人友哈巴赫，讀者不懂為何全知全能的友哈巴赫會輸；《咒術迴戰》（呪術廻戦）五條悟被腰斬，原因竟然是對手宿儺突然領悟了世界斬——先前雙方打得你來我往中，根本沒出現過的招式。回到「機械降神」的定義，透過「外力」強行抵達結局。

不過，這並非代表「機械降神」是完全不可行的手法，若文學家想要傳達「人生的不確定與徒勞」，那麼「唐突的意外」便非常合理：海明威的《老人與海》（*The Old Man and the Sea*）便是這樣的例子。《老人與海》大部分篇幅都在描寫老人與「大馬林魚」搏鬥的過程。然而，在漫長奮鬥的終點，老人好不容易拉起馬林魚時，卻發現魚身早已被「鯊魚」吃光了。在前述搏鬥的過程裡，作者都沒有給出任何馬林魚被吃光的暗示，「機械降神」式的以外力收尾。如此結局，使老人遭受相當大的精神打擊，甚至讓全書的智慧與搏鬥都化為烏有。但正是這種「無理由的打擊」，突顯了「在遲暮之年，仍願意奮力一搏」的主題。因此，此處的機械降神反而成為優點，讓《老人與海》成為海明威的代表作。

讓我們回顧希臘戲劇陰森森的敘事過程，劇中人物時常被神詛咒、被預言未來、甚至「神」親自搞亂他的人生——好像生命存有一股不確定的力量正在影響我們，什麼時候會發生？不知道。「合理」雖然是「情節」設計的關鍵，然而，「不合理」的生命意外，其實往往也是文學家想要告訴讀者，這世界的「合理」之處。

詩意

你決定要開始寫作。現在，想像你走進了某個小說文學獎的決審會議、一本散文的新書發表會、談論非虛構寫作的工作坊——無論去哪裡，你都有機會聽見這個詞在許多人的舌尖上流轉：「詩意」（poetic）。很妙的是，它可以是個真心的盛讚，也可能會用於婉轉地表達「雖然我看不太懂但感覺滿厲害的」。

詩意不是詩的專屬品，詩意是任何寫作者能夠去挑選、淬鍊、形構自身「寫作語言」的結晶。只要對「語言」足夠熟悉，鍛鍊出屬於自己的寫作腔調，那麼每個寫作者的筆下，多少都會有某種「詩意」的閃現——詩的詩意、小說的詩意、散文的詩意、電影的詩意、非虛構紀實報導的詩意。像一片輕巧、但充滿殺傷力的雪花。在你真正完成它之前，詩意可能已經存在於你的頭腦以外、心神以內。

對讀者來說，詩意經常是以「情緒」為導向的傳遞，它能夠快速地衝上你（通常是悲傷，以及渴望被理解的）的那一面，無需具備任何「感受」以外的事。這樣的閱讀方式當然可以，也完全能夠成立——不過，若是有更多先備知識的話，你就有機會接觸到更多層次的詩意。假設你已經是個勤勞、廣泛閱讀、建立起審美品味的專業讀者，對於「詩意」的體認，可能就會有更遼闊的視野：因為「詩意」不只是我們最常見的抒情與感嘆調，它也會活在每一個足夠精準的寫實、晦澀、直白、幽默、野蠻與傳統之中，不斷延伸出無窮無盡的想像力。

與「靈感」有些相似，詩意也有浮動、神祕、甚至難以預測的傾向。但詩意並不會只是純粹的靈光一現，它可以能夠被討論與鍛鍊，詩意是經得起辯證的（更優秀的方式是，直接以作品直球對決）。以下，也讓我們用幾個案例感受看看。

文字有無限種組合。於是精鍊、創造「詩意」的方式也幾乎有無數種組合——以直白又精準的意象描述「過去」時，楊牧曾寫道：「或許，早已經發生過了／一心化微塵」，這是內斂、博學，同時充滿禪思型的詩意；以強烈的反差畫面感去鬆動各種界線的幽默：「在生活與倫理的課堂上／偷吃便當」，這是唐捐的拿手好戲；以輕盈而知性的聲腔，就能讓詩的戲劇張力浮現出來：「到底要翻過幾個山頭／追到霧，追到秋天的柚子／冬天的橘子／追到那個精算師／問他到底怎樣／才算是故鄉」，這是零雨式冷冽、精準，同時極為飽滿的詩意。這三首詩分別節錄自楊牧〈微塵〉、唐捐〈生活與倫理與便當〉、零雨〈關於故鄉的一些計算〉。

如何更接近「詩意」？本文的幾項原則（偏見）僅供參考：

◎想像力不是一切—去持續打磨自己的見識。打磨好奇心、耐心、真心。

◎讓思緒漫遊很重要，但有意識地擺放它們同樣也是重要的，兩者共謀共生。

◎詩意不一定要是「新穎」的題材，但絕對不是老調重彈。

◎承上，所以不要思考「如何讓自己的作品看起來充滿詩意」這個陷阱題太久。尤其是在凌晨三點。如果真的睡不著，出門散步或跑一跑。記得帶鑰匙。

◎萬事萬物都有自身的神情，有自身的細節。

◎騰出縫隙。有縫隙，保留呼吸的餘裕，以你自己的方式創造縫隙。

然後，你得寫下來，才算是真的開始。詩意會在哪裡閃現？沒有起點，但詩意也無所謂終點。某天你會曉得它，如果有一枚雪花爆炸性地，輕輕落在你面前。

分行／迴行

「我本不該在世界上生活，我第一次打開小方盒，鳥就飛了，飛向陰暗的火焰，我第一次打開。」

如果有一段文字寫成這樣，你會覺得這是一首詩嗎？大多數人可能都會搖頭。但為什麼？其中關鍵，很可能就在「分行」這個簡單的小動作。

分行？不就只是按下enter鍵嗎？是，但也完全不是。

分行這件事乍看輕盈，不過，其實「分行」是現代詩中非常重要的技藝，甚至可說是詩人常常預設的前提。分行是一種現代詩獨特的「詩體形式」（verse form），這也就意味著：我們基本上不會在散文、小說中看見這種創作形式。

在討論「分行」是什麼之前，首先得釐清一個重要的前提：無論是小說、散文或是你手上正拿著的這本《文學關鍵詞100》，它們所串起的這些文字，都是以「句」為單位組成的。無論編輯選擇什麼排版方式，大致上都不會改變它們所要傳達的內容、情緒或者節奏。不過，詩卻正好相反：詩的基本單位是由「行」所構成的。當然，藉由刻意「不分行」來營造另一種效果的散文詩（見286頁）也是一種創作路徑。不過在當今的台灣文壇，大多數的現代詩創作都還是以「行」為單位的。

從詩史的角度看，所謂「分行」技巧，其實也是「古典詩」與「新詩」兩者的重大分界。傳統意義上的古典詩，需要透過押韻、平仄等格律形式才得以成立，因此詩人普遍會更在乎格律的問題，難以憑自身的喜好來分行。但現代詩在形式上毫無限制，行數錯落參差，於是更看重如何淬鍊分行技術，來打造出音樂性（見175頁）。

普遍來說，最常見的詩歌分行技巧，當屬「迴行」（enjambment），而迴行又可以稱作「跨行」。意即將一個原先意義完整的既定句子打斷，讓它散布在不同「行」中，藉此去觸發歧義、鍛造新意、誘發讀者情緒等等。若從「跨行」的字面意義來解讀，或許也可以感受到它生來具有的幾分跳躍感。

通常來說，迴行的詩相對於「不迴行」的詩而言，風格會更加隱晦，相應閱讀門檻也會較高。以台灣而言，楊牧可說是台灣現代詩迴行之「峰頂」典範。在楊牧中後期的名作〈時光命題〉中，詩人除了運用各種中西合璧的意象（見025頁），也運用了迴行的技巧。除了調度聲音、情緒，此處的迴行也帶有停頓的效果：

〈時光命題〉（節錄）

老去的日子裡我還為你寧馨
彈琴，送你航向拜占庭
在將盡未盡的地方中斷，靜
這裡是一切的峰頂

當然，是「迴行」或「不迴行」的詩，它只關乎了作者的策略取向。儘管兩者會有截然不同的發展向度，但是「迴行」與否，從來都不等於作品優劣與否。在大多數時候，比起「整首都在迴行」或是「完全不迴行」的詩，偶見的「迴行」其實才是更常見的情況。無論迴或不迴，這都彰顯了現代詩以「行」為單位去思考，所創造出來的獨特美感。久而久之，這就成為人們潛意識裡對「詩」的期待了。比如說，本文一開始那首「不像是詩」的作品，它原本的分行如下：

我本不該在世界上生活
我第一次打開小方盒

鳥就飛了，飛向陰暗的火焰

我第一次打開

這是中國詩人顧城的〈失誤〉。

節奏

你曾經在YouTube用一點五倍數看完影片嗎？讓你昏昏欲睡的小說卻「很經典」？你認識的那個總是看好萊塢動作片的朋友，上個禮拜破天荒跑去看了一部侯孝賢的電影，然後在Instagram的限時動態偷罵怎麼那麼冗長無聊——這些都和「節奏」有關。節奏不只是音樂或生活步調而已，在文學裡它也無所不在。

我們知道，所謂的「節奏」在樂理是非常重要的基本概念。節奏是一種節拍的組合，能夠透過速度的快慢，使音樂有豐富的層次。但其實，在文學領域中，我們也時常去強調節奏之重要：文學上所談論的「節奏」一詞，就是一篇文章的節拍變化。當然，文學作品不像音樂，沒有辦法規定讀者的閱讀速度。因此，一般也常以「閱讀時的阻力大小」來定義節奏快慢。

所以「快節奏」的文章，通常閱讀的阻力較「小」，常會有以下幾個特徵：日常感、句型短、重複性、意象清晰、頻繁地以動詞或對話去推進敘事。例如林佑軒在跨性別小說〈女兒命〉裡有大量這樣的對話拋接：「門外母親叉腰。住對面的看見你房間有女生啊。沒有啊。給我誠實。沒有啊。」短短幾句快刀，就讓讀者充滿了置身其中的立體感。同樣快節奏、日常感、與母親短兵相接的還有：

因為帶你媽去玩從來不只是去玩而已。它更接近一種閱兵式，一套視察行動，一場武力展演，是各位的媽把各位養了這麼大的總體檢，要考你應變。考你EQ。考你體力（購物袋當然不該你媽拿，電車上有位置當然該你媽坐）。至不濟也考你花這麼多年讀了這麼些也不知有沒有用的書、做了些也不知道在幹什麼的事，到最後在餐廳裡你能不能幫她要到一杯溫開水：日本人不喝熱開水（要熱的就都是茶），這事我媽每值用餐便感嘆一次。

以上是黃麗群的〈帶你媽去玩〉。我們可以看到，除了文字基本功極好，作家對於如何拿捏「節奏」有高度意識：這些快節奏的好作品，會強烈吸引讀者的目光繼續看下去。反之，「慢節奏」作品的特色，就是閱讀阻力較「大」：非日常感、句型綿長、不重複性、意象朦朧、多以思想或抽象畫面來推進敘事——說到這裡，你腦中或許已經閃過幾個美麗（但看不懂）的畫面，或是某些作家的生冷用字。

嚴肅的、不按牌理出牌的「純文學」作品，便常常給人慢節奏的印象。節奏偏緩慢、同時又極為耐讀的作家之一，絕對包含當代小說家張亦絢。在容易寫得高速、諷刺、甚至是充滿獵奇意味的性愛主題上，她放慢步伐，去戳戳「性」的千百樣態，以確保它還保有足夠豐沛的想像與潛能：

> 我光著雙腿或是露出陰部，也不是什麼性的誘惑力——我一認識X，就非常滿意於這一點——他的性慾完全不依賴視覺。這事如果是他說的，可信度大概會打折扣，然而我是自己發現的。我在無意中發現這事，這讓我全身的性細胞都先高潮到想尖叫的狀態。我不想讓他看見我的真實，他則是有隱形的眼罩蒙眼。我覺得自己中了大獎，因為我們這就是——在雙重的透明中性交。（引用自〈風流韻事〉）

是故，文學作品中的「節奏」雖然有關鍵意義，也能夠將密密麻麻的文字組成不同的「節拍」，來呈現出特定的閱讀效果。但必須注意：節奏的快慢，本身沒有優劣之分。同一篇作品裡，通常也會有忽快忽慢的變奏，用以營造張力或保持平衡。最關鍵的是——作者能不能先掌握好「節拍」。文字如果不夠成熟，節奏快就只顯得急躁魯莽，節奏慢則導致枯燥而沒有亮點（現在，你至少知道要打開節拍器了）。

除了上述特徵，節奏的快慢也可能因為「情節」（見107頁）多寡而受到影響：畢竟很明顯地，你寫「我和女友大吵一架了」，會比「吵架了。我和女友各坐在客廳一端，就這麼瞪著彼此的水杯容量。天氣越來越熱，旁邊那台破電腦傳來的通知聲還持續噠噠響著，是他嗎……」（下略三百字）的節奏快多了。

好，但是那些艱澀的「經典」還是啃不下去要怎麼辦？這時候，也不妨放慢腳步去重新思考這部作品的主題、節奏，甚至是爬梳作家的生平與寫作脈絡。讀完了，再來下一個屬於你自己的判斷。此時，無論你是忽然挖到某個新的亮點，或是發現自己還是——嗯，對，我果然還是討厭它，我要睡著了。都是好事。晚安。

音樂性

你如果某天，你走進新詩文學獎的決審場合——恭喜你入圍。接著，你會有一定機率聽到評審說出以下發言：「這首詩的音樂性很強」、「我的判定標準主要是意象和音樂性」。就算對「音樂性」一知半解，也會覺得它應該是個讚美吧？只是，音樂性就是節奏（見171頁）嗎？好像又不完全是，它更常在「詩」這個文類中被提起。

其實任何一首詩，必然都具備「音樂性」的要素。身而為人，你即使只是在便利商店和店員隨口說兩句話，也會自然地產生音量、聲韻、斷句、節奏、語速的不同變化。日常語言本身就包含了抑揚頓挫，詩自然亦是。我們可以說：詩的音樂性，即是詩的聽覺效果。除了談論物理上的聽覺，也重視「音樂性」與作品的核心能不能相互呼應。以曲風粗略比喻，你可以想像龐克或搖滾是快節奏的詩，而爵士可能是基調相對舒緩而隨機的詩。無論音樂或是現代詩，都有變奏的各種可能。

所謂「音樂性」勢必考驗詩人的基本功，但不必然要是詩人的終極目標。英美詩人

T・S・艾略特（T. S. Eliot）曾經如此描述過詩與音樂性的關係：「詩的音樂不是離開意義而存在的東西。否則我們會有毫無意義而在音樂上非常美的詩，這樣的詩我從來沒遇到過。」一首詩的內在精神，仍然是最關鍵的事。

不過，小說和散文不是也需要調度節奏嗎？為什麼唯獨在「詩」這個文類，特別看重所謂音樂性？這其實可以回溯到詩史：幾乎在所有人類史的早期文明中，所謂的「詩」與「詞」是不分家的，例如中國古典詩歌會以平仄跌宕來營造出音樂的律動感。除了詩歌，有時搭配上「舞」的身體律動，在宗教、祭祀等場合演出。

在西方的詩歌傳統中，也非常重視「音樂性」的聽覺體驗。由於英語是拼音的多音節語言系統（例如water可以分為wa-ter兩個音節），具備輕重音的差別，更有所謂「音步」（foot，又稱韻腳）的詩歌概念，用以規範字數、音節，甚至每個輕重音之間的細微安排。其中頗有代表性的就是「十四行詩」（Sonnet，又稱商籟）。

讀到這裡，或許你會敏銳地意識到，前面談「音樂性」都環繞在傳統詩歌上，但毫無格式限制的新詩，要怎麼營造音樂性？一九八八年，楊牧在〈音樂性〉一文給出的建議，時至今日仍然值得參照：「打破格律限制，試驗將那些可用的因素搬一個方向，進一步要放棄對偶，以造成錯落呼應的節奏；我們必須為自由詩體創造新的可靠的音樂。」打破格律，創造嶄新的風格，同時是現代詩的難題，以及樂趣。

也因此，許多最好的詩人都得是一流指揮家，至少在文字上必須如此。其中，將「音樂性」玩得淋漓盡致的詩人之一，是成立了《創世紀》詩刊的瘂弦。瘂弦有古典樂底蘊的名作〈如歌的行板〉裡，充滿「……之必要」的複沓堆疊；也有例如〈酒吧的午後〉、〈紅玉米〉、〈乞丐〉等作品，皆有鮮明優秀的音樂性，並且能呼應詩本身的韻味。以下節錄自瘂弦的另一代表作品〈深淵〉：

而你不是什麼；
不是把手杖擊斷在時代的臉上，
不是把曙光纏在頭上跳舞的人。
在這沒有肩膀的城市，你底書第三天便會被搗爛再去作紙。
你以夜色洗臉，你同影子決鬥，
你吃遺產、吃妝奩、吃死者們小小的吶喊，
你從屋子裡走出來，又走進去，搓著手……
你不是什麼。

在這個段落中，瘂弦並不拋出激昂的情緒，而是以大量句式錯落呼應，漢語和語音彼此接軌。透過一個生動的敘事者主體「你」呈現個體之尷尬、時代之尷尬。詩人廖偉棠在《玫瑰是沒有理由的開放》裡指出：「瘂弦的民謠非常豐富，他身上有中原地區的民謠滋養，也有他年輕時熱愛的西方民謠、西方搖滾。」看似虛無而無力改變的敘事者，在這種民謠般的過程裡變得深邃，昇華了「深淵」這個主題。

同樣是詩人的T・S・艾略特，他曾經如此想像過詩歌的開端：「我敢說，詩歌開始於一個原始人在森林裡擊鼓。」(Poetry begins, I dare say, with a savage beating a drum in a jungle.) 從這個鼓點落下，詩的聽覺還會持續變化。

第二區

圈內行話

「自己人」的氣息

想像你突然被空投到一間滿是作家的房間。在這之前，你已經通讀了本書「創作觀念」裡的所有詞條，對文學有了初步的認知。但當你試著想要跟大家混熟的時候，卻發現他們都在討論某某文學獎最近表現如何，某某類型最近很流行，某某作品太過「散文化」或「詩化」……總之，更多讓人頭暈的名詞出現了。這些名詞看起來沒有那麼知識性、理論性，然而幾乎每句話裡面都有，導致你幾乎無法確定任一句話的意思是什麼。

這時候，你深深覺得自己好像被排擠了。你好像不屬於這裡——否則怎麼會完全參與不了話題？

你此刻正在閱讀的第二區塊「圈內行話」，就是為了這個情境而設計的。本區收錄了三十五個詞條，這些詞條往往不是明確的創作觀念，也不是什麼高深的文學理論，但卻是文學人們琅琅上口的實務用語。就如同其他各行各業的圈子一樣，文學圈也有自己的慣用語（而且往往每個國家的文學圈，在這方面都有很大的差異），來描述自己平日的工作。

比如學校老師會形容某一種學校是「非山非市」，政治工作者會知道選舉裡面的「陸軍」、「空軍」和「海軍」的差別。這些詞彙背後不見得有什麼大學問，但如果你無法嫻熟地使用這些「生詞」，就很難跟上大家的討論，也很難融入圈內，成為「自己人」。

當然，並不是每位文學讀者都有義務成為文學圈內人。不過，這些名詞也常常在書店、媒體或作家的文章言談中使用。所以，理解這些「行話」，是有助於理解文學圈現況的。

本區塊大致也可以區分成兩個部分。前半部的詞條不分場合，包含某些「標籤」或描述作品特質的用語（比如「鄉土」或「〇〇敘事」），也包含了特定的文學制度（比如「文學獎」或「文藝營」）。這些詞條往往反映了說話者的文學經驗和文學觀。後半部的詞條，則是各式各樣的文學分類，比如「純文學」或「原住民文學」等等，這些分類或以族裔、或以內容、或以風格、或以形式區分，不一而足。重點不是「這些分類代表了絕對的真理」，而是「你要知道有人是這樣分類的」。在本區塊的最後，你也會看到通俗小說的「類型」區分，以及更多在台灣比較流行的分類標籤。

也許有人會認為：文學本質都是共通的，我們不需要被這麼多「分類」與「標籤」干擾。但事實是，隨著文學史的發展，人類累積了越來越多樣化的文學表現。這時候，適當的分類，以及精準使用標籤，是能夠讓我們的文學討論更加聚焦的。這也是為什麼文學圈的人會下意識使用這些術語，並且會以之判斷一個人懂不懂行、是不是「自己人」——這甚至不必出於傲慢，而很可能只是出於實務上的習慣。若沒辦法順暢使用這些術語，彼此的溝通效率必會大打折扣。

一間滿是作家的房間，不見得比滿是工程師或滿是職棒球員的房間有趣。不過，既然你已經來到了這裡，不妨就多聽幾句吧。也許聽著聽著，你會從中獲得幾個豁然開朗的美好體驗呢。

理想讀者

假設世界上存在一種讀者，幾乎像是作者肚子裡的蛔蟲，作者安排了哪些巧思他都能明白，這樣的讀者就是「理想讀者」。

如果你想成為某位作家的「理想讀者」，是需要很多條件的。你得對文本（見323頁）有一定程度的理解，能夠掌握文本使用的語言是最低基礎。接著，你也必須能夠評估文本所營構的美學效果，以及它所牽涉的文化背景。這些條件，不但要求你有一定程度的知識基礎，更需要你能和作者共享類似的美學觀點。

我們可以這樣想像：雖然文本解讀沒有標準答案（見383頁「讀者反應批評理論」），但是當你搬出所有工具，對文本做各種剖析之時，就是以「理想讀者」為目標前進。

面對同一文本時，一名「理想讀者」和一名「普通讀者」，具體來說有什麼差別呢？我們來讀讀看賴和〈一桿「稱仔」〉這個段落：

> 一天早上，得參買一擔生菜回來，想吃過早飯，就到鎮上去，這時候，他妻子纔覺到缺少一桿「稱仔」（秤）。「怎麼好？」得參想。「要買一桿，可是官廳的專利品，不是便宜的東西，那兒來得錢。」他妻子趕快到隔鄰去借一桿回來。幸鄰家的好意，把一桿尚覺新新的借來。因為巡警們，專在搜索小民的細故，來做他們的成績，犯罪的事件，發見得多，他們的高升就快。

讀的時候，會不會覺得文字念起來不太順？如果你覺得有點卡，可能是因為你用「中文」去讀這段文字。這是大多數不明白賴和文化背景的「普通讀者」會有的讀法。然而，這篇小說其實是用台語文寫成，它的「理想讀者」才能以台語文的標準，真正掌握它的語感與美感。

〈一桿「稱仔」〉有一個重要的段落，是小販得參跟巡警爭執秤花菜的事情。得參想少算一點重量給警察大人做交關，想不到巡警非常生氣。如果我們套用現在的觀念，也會不懂警察在生什麼氣，算便宜一點難道不好嗎？

想理解賴和如此安排情節，得從日治時代的背景著手。法律理應要保護人民，但是在殖民政府底下，法律卻為台灣人民帶來痛苦，表面講求公平執法，實際上是冷血地控制社會，不管人民死活。小說的巡警代表殖民者執法，就連少算他幾斤花菜，也能成為藉口，以此奪走得參的生財工具、抓進監獄。

有了這些背景資訊後，便能理解賴和在小說中想諷刺的時代現象。

不過，「理想讀者」並不只是讀者單方面努力的目標。有時候，它也會拿來指稱作者寫作時預設的「受話對象」。比如前述賴和的例子裡，賴和設定的「理想讀者」顯然不會是二十一世紀的我們，而是與他生活在同一時代、能夠理解日治時期台灣之語言環境、文化背景和殖民體制的人們。當作者設定出某一種「一定能懂我在說什麼的理想讀者」之後，就會以這種理想讀者能夠理解的方式來寫作。你要是剛好符合作者的設定，閱讀時就不太容易感受到門檻；反之，如果你剛好不在他設定的範圍內，自然就需要更多工具的幫助。

總之，文學閱讀是一個雙向的互動過程：讀者可以決定自己要不要努力成為某作家的理想讀者；作家也可以透過理想讀者的設定，篩選自己想跟誰說話、是不是要在乎另一群人的解讀。

有趣的是，作家也常有意識地訓練自己，成為其他作品的理想讀者。

三島由紀夫在《文章讀本》（文章読本）中曾寫道：「我認為，作家首先必須也是一個精讀讀者。」這邊三島由紀夫說的精讀讀者，具備分析作品的能力，並且懂得「品味」作品的美學，概念與「理想讀者」有幾分相似。無論是精讀讀者、理想讀者，兩者都是試圖對文本做最大程度的理解。

有一點要釐清的是，理想讀者並不一定是「讚美文本的讀者」，而且情況時常是相反的。理想讀者反而會嘗試指出文本的缺點，畢竟越懂你的人，越可能看出你的弱點。這麼做雖然可能令作者玻璃心碎，但開放的評論環境能促進文本的多方討論，激發更多文學創作的可能。說到底，創作與評論是相互依存的關係啊。

「理想讀者」的概念，可以幫助我們建立更多元的視野。比如說，當你遇到一本覺得「難看」的作品，不妨先想想是什麼因素讓作品難看？因為人物不夠鮮明立體？因為結局爛尾？這些原因能在文本中指出來嗎？——或者，有沒有可能，作品所設定的理想讀者不是你？如果是這樣，你能否推測它所設定的理想讀者是哪一種人？這樣的思考方式，更能幫助我們同時考量文本內與文本外的因素，從而接近一名更好的讀者。

陌生化

語詞已經死了。這是一九一〇年代，俄國蘇聯時期作家、形式主義學者維克托・什克洛夫斯基（Viktor Shklovsky）寫在〈詞語的復活〉這篇文章中的第一句話。

假如當我們想到月亮、孩童、天空這些帶有浪漫氣息的詞彙時，腦海不會再產生獨特的想像，詞語有時候甚至變得如數學符號一樣定型——這是俄國形式主義學派的關鍵主張「陌生化」（ostranenie）理論最初的雛形。最早，由前述的維克托・什克洛夫斯基所提出。

形式主義者認為「文學語言」不同於日常語言，它是透過結構、句法、悖論的技藝，有意識地偏離原先我們所熟悉的認知模式。因此，將熟悉的事物變得奇特、陌生，並進而帶來新鮮感知的動態過程，即稱作「陌生化」。文學不是真理神諭，也不是作者的全然意志，反而更接近於一個端坐在工作桌前、以精巧手藝打造藝術品的木匠。如果你溜進大學講堂偷聽任何文學課第一講，或是翻開書架上的文學理論，大概都會看到它出現在非常醒目的位置：「俄國形式主義」（formalism）。

為了理解「陌生化」的脈絡，在此也必須簡短說明，這個重要的文學理論「俄國形式主義」是怎麼演變而來的：儘管遠自古希臘時代，人們就已經開啟了對於「文學」的初步認知，不過長久以來，文學其實很少被視為一門獨立自主的學科，而是被視為是特定時空下的歷史、宗教、政治思維與結晶。在許多情境之下，文學作品也時常被當成「作者傳記」來解讀。這樣的情況一直到二十世紀，西方的文學理論才逐漸系統性地展開了新面貌，開始強調結構、形式之於「文學語言」的重要性。其中頗具代表性的學派之一，即是借用大量「語言學」知識的俄國形式主義。

時至今日，俄國形式主義者提出的「陌生化」都仍然是重要的文學概念，部分寫作技巧也廣泛應用在不同文類（見247頁）上。例如美國詩人瑪麗．M．布朗（Mary M. Brown）在一首有意識地去使用陌生化技巧的詩作中，就不點名直觀的白晝與黎明變化，給敘事者帶來怎麼樣的失落，而是寫作：「黎明踟躕著匍匐向／一個更為脆弱的日子。我此生的／所有失敗中就會在這婆娑中隱去」；中國思想家魯迅在〈秋夜〉裡的經典謎（名）句開頭：「在我的後園，可以看見牆外有兩株樹，一株是棗樹，還有一株也是棗樹。」都可以算是一種陌生化的文學技法。

當然，在邏輯上完全相反的情感語義，也可以藉由「陌生化」的手法，勾勒出更加幽微的人性。曾被譽為俄羅斯「白銀時代」最具代表性的詩人之一，安娜・阿赫瑪托娃（Anna Akhmatova）的生涯流離，也曾經數次遭受蘇聯政府的打壓，並禁止作品發表。阿赫瑪托娃在其詩作〈尾聲〉裡有兩句詩行是這麼寫的：「微笑在柔順的雙唇上枯萎／恐懼在乾笑聲中顫抖」。

陌生，同時有些熟悉。有時候，文學是否就在昏暗的一條縫隙之中，找出了某種清醒的方式。

047

敘事

顧名思義，敘事（narrative）就是「講述或記錄一個故事」。

咦，這麼簡單嗎？

是的。這原本就是一個簡單的詞彙。當你今天迫不及待地跟朋友分享，你讀到一本又酷又優質的文學理論書，或是你今天因為一連串爛事的發生，讓你暴怒地打開社群軟體發文抱怨，你的用字遣詞、你挑選的情節段落、鋪陳出的氛圍情境，這個過程就是「敘事」。

但，如果你和二十世紀中葉起的結構主義（見374頁）學者們一樣，認為一切故事的背後，可能具備著某個相似的結構、模式，並熱中於探討「故事」的運作有哪些元素跟方法——那麼，「敘事」在你們眼中，便不再只是一個簡單的名詞，而將會是一門銳利又厚實的技術。

當「敘事」作為一門技術，所要討論的事情是：「敘事」如何影響讀者對於「文本」

的接收與理解——亦可反過來說，作者如何利用各種講述方法，來強化甚至顛覆我們對於一個故事的認知，藉此大大拓寬讀者的閱讀體驗。

以下讓我們舉兩個「敘事學」常用的切入角度來簡單說明：

一、「敘事觀點／敘事者」：

在同一個故事中，讀者接觸作品的第一秒，敘事就開始運作了：誰在講述這個故事？我們將以誰的立場來看見一連串事件與人物的出現？

大多數時候，身為讀者的我們不會主動意識到這個差異，但只要稍微換位思考：若作者選用不同的敘事者／觀點來鋪展故事，那會產生什麼改變？我們就會感受到差別了。最直觀來說，讀者可能得到截然不同的資訊，而這些資訊落差將為故事提供各式各樣衝擊力與可能性——即便是一模一樣的故事內容。

一個簡單粗暴的體驗方式是：打開臉書搜尋不同政治立場的社群，如何評論同一則政治新聞。如此一來，你馬上就能體驗到「敘事者／觀點」的差異，如何徹底改變一個故事的樣貌（更詳細的說明，請見138頁「敘事觀點」）。

二、「敘事形式」：

同一個故事，當你選擇以不同的文體、長度、腔調，甚至是不同的媒介呈現時，故事勢必得因為呈現的方式不同而有所改變。即便是同一個作者、同一個故事，選擇用三千字或三萬字表達、選擇用小說或詩歌表達——甚至是改編成不同媒介的戲劇、漫畫、電影、遊戲時，我們都會有著完全不同的體驗。

這些看似微小卻綿密的選擇所帶來的影響，就是「敘事」精妙之所在。在旁聽文學獎評審或是閱讀文學評論時，不妨多多觀察他們如何衡量作品在「敘事」這方面所下的工夫。

而「敘事」一詞，除了包含上述技術意涵外，也有另外一個用法：它可以套上前綴，作為一種類型、風格、特徵的概括用詞，比如把「同樣在描述傷痛過程的作品」，統稱為「創傷敘事」。

如果想在短時間內體驗小說家如何在「敘事」上發揮巧思，美國小說家歐・亨利（O. Henry）的短篇小說是一個輕鬆簡潔的選項。而若能花一點時間，慢慢品嘗「敘事技法」如何能讓故事的張力表現得淋漓盡致，不妨搜尋與「敘述性詭計」相關的作品——也就是透過敘事的設計，刻意對讀者的閱讀體驗製造盲點，以創作出衝擊性。不管是「謀殺天后」阿嘉莎・克莉絲蒂（Agatha Christie）的代表作《一個都不留》（*And Then There Were None*）；或日本恐怖／推理小說家綾辻行人的《Another》、《殺人時計館》（時計館の殺人）；以及台灣「赤燭遊戲工作室」的兩款遊戲：《返校》與《還願》，都是善用敘事角度的歧異、氛圍與情節調度，去創造出強烈翻轉的作品。

當你習慣拆解各種文本的「敘事」以後，你會發現「敘事」無所不在。我們所處的世界、每一個人的生活，以及與他人的連結之所以複雜，正是因為有無數「敘事」正在糾纏、運轉著……。

048 冰山理論

如果一篇小說充滿各種空白、沒有清楚解釋情節發展的邏輯和角色的意圖，讀者會從中獲取什麼呢？你有可能完全讀不懂。但如果你想讀懂，就必須努力感受、猜測被小說家省略的是什麼，由此體驗到「水面以下沒說出來的部分」，這便是「冰山理論」（Iceberg theory）。

「冰山理論」，或稱「省略理論」（theory of omission），是由曾以《老人與海》一書榮獲諾貝爾文學獎的美國作家海明威，歸納自身創作經驗與策略所提出的理論。他追求簡約俐落的文字風格、省略一切非必要的敘述，盡可能刪去提示，讓讀者僅能以自身經驗去感受、揣摩那些沒被言及的情節與意涵。正如露出海面的冰山，因與水的密度差異，僅有其真實體積的八分之一。透過有限又直白的展示，反而為「水面下」的形狀增添了無窮的想像空間。

在進一步談論冰山理論的意義與影響前，得先說明的是：以冰山作為「表象以下之深處」的隱喻，並非是海明威與文學界獨有的。開啟精神分析研究的奧地利心理學家佛洛伊德（Sigmund Freud）和另外一位著名的美國心理治療師維琴尼亞・薩提爾（Virginia Satir），都曾使用「冰山」來隱喻各自的理論。此外，若你是一個網路重度成癮者，只要Google「冰山」加上「meme」，想必也能看見「冰山」這個簡潔直白又富饒深意的意象，相當盛行於我們的生活裡。

不過以上提及的種種例子，都與本詞條主角——海明威的冰山理論——並無關聯。一九三四年，海明威在其著作《午後之死》（*Death in the Afternoon*）提及：「冰山的形象之所以雄偉壯觀，是因為它只有八分之一在水面上。」海明威並進一步將自己的寫作手法比擬作冰山，他認為：「當作者省略掉角色已知的事件與情節，將使得作品的故事性得到強化。」隨著作者對作品的留白，讀者將得以更加深刻地參與其中，並獲得更強烈的體驗。於是，在短篇小說中僅著力描述表面元素，如角色的動作、對白，對潛在主題、情節、思想甚至情感均不直接揭露的寫作手法，就隨著海明威的作品，為當代文壇浮起一座澄淨簡白又深邃浩瀚的巍巍冰山。

小說〈白象似的群山〉便是海明威冰山理論的代表作之一。故事發生在一個車站內，一名男子試圖說服一名女子去接受一場手術。沒有前因、沒有後果，甚至沒有說明是什麼手術，更沒有後續。讀者僅能從女方不自然的反應與不明所以的對白，去意識到那男子口中「無關緊要的手術」，是一場攸關生命的墮胎手術。

一如海明威的大多數作品，採取了一種中性、迴避感情和主觀意識的筆調。作者不點出任何主題，未表露任何創作意圖，不帶有一丁點解釋和判斷，只讓讀者看到「發生了什麼事」。如此戛然而止，似又隱隱約約擺放生命境遇的寫法，帶有質樸日常的設定，卻也充滿神祕虛無的感受。

「冰山理論」所留下的創作不僅深深影響了美國當代，亦成為許多文學創作者的準繩。最後，讓我們引用一段文字來結束這個詞條。這是同樣善用疏離意象的台灣作家袁哲生，在一九九四年榮獲時報文學獎首獎後所寫下的感言。這段感言，本身就是「冰山理論」的最佳範例：

〈送行〉得獎感言

感謝指導我寫作的陳瑞山、羅青和水晶三位先生。

民國七十四年，我送我大哥到基隆上船，然後自己坐中興號回家。後來他告訴我，海鷗飛得很快，海豚躍得很高，而人則可以從甲板上，利用手指的寬度測出遠方的船隻與自己的距離。

民國八十三年夏天，天氣晴，我和我的同學王森田坐火車到基隆，在車站附近買了一台即可拍，穿梭在鐵道兩旁的街道上捕捉孤獨的角落。回到台北沖洗出的照片中，有半數以上，照的是我托住相機的左手手指。

新詩／現代詩／現代派運動

如果你是剛開始起步寫詩的創作者，請試著在腦中快速思考兩秒：請問你覺得自己正在寫的是新詩，還是現代詩？

等等，有差嗎？有。儘管從日常對話到高中國文的練習卷裡，我們都時常將「新詩」與「現代詩」這兩個詞彙混用——但實際上，兩者其實有截然不同的歷史脈絡。「新詩」一詞源自中國一九一〇年代興起的白話文運動，當時胡適等知識分子主張以白話文寫作，並移植了歐美自由詩中「不受格律限制」的精神。換言之，「新詩」的涵蓋範圍較廣，只要是白話文、無格律限制的詩作，皆可歸納為新詩。

在當代台灣，比起「新詩」，更常聽到的其實是「現代詩」一詞。這個名詞來自於《現代詩》詩刊，是詩人紀弦於一九五三年所創辦的文藝雜誌。在《現代詩》這份刊物裡，紀弦大張旗鼓地宣告「現代派集團」成立，組織理念相同的成員。接著在一九五六年發表的〈現代派信條釋義〉宣言中，主張要揚棄舊詩傳統、擁抱西方思潮，而有「橫的移植，而非縱的繼承」、反對浪漫抒情的「知性之強調」等立場。

有趣的是，由於彼時仍處於戒嚴體制，因此也有一條是專門寫給執政者看的：「愛國。反共。擁護自由與民主。」看似荒謬，但這招竟然奏效。詩人向陽曾以「怪禽」來形容彼時的現代詩運動，認為：「在戒嚴反共的五〇年代文壇，『現代詩』猶如怪禽，國民黨不喜歡卻又莫可奈何。加上『現代派』一成立就把『愛國反共』列為信條之一；其後發展又逐漸口語分離、晦澀，使得國民黨文藝政策單位莫名所以，竟也全身而退，不能不說是一個異數。」

因此，也能夠看出在戒嚴體制的一九六〇年代下，這些具有現代主義（見352頁）色彩的文學——無論是小說或者「現代詩」——所追求的更多是文學形式的前衛，而非現實上的改造。以「運動策略」而言，避開了黨國查禁的《現代詩》可謂相當成功。然而，作為文學倡議，自然也會有反對陣營，也曾經展開過一系列的論戰。其中，最具代表性的是一九五七年至一九五八年《藍星詩刊》的詩人覃子豪與紀弦展開論戰，並提出了相對穩健的修正路線。其代表詩人有覃子豪、余光中、羅門、蓉子、敻虹、向明等。

歷經幾次論戰更迭，當時「新詩」的主流最後逐漸偏向了現代派。不過，曾經一手包辦社長、吵架、編務、印刷，甚至是郵寄業務多年的紀弦卻選擇在一九六四年（瀟灑而任性地）解散了《現代詩》雜誌：「我要辦詩刊我就辦了；一旦我感到厭倦，就把它停掉，把它解散掉。」雜誌雖然停刊，但「現代詩」品牌卻逐漸發揚光大，而曾經與《現代詩》同一時期創辦的《創世紀》詩刊，也有許多詩人寫出了台灣詩史的經典名篇，包含瘂弦〈如歌的行板〉、洛夫〈石室之死亡〉、商禽〈長頸鹿〉等。

然而，有「台灣現代詩的點火人」之美譽的紀弦，就是為台灣帶來了「現代主義詩歌」的第一人嗎？文學史已經給出答案，這點恐怕也是否定的。例如，我們也可以從本土詩人、小說家陳千武的「兩個根球論」（見367頁）看到不同的觀點，並從中去思考台灣文學的多重脈絡。但無論如何，紀弦與《現代詩》所點燃的宣言，不只攸關了詩學變革，更是台灣文學史上將「新詩」轉向「現代詩」的重要轉折點。

○○化：詩化／散文化／戲劇化

這篇詞條將一次處理三個「○○化」。之所以會放在一起講解，是因為我們想藉由它們的並列，讓你感受到：文類之間的界線其實並沒有那麼壁壘分明。

當我們說某篇文章「○○化」的時候，其實就意味著：它跟「隔壁棚」的其他「文類」借鑑了某種寫法。因此，我們不會說「這首新詩的文字詩化」，它本來就是詩；但我們卻可能會說一篇小說或一篇散文「詩化」，反之亦然。而各種不同的「化」，也就因而代表了我們對某一文類的印象。

首先，我們先來聊聊「詩化」。「詩化」在於作品的內涵具備著詩意，常常是使用了比較華美的文字，或者是使用了「陌生化」（見187頁）的手法。當某些散文或小說展現出這種詩意時，就會被稱為「詩化」。例如楊双子《我家住在張日興隔壁》有如下句子：「那些我都不知道了，我知道的只是，無論撥電話對你發發牢騷，或者你就陪著我看門診，只要你在，我就不會掉入海底。」從最後一句可以看到，作者把「心情變差」

改寫成「掉入海底」，便是把直白文字詩化的手法。

而散文時常以自身經驗出發，抒發個人情緒。因此，若小說或新詩當中，有比較直白抒情、未經濃縮或剪接的寫法，便常被稱為「散文化」。比如馬尼尼為的詩作〈我現在是狗〉：

我最近全身投入清屎行列
為了一時的惻隱之心失手領養一隻流浪狗
我這輩子最了解狗屎的時候就是現在
因為我每天得清幾次狗屎
細節方式就不用說了
若有狗屎問題盡管問我

這段詩句以直白的文字，描寫養狗的日常，便是相對比較「散文化」的寫法。

最後，我們很少會說散文或新詩「小說化」，但卻會以另一個意涵類似的詞來指稱，那便是「戲劇化」。「戲劇化」意指作品具備戲劇性（dramatic）有明確的人物、情節或衝突。例如洪萬達的詩作〈阿鵝觀察日記〉：

我終於走到這裡了，便利商店
馴服我以一瓶雪碧吧。雪碧啊雪碧
阿達曾經唸一首詩給我聽，他說
老太太喊著鹽啊鹽啊，就有了雪

鋁罐啊鋁罐，這樣我就可以得到家庭——
家庭號雪碧了嗎？
我用翅膀慢慢拍著玻璃門，「乓」、
「乓」、「乓」店員把一瓶雪碧給我
他看著我好高興，我想他是有一些寂寞
的小事吧，我摸摸他的臉。

持平而論，所謂「〇〇化」事實上只是文類之間彼此借鑑的手法，照理來說應該沒有高低之分。但實務上來說，上述三種「化」卻蘊含了某種微妙的褒貶意味。如果一首詩被評為「戲劇化」，那麼該詩的作者可能沒什麼意見；但如果一首詩被評為「散文化」，某些詩人可能是會生氣的。小說被說「詩化」的時候，是一種語言藝術上的讚美，而被講成「散文化」時，大多意指小說的形式更靠近抒情式的自剖自語。而散文呢，如果被冠上「戲劇化」、「詩化」時，往往都會把這些形容視為讚美。這些褒貶感受不見得是絕對的真理，但卻真實存在於許多寫作者的心中，彷彿暗示了某種偏好的存在。

最後，在某些文學討論裡，人們也會以「這是小說的語言／詩的語言／散文的語言」來描述作品的特徵。這種說法，也是前述「〇〇化」的變體，意涵與使用時機都是類似的。

鄉土／本土

人類雙腳所踏，都是故鄉。

——向陽，〈立場〉

自二〇二〇年，經歷了COVID-19疫情的台灣人，對「本土」一詞的關注，可說是來到了史無前例的高峰。在此期間，「本土」一詞作為與「境外」的區隔，強調的是「（我們）成長、生活的土地」，也就是整個「台灣」。

然而，在台灣文學史中，你卻極少聽到人們以「本土文學」來代稱「台灣文學」，反而常常用「鄉土文學」來概括。從日治時代的賴和、楊逵、呂赫若，到戰後的鍾理和、鄭清文、吳晟等專注於社會寫實的作家，經常被冠以「鄉土意識濃厚」、「鄉土關懷強烈」等詞彙去形容他們書寫下的生活與土地。在一九三〇年代與一九七七年的兩場關於台灣文學發展的論述激辯，亦被稱作「鄉土文學論戰」。

這個用法其實是有點奇怪的。如果「本土＝整個台灣」，則應該包含鄉村、也包含都市，怎麼會用「鄉土文學」來代稱「台灣文學」？難道描寫都市的，通通都不是台灣文學了？

這種混淆的情況，其實來自政治因素：因為「本土」一詞長年被汙名化，所以人們只好以「鄉土」來代稱。

近百年來，台灣先是猝不及防地成為大日本帝國的戰利品。雖然治台方針有所更迭，不變的是殖民者與被殖民者之間的不平等關係。為了強化統治，任何強化台灣「本土性」——即揭露與日本的差異性——的書寫，都不免受到殖民當局的壓迫。而當日本人在二戰結束、離開台灣後，中國國民黨政府來台接管，威權體制很快又禁錮了社會的每個角落。在「反共懷鄉」的官方文藝政策管控下，對台灣的「本土」題材自然也是嚴加打擊。就連在台灣出版的「鄉土」書寫，都必須充斥著「黃河水」的浸潤，呈現出「身在故鄉，心在流亡」的狀態。

直到一九七〇年代初期，反共文學隨著反共事業一同凋敝，台灣的鄉土文學才得以重新出現。這些著重台灣現實的書寫，在無數寫作者冒險傳播與捍衛之下，逐漸壯大，並且為之後的解嚴奠定了厚實的基礎。相對的，「本土」一詞則因為具有明確的「與中國區隔」之意涵，始終都遭到強烈的汙名。

時至今日，「鄉土文學」多已成為本土文學的同義詞，不再被貶抑或打壓。然而，這兩個詞彙的混淆卻已深植人心，側面照見了那段扭曲的歷史。

最後，綜觀鄉土文學百年來的脈絡，蓬勃豐富但也多有分歧，在不同時期與思想下，所側重的核心並不相同。我們可粗分為三：

一、用「本土」語言所撰寫的文學。

台灣社會對「本土語言」的細節定義仍有許多討論空間，但只要是生活在台灣的族群，使用其賴以溝通、傳承生活經驗的語言進行的創作，即可算是最廣義的「本土」文學。比如胡長松、呂美親的台語作品，或杜潘芳格的客語詩，均屬此類。

二、以社會中下階層的困苦為主題，帶有左翼批判的觀點。

常以農民、漁民、礦工以及城市中的工人為主角，多採現實主義筆法。比如日治時代的楊逵、賴和；戰後的陳映真、楊青矗等人的創作皆屬此類，對階級問題的批判尤其尖銳。

三、以台灣本土的社會、環境、風土民情為主題的文學創作。

此處的「台灣本土」並不限制語言，也不堅持描寫中下階層，只要是本土題材皆可。

這是一種區隔於中國文化，帶有台灣民族主義色彩的定位。比如鍾肇政、葉石濤的小說，或林亨泰、陳千武的新詩，均屬此類。

從台灣文學史來看，一九三〇年代爭論的「鄉土文學」，採用的是第一種定義；一九七七年的「鄉土文學論戰」，採取的則是第二種定義。而在一九八〇年代後，一般人提及「鄉土文學」時，則採用第三種定義，也就是本文前半所說的「代稱」與「混淆」。

如今談論起「鄉土文學」創作，我們可以說那是台灣在過往政治脈絡下，本土語言、左派思潮、本土意識遭受打壓，於是眾多創作者冒險犯難、艱困前行中，所誕生出的複雜歷史現象。現在我們可以自由選擇語言、視角與題材，正是前人堅韌對抗的餘蔭。

陰性書寫

不知道大家有沒有看過電視台上的衛生棉廣告？在過去很長一段時間，台灣的電視媒體多以藍色液體作為經血的形象，加上學校性教育的缺乏，以及許多保守觀念下的避諱，於是在許多男性成年前，對女性生理期的印象，就被錯誤地「染藍」了。為何明明是許多人真實生活的面貌，卻在日常經驗內被「修正」了呢？還有多少我們「習慣」的經驗，其實只是主流社會為我們「打造」的？

這就是「陰性書寫」（Écriture féminine）想帶我們探討的事情。

陰性書寫是女性主義（feminism）學派中的一個分支，主張應積極透過自身經驗去書寫，藉此打破深受父權體制所掌控的規則，讓人們在閱讀時得以接觸不同的經驗與意識，從單一、主流、排他的父權中心價值觀解放出來。在資訊傳播與教育資源相對普及的二十一世紀，許多人都能自由運用語言、文字去為自己發聲。但僅在半世紀之前，女性主義學者才嚴肅地提出：如果「話語」的意義，一直是由占據主流的異性戀男性所掌控——並排除了其他性別、性取向的話語——那麼依循這套語言規則去閱讀、思考、書寫的所有人們，豈不也都將深陷這套以「父權」思想為核心的規則，且毫不自知？

如同開頭舉例的「藍色經血」，便是父權思想認定女性生理期「汙穢不堪」，於是在影視裡強行改造、扭曲真實經驗的範例。

因此，由愛蓮·西蘇（Hélène Cixous）、茱莉亞·克莉斯蒂娃（Julia Kristeva）跟路思·伊瑞葛來（Luce Irigaray）三位法國女性主義學者，以西蘇提出的「陰性書寫」為主要概念，積極探討了人們為何要以各自經驗出發，建立一套有別於「主流論述」的書寫。由於父權思想強烈主導了社會價值觀，比如鼓吹男性應追求陽剛、女性本質陰柔、傳宗接代為人生意義等等，人們被這類價值觀潛移默化，人們終將失去自我認同的想像與自由。甚至當自己難以代入社會給予的性別角色形象時——如同性戀或無性戀者無法符合父母對於「傳宗接代」的期待——更會受到家庭與社會的壓迫與排除，進而產生「在社會生存的本質就不適合我們」的意識，衍生出許多的傷口與悲劇。

那麼，如果在人們成長的過程中，就能接觸到更多元更豐富的、關於不同性別角色的經驗與思考，是不是就有機會在這個過程中，「改寫」人們所能接觸到的「規則」與「秩序」？當「理所當然」與「避而不談」被瓦解，人們便有可能打翻桎梏，破出新生。

也因為具備這種「衝撞性質」，陰性書寫也等於鼓舞寫作者們，發起對「既有敘事規則」的挑戰。例如說，刻意揚棄傳統文學作品的線性敘事，使用充滿省略、倒敘等技術，寫出傳統寫法所不能表達的經驗。也就是說，「陰性書寫」並不只是在「內容」上顛覆主流，更意圖在「形式」上開拓新境，好說出父權規則下說不出來的話。

在台灣，文學創作一直是充斥著前仆後繼、剛柔並蓄的「抗爭性」，可與陰性書寫呼應的作品亦相當可觀。前有白先勇那「無法盡孝」的《孽子》、李昂「忍無可忍」的《殺夫》；近年則有從身體感官、日常生活出發的各類短篇作品，如湯舒雯〈初經．人事〉、林佑軒〈女兒命〉、劉璩萌〈醜女〉、林儀〈注音練習〉等各類短篇作品，道盡不同形象與年齡層下的生命處境。此外，胡淑雯《太陽的血是黑的》、張亦絢《永別書》、林奕含《房思琪的初戀樂園》等長篇作品，也交織了國族、權力、身分的尖銳批判。之所以刻意列上這麼一大段，除了希望提供夠多的指引，也是想讓讀者們能夠意識到：以上列舉的作者與作品，包括但不限於任何一種身分、世代與處境。

「陰性書寫」所欲擁抱的對象恰如同女性主義：起於對抗父權，實踐於追求自由、平等，還有「想與自我和解」的每一個人。

053

媒介

「媒介」是指任何能夠傳遞訊息的管道或工具，它可以是語言、文字、圖像、電子通信等形式。

在學習文學創作的過程中，我們經常沉浸於小說、散文或詩歌的熱情創作之中，很少會深入思考媒介扮演的角色。然而，媒介對寫作的影響實際上是深遠的。

赫伯特・馬素・麥克魯漢（Herbert Marshall McLuhan）是二十世紀最具影響力的媒介研究理論家之一，他在《認識媒體：人的延伸》（*Understanding Media: The Extensions of Man*）等書中，對於媒介的研究提出了許多開創性的觀點。最著名的理論是「媒介即訊息」（The Medium is the Message），強調媒介本身對社會和文化的影響，遠超過媒介所傳達的具體內容。

麥克魯漢說「媒介就是訊息」，是什麼意思呢？我們舉個例子來說明。

主旨：兩小時後，一起來場火鍋聚會吧！

親愛的朋友：

天氣逐漸轉涼，我想沒有什麼比聚在一起享受熱騰騰的火鍋更能溫暖身心了。想到這裡，我決定邀請你在今夜吃火鍋，希望你能來參加！

【火鍋聚會詳情】

●時間：晚上6:00開始

●地點：我家巷口的火鍋店

我們可以邊吃火鍋邊聊天，期待著你的回覆，並希望能在店門口見到你！

祝好，

你的朋友

上面的內容，應該很明顯是一封「電子郵件」，但有兩件事情值得我們仔細深究：

一、你明明是在書裡看到文字，而不是Email信箱，怎麼知道這是電子郵件？

二、為什麼用電子郵件約朋友吃火鍋，而非電話或簡訊，好像有點奇怪？

這兩個問題都可以用「媒介」的角度來解釋。媒介不僅傳遞信息內容，還能在某種程度上影響信息的接收和理解方式。

「電子郵件」這種「媒介」隱含了「慎重」的訊息在裡面。當我們習慣用這種媒介傳遞工作重要訊息，而非日常邀約時，拿來約朋友吃火鍋就會「有點怪」；並且，電子郵件的撰寫本身存在規則，所以就算你在書上看到這一段，還是能認出它來自於哪種媒介。麥克魯漢說「媒介就是訊息」，便是在告訴我們，任何媒介本身都不是透明的，它自身也帶有特定的意義。

那了解媒介的概念，對我們的創作有什麼幫助呢？

先不談文字，讓我們稍微把目光移開，來看看漫畫的創作。在史考特・麥克勞德（Scott McCloud）的《漫畫原來要這樣看》（*Understanding Comics: The Invisible Art*）中提到，繪製漫畫時，漫畫家會特別注重翻頁前的最後一格。那格的劇情通常要富含期待感，讓讀者迫不及待的想知道下一頁發展，所以被稱為「期待格」。

這個期待格的設定，就是漫畫作為媒介獨有的創作技巧。

而同樣是文學創作，在不同媒介上發表，也可能會有不一樣的特性和技巧。以下是一些常見的例子：

1、書本：通常情況下，文本會被劃分為不同的章節，而且各個章節的篇幅相對平衡，不會有顯著的差異。由於讀者不容易一口氣閱讀完整本書，章節的設定使他們能夠找到休息的機會，並且記住下次閱讀時應該從哪裡開始。

2、網路發表：在網路上發表文章創作時，通常透過標題吸引讀者點擊進入並開始閱讀。因此，引人入勝的標題在網路媒體非常重要，勝過於其他媒介。

3、口傳文學：由於口傳作品不像書面文字能夠反覆閱讀，因此，為了讓聽眾能夠記住內容，常會有押韻、諧音等聲音設計。甚至你可以觀察到，廣告台詞也有類似的特性。

你可以發現，媒介創作的技巧，總是跟它本身的「限制」有關。實體書不容易一口氣讀完，所以有了章節的設計；網路不點連結看不到文章，於是特別注重標題；口傳內容不容易記住，因此押韻。限制誕生了美感，正是這些限制，讓不同媒介上的作品都呈現出獨特的樣貌。

為了熟悉掌握媒介的特性，在創作上，我們可以做兩種練習。

第一是媒介裡，有沒有大家鮮少注意到的限制？

如同漫畫「要翻頁才能讀」這件事，原本應該是個限制，但在創作者的巧思下，就成了漫畫家的武器。反向來想，既然漫畫有期待格，同樣要翻頁的文字創作，能不能在書本翻頁前有「期待句」？

第二是創作內容，能不能放在意想不到的媒介上？

例如，在二〇二一年，曾有一家火鍋餐廳巧妙地運用外送應用程式的功能，透過菜單連載極短篇小說，創造了一種獨特的顧客體驗。這樣，顧客在點外送火鍋的同時，也能享受閱讀的樂趣。

當我們對媒介的視野打開，周遭的一切事物——隨手發送的傳單、麵包的外包裝、捷運車廂關閉的語音，生活中發生的一切，都能成為文學的一部分。

文學獎

「文學獎」是一個寫作者未必參與過，但普遍耳熟能詳的文學活動。請問，促使一個寫作者投稿「文學獎」的契機為何？（選擇題，可複選）

A、在文壇一舉成名，甚至得到影視改編機會

B、發揚家鄉特色並活絡本市的文化精神

C、把這兩個月積欠的房租繳清

D、吃頓好料，多的放背包內袋，急著出門卻忘記領錢時可以直接拿

E、這已經是我今年海投的第十四個了不要再問我這種問題

F、以上皆非（我有更崇高的理念）

無論你心中的理想答案是什麼，我們先來一起聊聊「文學獎」這件事。台灣當代的文學獎是一種競賽機制，主辦單位通常會邀請許多作家、藝文界人士，來擔任比賽的

初、複、決審評審。因此無論是參賽或評審，許多作家都多少有過參與經驗。文學獎也讓我們共同見證了當代許多亮眼、高討論度的作品：包含袁哲生〈送行〉、劉梓潔〈父後七日〉、林儀〈注音練習〉、洪萬達〈一袋米要扛幾樓〉等等。

早在日治時期，台灣就曾經出現過「台灣文化賞」的競賽機制。戒嚴時期，文學獎在一九七〇年代蓬勃興起，解嚴後更是在各個地方政府、民間單位遍地開花。為了吸引各路好手參與，許多文學獎都提供了相當高額的獎金（包含但不限於林榮三、時報、台北、星雲、鍾肇政等文學獎）。因此，當代寫作者對文學獎的高度依賴，也形成了一種相當特殊、但確實存在的文壇現象。

若追溯「文學獎」歷史，最重要的一起事件，普遍認為是「兩大報文學獎」的設立。一九七六年，《聯合報》創辦「聯合報小說獎」以高額獎金鼓勵短篇小說創作，並以「匿名投稿」的形式標榜公正性。兩年後，《中國時報》也緊接著創立了「時報文學獎」打對台，頗有互相較勁、爭奪關注度的勢頭。許多研究曾指出：兩大報文學獎鼓勵、拔擢了非常多極具潛力的作家，然而它們多少也帶來了相應的問句。什麼是夠好的文學？什麼題材更有機會獲獎？寫太長的話是否要縮減，好讓作品更適合進入文學獎的框架？作家言叔夏在〈命運與才華〉一文中，曾經寫過這樣的靈魂拷問：「但無論如何，要說在獎項面前沒有一點真心的話，那又是不可能的（吧）。命運與才華，如果彼此不是敵人的話，那會是什麼呢？」正在讀這篇文字的你，對你而言又是什麼呢？

早年作家的發表管道，多以報紙副刊、文學雜誌為大宗，審查者只有編輯。刊物通常具有時效性，授權效力較低，能提供的稿酬相對也較少一些。不過，實體的發表空間有其意義，並不會隨著「文學獎」廣設而全面消失（我們會看到《聯合文學》或《創世紀》等雜誌仍然在活躍運作），不過文學獎確實帶來了一些轉移，成為拔擢寫作人才的主要管道。

由於後世的文學獎多參考了「兩大報」的規章，也造就了許多共同模式：匿名制、因應報刊而要求篇幅短小、鼓勵有新意（若是地方政府主辦的獎項，可能會更偏向當地元素，例如彰化的磺溪文學獎）的題材。近年來，文學獎也開始呈現更多元的趨向：聚焦在台語、客語、原住民族語言主體的「教育部閩客語文學獎」、「台灣文學獎」；以新移民、移工為徵稿對象的「移民工文學獎」，也逐漸有了更多鼓勵長篇寫作的獎項，例如桃園的「鍾肇政文學獎」。

說到這裡，或許你也能感受到各種「文學獎」會有不同的風格屬性，所面向的徵稿對象也不同。如果你有志於投稿，而且還是學生的話——去上網搜尋「全球華文學生文學獎」、「台積電青年學生文學獎」、「教育部文藝創作獎」、「中興湖文學獎」這幾個關鍵字看看，因為它們都是行之有年的獎項——什麼？對，文學獎當然有其門檻與難度，但它其實並沒有那麼稀奇。如果得獎之後，你的家人為你感到高興，不用提醒他們這一點。但你得知道這個事實，並且始終放在心裡。

最後，如果你想投稿文學獎，這裡有兩件小事提供你參考：

◎絕大多數獎項都會要求匿名，這能保障很高的公平性。你可以依據是否「上榜」稍微評估自身的「段位」。但這不代表文學獎給出的答案是絕對的一切。因為每一個評審（寫作者）都會有自己的觀點，不同的評審組合極有可能會開出不同的排序，甚至整個得獎名單。這不是「安慰」說詞，而是客觀事實。

◎相對的，你（也是寫作者）得找到自己的觀點，自己的寫作路線。試著思考對你來說什麼題材更有發展空間，什麼樣的風景和風格能夠觸動你。去體驗、觀察；邊寫邊讀、邊讀邊改、邊改邊讀，再繼續寫下去。

PS：如果寄紙本，確認自己真的已經在授權同意書上簽名了。祝你的努力收穫好運。

文藝營

你參加過文藝營嗎？

若沒參加過，問問看曾去過的朋友感想如何。他或許會激動地告訴你，終於見到了哪位崇仰的作家，內心受到許多鼓舞。但你聽完可能會納悶，怎麼文藝營不像夏令營，反倒像粉絲見面會？

吳明益在二〇二二年接受《Openbook閱讀誌》訪談時，提到少時的文學歷程：「我身邊沒有熱愛文學的朋友，自己也不知道有什麼文學獎可以投。會知道這個獎（聯合文學新人獎），主要是因為參加了『全國巡迴文藝營』。」

從吳明益的描述，文藝營似乎有點像作家新手村，能在那裡學會怎麼一步步成為作家。若繼續追查「全國巡迴文藝營」，會挖掘到其他作家的得獎紀錄，如駱以軍、楊佳嫻等人也曾有「曾獲台灣省巡迴文藝營創作獎小說獎」的資歷。

難道在台灣想當作家，一定要經過文藝營的洗禮嗎？

沒參加過的人先別絕望，我們繼續搜查文藝營的資訊，會發現每年有眾多不同名稱的文藝營，例如與全國巡迴文藝營名稱相似的「全國台灣文學營」，後來大家為了避免混淆，索性將前者俗稱聯合文藝營，後者稱為印刻文藝營。另外還有主打地方特色的「鹽分地帶文學營」、專為高中職生開設的「全國高中生文藝營」、在新冠肺炎疫情期間首推線上營隊的「想像文藝營」等等，難以逐一列舉。

想不到台灣有如此多種類的文藝營吧？日本學者赤松美和子曾形容，這樣的狀況在日本簡直無法想像。她在《臺灣文學與文藝營：讀者與作家的互動創作空間》（台湾文学と文学キャンプ―読者と作家のインタラクティブな創造空間）寫道：「文學是屬於個人的，在日本生長的我也深信，所謂的作家，就像村上春樹，不論在媒體或是現實中，都是無法遇見的存在。而且，屬個人的文學及團體的營隊經營是南轅北轍的概念，我怎麼也無法想像兩者之間的關聯性。」

赤松美和子的觀點提醒了我們，台灣誕生如此多文藝營其實是非常獨特的現象。然而話說回來，為何台灣會萌生如此多文藝營呢？

首先，白靈在〈文藝的驛馬車——文藝的拓荒史及其功能〉文中對文藝營下了這樣的定義：「狹義的『文藝營』指的是將喜好文藝的人聚集在一起，集中住宿、上課……廣義的『文藝營』則包括不住宿的寫作班、創作研習班、研習會、創作研究班等不同名目的文藝研習方式……。」

由此來看，文藝營進行的方式是群體上課為主，有無住宿倒不一定。這樣的形式最早可追溯到一九五〇年代的「暑期青年文藝研習會」，開授的「小說研習組」課程涵蓋人生哲學及文藝思潮、創作基本訓練、名著研析等。對當時熱愛文藝的青年們來說，那是難得能吸取文學藝術養分的地方。

一九五五年，台灣誕生了第一個文藝營：「戰鬥文藝大隊」，舉辦單位是救國團，由中國青年寫作協會執行。這個具有「戰鬥」功能的文藝大隊在做什麼呢？其實跟現今的文藝營差不多，不外乎是授課跟講座，可說是文藝營的始祖。不過「戰鬥」的由來是因為「文藝具有潛移默化的力量與偉大的宣傳功能」，期許青年用筆桿來反共救國。

戰鬥文藝大隊執行到一九六五年才改叫「戰鬥文藝營」，除了延續過往的授課座談方式，還將文學小隊分成三組：詩組、小說組和散文組，並請趙滋蕃、王藍、彭歌、紀弦、朱西甯等軍中作家擔任指導委員及講師。

到了一九六〇年代，陸續有其他團體開始辦文學營，如耕莘文教院在一九六六年創設青年寫作會，舉辦創作研修會（後改名文藝營）以及其他文藝活動。跟救國團的文藝營相比，耕莘青年寫作會的創始不帶政治目的，而是以長期培育寫作者為目標。耕莘文教院還有一項特色：耕莘所屬的教會組織有不少神父在台大、輔大、台師大等大學任教，帶給寫作會豐富的藏書資源，甚至包含當時的禁書。

到了一九七九年，台灣出現以發揚鄉土文學為目的的「鹽分地帶文藝營」，由黃勁連、羊子喬與任職《自立晚報》主編的吳三連聯手，向多位文壇友人募稿刊登到《自立晚報》，賺得的稿費捐作興辦文藝營的經費。這樣辛勤籌辦的文藝營，上營第一日就遭逢颱風，但更詭譎的是台下的氣氛，有便衣警察埋伏緊盯，因為參與者有《美麗島》雜誌的社務委員王拓及楊青矗。

一九八五年，《聯合報》、台灣省新聞處與聯合文學出版社共辦「全省巡迴文藝營」（後改名「全國巡迴文藝營」），也就是吳明益當年參加過的文藝營前身。就資源來說，全省巡迴文藝營好比當年的救國團，一手坐擁政府的支持，另一手擁有文藝雜誌、出版社等資源，象徵了文藝營已經從政治目的轉型為媒體與資本競爭的活動型態。

二〇〇四年開辦的「全國台灣文學營」，主辦單位是設立剛滿一年的國立臺灣文學館，執行團隊為《印刻文學生活雜誌》，並在設有台灣文學系的成功大學舉辦。全國台灣文學營的陣容新增「台語文學組」及「原住民文學組」，且隔年增設「客語文學組」、「報導文學組」，可看出文藝營與台灣文學早已有別於以往，正走向多元發展的道路。

回顧文藝營的歷史發展，便會發現與戰後台灣文學的發展軌跡格外相似，從早年政府以反共為目的號召的團體，到後來本土化運動的興起，文藝營定位越趨多元。直到出版社與媒體資本結合的商業環境，使得文藝營在教育目的之外，確實帶有為自家出版社宣傳的作用，營造作家與讀者見面的機會。

到了後疫情時代，一切都能靠網路解決，營隊的營火也能在線上點燃，使文藝營不再有時間與空間的限制。有興趣知道更多的話，可以去看看「想像朋友寫作會」的粉絲專頁，查詢「想像文藝營」。熱愛文學的火苗，隨時隨地都能點燃唷。

悲劇

「我前幾天發生一件超悲劇的事情。」

當朋友用這句當開頭時，通常基於禮貌或者本性善良，你會對朋友表達自己的憐憫之心。對古希臘人來說，這份「憐憫之心」，正是他們渴望從觀賞悲劇中獲得的體驗。

悲劇（tragedy）這樣古老的劇種可追溯到古希臘時期，主要來自亞里斯多德在《詩學》的解釋。他認為戲劇是對現實人物的動作模擬（imitation of action），透過模擬動作來演繹人生，而悲劇關注的是人的幸福與不幸福。

亞里斯多德進一步拆解悲劇的元素，認為當中最重要的是情節（見107頁）：劇情依循某種因果關係，發生某件令觀眾驚奇的事件，引起觀眾強烈的恐懼、哀憐情緒。要怎麼製造驚奇事件呢？亞里斯多德分析，情節有「逆轉」與「發現」（見117頁）兩個要素時，就能製造驚奇的效果。

以經典的古希臘悲劇作品《伊底帕斯王》（*Oedipus the King*）為例，觀眾在戲劇的最初就知道，神諭預言還是嬰兒的伊底帕斯王，未來會成為殺父娶母的罪人。然而觀眾無法改變劇情，只能眼睜睜看著嬰兒僥倖在森林裡活下來，被他人領養、長大成人，在不知情的狀況下殺死親生父親（老國王），娶親生母親為妻子，當上底比斯的國王。

然而蒙在鼓裡的伊底帕斯王，一直以為自己順利避免預言成真，殊不知城國發生的瘟疫是因自己的罪過而起。為了平息瘟疫，伊底帕斯王主動追查殺死老國王的兇手，找到證人牧人，也是當年奉老國王密令，殺死嬰兒伊底帕斯的人：

牧人：啊！我要講的事到了驚人之處。

伊：我要聽的也是，但我仍必須要聽。

牧人：聽說是他的孩子，但是在宮內的她，你的妻子，最能告訴你實際狀況。

伊：是她交給你的嗎？

牧人：是的，主上。

伊：為了什麼目的？

牧人：好讓我弄死他。

伊：這樣狠心，孩子的親娘？

牧人：是的，由於畏懼可怕的神諭。

伊：哪些？
牧人：他會殺死父母的那些。
伊：那你為什麼又把他給了這位老人？
牧人：主上啊，我可憐他。

聽到這段話，伊底帕斯王的妻子尤卡斯達早已知道真相，一言不發地跑回宮內自縊，而伊底帕斯王大致也發現了，自己早應驗了預言所說，成為殺父娶母的罪人。這段關鍵的情節彰顯了「逆轉」與「發現」的作用，帶給劇中人物極大的痛苦。

這種強烈的宿命感是古希臘悲劇的特色，表現人們在命運之前毫無能力抵擋的無力感。而且力量渺小就算了，劇中人物還會義無反顧面對命運，像是不放棄追查兇手的伊底帕斯王，得知真相後寧可刺瞎自己雙眼，自我放逐到境外。

亞里斯多德認為，如此虐心的關鍵情節，能令觀眾萌生憐憫心，達到淨化心靈（catharsis）的效果。

喜愛虐心的人不只是古希臘人，現代人同樣很愛這套，例如曹禺的《雷雨》，有著與古希臘悲劇相似的結構，描述兩個家族的龐雜關係，在各種命運的捉弄下，相愛的男女主角到頭來才發現：啊，原來我們是兄妹啊。

有沒有發現，這類悲劇的主題常與「亂倫」有關。畢竟老天要拿血緣開玩笑，誰有辦法阻止？

悲劇不單只有古希臘悲劇一種，還有另一種辛尼加式悲劇（Senecan tragedy），特色是具有謀殺、復仇、鬼魂、血腥等元素，例如莎士比亞《哈姆雷特》（*Hamlet*）便運用辛尼加式悲劇的特色，展演丹麥王子的復仇故事。

《哈姆雷特》還有一個特色，就是主要人物有關鍵的「性格缺失」，促使主要人物鑄下不可挽回的錯誤，並且招致死亡。雖然哈姆雷特最終成功殺死仇人，卻因為一心想復仇，寧願玉石俱焚，與仇人一起死亡。

在哈姆雷特真正做出行動之前，讀者會隨人物的內心，反覆擺盪在良知與復仇之間，隨人物一起感受強大的衝突（見124頁），陷入「生存還是毀滅，這是個問題」（To be, or not to be, that is the question.）的兩難思考。

當我們眼睜睜看著丹麥王子走向毀滅、死亡，會不會覺得從王子的痛苦得到某種解脫呢？等戲劇落幕，我們都能擦乾眼淚，為真實生活沒有比戲劇淒慘而慶幸，或許這就是古今中外的人們都熱愛悲劇的原因。

喜劇

「卡，重來一遍，大家怎麼跟行屍走肉一樣？臨時演員也是演員哪，大家認真一點。」

「等等，你是誰？」

「其實我是一個演員。」

「演員？那你在這裡指揮別人做什麼？」

這段是周星馳《喜劇之王》的經典片段，一開始會以為主角是導演在指揮現場的臨時演員，想不到主角不過也是個臨時演員罷了。（呵呵）這段解釋了喜劇的某些特質，也就是令人感到輕鬆、愉快、幽默（見066頁），引人發笑。

喜劇看似是悲劇（見226頁）的相反，但兩者皆起源自古希臘時期，是一種古老的劇種。亞里斯多德在《詩學》提到，喜劇是對人的醜惡所做的模擬，像是戴醜陋、扭曲面孔的面具，惹觀眾發笑[1]。

古希臘喜劇常用滑稽的表演，以及荒唐的劇情來製造笑鬧效果，甚至融入時事諷刺現實世界，好比現代的「眼球中央電視台」、康納歐・布萊恩（Conan O'Brien）、約翰・奧立佛等喜劇節目，不時拿公眾人物犯下的錯來開玩笑，既好笑又火藥味十足，這類的喜劇便自成一種類別「諷刺喜劇」（satiric comedy）。

小說也能採納諷刺喜劇的精神，來暗諷埋藏的核心主題，像是黃凡的〈賴索〉：

> 韓先生是他最後一個崇拜的人，後來他就學會了不崇拜任何活著的人。因為每一個人都會死，他這樣想，偉人也會死，笨蛋也會死，我也會死。……杜子毅死前，甚至放了個響屁，他的臉孔先脹成豬肝色，慢慢越腫越大，然後就放了個莫名其妙的屁。

---

1 姚一葦在《戲劇論集》〈喜劇的人物〉解釋亞里斯多德對喜劇人物的觀點：「第一：悲劇的人物較一般人為『善』，喜劇的人物較一般人為『惡』。這是亞里斯多德的觀念……『可笑』為醜之一種：可以解釋為一種過失或殘陋，但對他人不產生痛苦或傷害。例如面具之所以引起發笑，係由於某種醜或扭曲而不招致痛感者。」

〈賴索〉提到的韓先生是一名台獨運動的領袖，決定「歸順」政府回到台灣。敘事者「他」早年因追隨韓先生，而不幸入獄，是一名政治受害者。小說沒有直接明說人物的痛苦，反而刻意讓「他」跟其他被關的小人物顯得愚笨，故意描寫放屁的醜態，來達到諷刺「崇拜」的本身。這樣的諷刺精神，與「黑色幽默」（見071頁）的核心特色相似。

喜劇還有其他種類，像是結合愛情故事的「愛情喜劇」（romantic comedy），如《媽，別鬧了！》探問六十多歲喪偶婦女，重談戀愛有多辛苦？看女主角美美勇敢追愛的過程，鬧出不少笑話。

喜劇是否一定有圓滿的結局？詩人拜倫（George Gordon Byron）在作品《唐璜》（*Don Juan*）中描述：「所有的悲劇都由一場死亡來結束；所有的喜劇都由一場婚禮來終結。」因此，以前的喜劇確實是邁向幸福快樂結局的故事。然而隨著時間發展，喜劇也混合了悲劇的色彩，雖然同樣引人發笑，但笑的時候卻讓人感到更悲傷，例如王禎和的〈嫁妝一牛車〉：

> 彷彿不過很久底以後，村上底人開始交口傳流這則笑話啦！說王哥柳哥映畫裡便看不到這般好笑透頂底。姓簡底衣販子和阿好凹凸上了啦！

小說的主角萬發剛出獄，失聰的他搞不清楚妻子阿好與主動幫忙的「姓簡底」是什麼關係。蒙在鼓裡的萬發有喜劇的笨拙，卻也有悲劇的無能為力。即使他想揭發真相，卻因為失聰與經濟的無奈，只能陷在奇怪的三角關係之中。

這種笑中帶酸的效果，讓讀者同時升起兩種情緒的矛盾，比起純粹的悲傷有更多的層次。這樣的手法與情緒曲線（見127頁）相似，營造兩種情緒的落差，從開心到悲傷，再回到開心，讓讀者情緒反覆體驗到落差，能吸引讀者有繼續讀下去的動力。

其實〈嫁妝一牛車〉也說明了，悲劇與喜劇不存在嚴格的分界，一部作品可能同時具備悲、喜劇的特質，端看作者如何運用。借用米蘭．昆德拉（Milan Kundera）在〈那後面的某個地方〉中評論卡夫卡作品所述：「喜劇性將悲劇性摧毀於誕生之際，它把受害者還抱持希望的唯一慰藉都剝奪了：這慰藉在於悲劇的崇高偉大（真正的或假設的）。」

有時笑容比悲傷更有殺傷力。現在回去看看《喜劇之王》或其他喜劇，或許你會看見笑容底下隱藏的更深悲傷。

058

意識流

喜愛閱讀小說的你，或多或少有聽過「意識流」（stream of consciousness）這個名詞吧？這個從心理學借過來的名詞，在文學小說中被發揚光大，維吉尼亞·伍爾芙（Virginia Woolf）《戴洛維夫人》（*Mrs. Dalloway*）、喬伊斯（James Joyce）《尤里西斯》（*Ulysses*）、童偉格《王考》、舞鶴《悲傷》，甚至在動畫《新世紀福音戰士》（新世紀エヴァンゲリオン）中，大量「我」的獨白，也造就了意識流的觀看體驗。究竟，意識流有哪些特色與重點呢？用簡單的一句話來囊括意識流這個技巧，也就是：將角色內心意識的流動，不加整飭地描摹出來。

意識流小說意圖以文字模仿人的意識。如《新世紀福音戰士》中不斷地自問自答，喃喃自語「不能逃不能逃不能逃」、思索當初沒有坐上EVA有多好；或者如舞鶴的小說〈悲傷〉之中，「我」對於居住地淡水即將要開闢馬路的觀點、地景的觀點、當地居民的觀點，也都融合在意識流手法之中：

某日早晨，被轟隆夾著吱怪的響聲驚醒，我懶得下床心想是某家瓦厝又被摧毀成就鋼筋樓房；但那隆轟聲連續了幾日，其中雜著「碰」「碰」的巨響，我在床上翻來覆去，倒屜尋出來一對海綿耳塞，那吱隆聲似乎就在床下近處，因為它的超貝斯音爆穿破耳塞還將它震了出來。

你發現了嗎？意識流小說強調把「內心獨白」展現在讀者面前，透過任意流動、非理性、非邏輯的意識堆疊，將情節、張力、人物全都展示出來。

現代主義（見352頁）常被視為與意識流息息相關的文學流派。透過上面的例子，我們也就可以明白，因為現代主義強調直視內心的醜（並「以醜為美」），而這樣大段的內心獨白，也往往帶給讀者一種很煩卻很真實的文學感受。而這樣的內心景觀，也往往具備兩個特色：「自由聯想」、「蒙太奇（非線性時間）」。

「自由聯想」如字面上的意思，操作方式同敘事治療中的「自由書寫」，將所想、所思、所見的一切都全部記錄於紙上，無須組織、設定的框架。因此，意識流作品往往沒有嚴整的次序和因果關係，隨時會跳接入另一個問題、另一個想法、另一段劇情。上一秒彷彿還在算著帳單，而下一秒就陷入了菜市場吵雜的空間。當然，一篇優秀的意識流小說，並非只透過自由書寫完成，而是透過對於「意識」這個現象加以模仿，重現出人們記憶的跳脫、複雜性。也就是說，它看似是「自由聯想」的，但實際上是「作家在模仿自由聯想」，背後仍有組織及意義。

如白先勇〈遊園驚夢〉中這段，便以馬匹、太陽、樹幹等意象，迂迴聯想至一段熱烈的性愛場面：：：

而他身上卻沾滿了觸鼻的馬汗。他的眉毛變得碧青，眼睛像兩團燒著了的黑火，汗珠子一行行從他額上流到他鮮紅的顴上來。太陽，我叫道。太陽照得人的眼睛都睜不開了。那些樹幹子，又白淨，又細滑，一層層的樹皮都卸掉了，露出裡面赤裸裸的嫩肉來。他們說：那條路上種滿了白樺樹。太陽，我叫道，太陽直射到人的眼睛上來了。

而所謂「蒙太奇（非線性時間）」，指的是意識流小說透過跳接的場景，任意拼接、拉伸、加速或放慢，而使時空變形。就好像有一台攝影機被固定在小說敘事者的腦袋正中間，隨著敘事著的腦袋狀況，隨意流轉。意識流小說便利用這種手法，模擬人心複雜而非理性的變化。在一些特別的案例裡，小說甚至會「模擬」腦袋的死亡，比如在福克納

（William Faulkner）《喧嘩與騷動》（*The Sound and the Fury*）中，敘述中斷就代表該人的死亡。我們以童偉格《西北雨》為例，請數看看，在短短數百字內，小說跳接了多少次時間：

> 那是六月裡的一個星期四。下午，我跟著放學路隊走出小學校門。我拉著書包的拉桿，像拖著登機箱，刻意慢吞吞磕著人行道的地磚，往路隊後頭蹭。經過幾個十字路口，路隊流散了。我收起拉桿，背上書包，開始狂奔。
>
> 那一天，我滿十歲了。
>
> 我想去找我母親。生平第一次，我主動去拜訪她。
>
> 在這個世界上，我認識的第一個活人，是我的母親。
>
> 我認識的第一個死人，也是我的母親。
>
> 從我剛學會走路開始，每月的第二和第四個星期日，我母親會從死裡復活，到我祖父家來，把我接出門。
>
> 那些日子，我總醒得早。我躺在床上，抱著我母親送我的一輛模型車——我記得是輛黃色的垃圾車——張著眼，看晨光亮起，等待我母親前來，將門鈴撳響。

在並不長的段落裡，我們可以發現五個時空場景：六月裡的一個星期四、出生、母親死亡、剛學會走路、每月的第二和第四個星期日母親來拜訪。

意識流的好處，在於它可以把「想法」、「時間」彼此弄得很曖昧，營造出強烈的情緒。這種手法曾在台灣大規模流行。然而，也因為它較為晦澀難懂，有時也會成為失敗作者的藉口。如果連作者都不太確定自己的情節位於哪段時空、有何前因後果，便宣稱這是意識流作品——不是不能這樣，而是連自己都騙過去的作品，就很難期待讀者也讀懂了。

魔幻寫實

如果你熱中於涉獵各國文學，在讀到拉丁美洲的作品時，你必然不會錯過這個關鍵詞——魔幻寫實。然而，多數人第一次聽到「魔幻寫實」時往往很困惑，畢竟，「魔幻」與「寫實」難道不會彼此衝突對立嗎？

要「魔幻」不就要脫離現實，這樣如何「寫實」呢？

魔幻與寫實看似壁壘分明，那麼，作為二十世紀重要文學技巧的「魔幻寫實」，是如何兼顧兩者呢？

魔幻寫實主義（Realismo mágico）作為一種敘事技巧，其最大的特色在於，將傳說、神話、靈異鬼怪等神祕或非現實的事物描寫得宛若日常生活般尋常自然，藉以揭示現實生活被忽視與壓抑的面向。興盛於二十世紀下半葉，在拉丁美洲文學爆炸（Boom Latinoamericano）期間隨著許多拉丁美洲作家興起而流行至全世界，代表作家有波赫士

（Jorge Luis Borges）、馬奎斯、阿言德（Isabel Allende）等人。

魔幻寫實主義不似現實主義（Realism，見341頁）那般要求對自然與生活做理性客觀、準確、不修飾的記述，也不同於奇幻文學（Fantasy literature）那般允許完全的虛構、創造全新的世界觀。魔幻寫實小說的場景大多仍立基於我們所在的這個世界，然而，故事中的人事物卻存在於一種現實與非現實之間的流動狀態。小說中的角色總把諸多非現實的神祕怪誕之事視為理所當然，當作他們日常生活的一部分。並且，在魔幻寫實的小說世界裡，無論是對於時間或空間的描寫，主觀與客觀之間總是界線模糊，尤其著重以人物主觀情緒去詮釋周遭環境。

為什麼要使主觀與客觀的界線變得模糊？既然要描寫現實世界，不是應該盡量理智客觀嗎？其實，魔幻寫實正是以文學的方式提出了質疑，質疑被近代教育與西方科學所規範的「理智」，那種「理智」排擠了它自身難以解釋的事物，限縮了我們對這複雜世界的認識。

我們可以說，魔幻寫實出發點上仍舊是寫實的，魔幻是手段和途徑，是為了接近現實中那難以言說的部分。

尤其在曾經被殖民剝削的土地上，過去的信仰與傳統被西方的「進步科學」給否定，某部分的歷史記憶只能以神話、傳說等魔幻神祕面貌才得以重現。因此，我們可以說，魔幻寫實的「魔幻」並不是隨意空想，而常是取材於當地傳統民俗，藉以反抗殖民者的權威。

又或者，在獨裁政權、充滿壓迫的社會裡，思想不得自由，作家處於高度的限制與危險之中，於是以魔幻手法作為適應之道。使小說情節蒙上怪誕的面紗，才能在揭露社會弊端、抨擊現實的同時，避免因碰觸政治禁忌而招致清算迫害。

從以上兩個方面，我們不難想像魔幻寫實為何興盛於拉丁美洲。

而隨著拉美文學漸漸受到全球重視，世界各地也引入了魔幻寫實的技巧，並依自身歷史發展出別具特色的作品，台灣也在一九八〇年代陸續有了張大春〈將軍碑〉、林燿德《一九四七高砂百合》、宋澤萊《血色蝙蝠降臨的城市》等作品。

最後，讓我們舉出魔幻寫實經典中的經典——馬奎斯的《百年孤寂》作結尾，書裡有一段關於流行性失眠症的描寫。故事裡，這種失眠症竟然會傳染，從一個小女孩擴及整個村莊：

> 失眠症最可怕之處不在於讓人毫無倦意不能入睡，而是會不可逆轉地惡化到更嚴重的境地：遺忘。也就是說，患者慢慢習慣了無眠的狀態，就開始淡忘童年的記憶，繼之以事物的名稱和概念，最後是個人的身分，以至失去自我，淪為沒有過往

的白痴。

我們無法用現代醫學去理解這個神祕的、會讓人失去自我的傳染性失眠症。然而，這個「魔幻」手法的背後，突顯了拉丁美洲人在自身歷史、身分認同之中不斷遺忘與掙扎的「現實」，這便是魔幻寫實的精神。

魔幻寫實以「魔幻」去突顯「現實」，正是透過不可思議的曲折手法，試著去觸摸現世社會與心靈深處那最最幽微隱蔽的真實。

後設

你正看著《文學關鍵詞100》的第243頁，關於「後設」以及後設作品的說明。整本書已經看完一半，有些條目你很認真的讀，也有些翻過就沒印象了，而這頁要講的「後設」這個詞，你似乎在哪裡聽過，但記憶又有點模糊。那都不重要，重要的是已經接近晚餐時間，於是你邊閱讀，邊在腦中想著拉麵、壽司、牛肉湯，今晚，我想來點……。

上面的這段敘述就是很典型的「後設」敘述，讀起來是不是有種奇特的感覺呢？後設在英文裡的字根是Meta，例如後設電影就是Meta（後設）＋cinema（電影）＝Metacinema；後設遊戲是MetaGame，而元宇宙Metaverse，其實也可以翻譯為後設宇宙。

後設最普遍的定義是「關於什麼的什麼」。後設戲劇就是「關於戲劇的戲劇」，後設小說就是「關於小說的小說」。這個定義可能略微抽象，如果你要具體判斷一部作品是不是「後設作品」，可以觀察它是不是「打破了界線」。

什麼界線呢？例如經典電影《楚門的世界》（*The Truman Show*）描述主角楚門從出生開始，就是一場實境秀的主角，他的父母、朋友、戀人通通都是演員，並且電視台會全程直播他的人生。故事也從楚門本身的無知開始，逐漸發現蛛絲馬跡，最後逃出攝影棚迎向自由而真實的世界。

在這部電影裡，「影像與真實」之間的界線被打破了。這也讓觀影的我們不禁懷疑，正在看著電影的我們看似是觀眾，但會不會我們也活在楚門的世界，此刻正有攝影機拍攝著我們呢？

在後現代（見390頁）的介紹中，我們提到後現代作家對大敘述不信任，質疑記憶和歷史的真實性。而後設小說打破一切界線、質疑一切規則的性質，與後現代精神十分契合。其中，卡爾維諾的《如果在冬夜，一個旅人》（*Se una notte d'inverno un viaggiatore*）便是其中的經典之作。

從下頁圖表，我們可以看到卡爾維諾打破了哪些界線：

你即將開始閱讀卡爾維諾的新小說《如果在冬夜，一個旅人》。

通常來說，一本小說都是從主角的故事開始，但卡爾維諾第一句卻是以讀者為主角，

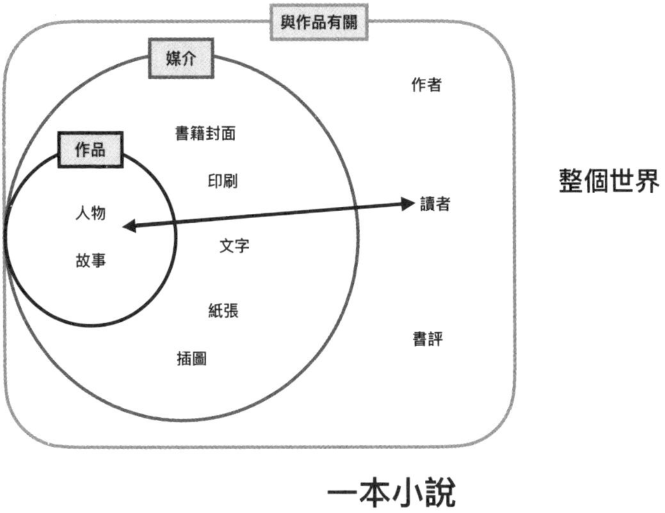

描述讀者「你」正在閱讀這本小說的過程。可以發現，卡爾維諾在此打破了「讀者與小說的界線」，讓讀者變成小說的一部分。隨後，我們又會看到其他被打破的界線：

> 別急著，看看頁碼。真見鬼，從32頁回到17頁了，你原本以為是作者賣弄文采，豈知是印刷廠出了錯：由於裝訂的錯誤，把那些書頁又重複了一次。

在小說進行到一半時，故事裡的「讀者」會發現因為書籍印錯，所以被迫中斷閱讀。而無論他怎麼要求書店換書，總是會得到重複、跳躍、或甚至完全無關的另一本書的內容。此時，卡爾維諾打破的，正是作品與媒介（書籍）的邊界，讓媒介成為創作的一部分。

像這樣打破書籍媒介的做法，在後設作品中常常能夠見到，比如這裡的文字汙損了，或是在寫一些機[redacted]文件時，故意[redacted]藏[redacted]些[redacted]訊息。向陽的〈一首被撕裂的詩〉，便有類似手法。這些不常見的形式，都是後設技巧的展現。

然而，為什麼卡爾維諾和其他後設作品要用這種方式創作呢？後設的思考方式，是為我們提供了獨特的途徑，去探索理解事物的本質。透過「打破界線」，我們反而更能清楚感受到界線的存在，從而能夠討論界線。像是我們通常不會意識到空氣的存在，直到空氣變得稀缺無法呼吸，我們也不會在閱讀時意識到書籍裝訂的重要性，直到卡爾維諾寫出《如果在冬夜，一個旅人》。因此，「後設」以「打破界線」為技術，就是為了討論平常沒人察覺的文學規則，從而完成「關於小說的小說」。

這種對界線的探討，是一種認知上的遊戲，能挑戰讀者對作品既定的想像，實踐後現代思潮對大敘事的不信任。打破，然後拓寬創作邊界，在邊界之外，或許正有無限的可能。

文類

我們如何去指認眼前所見的一切事物，並且試著詮釋它？

所謂「文類」（Literary Genre）是指文學作品「如何分類」的範疇，是文學批評中的常見術語。值得注意的是，文類也與另一個常見的詞彙「文體」（見051頁「風格」）混用，畢竟兩者都算是廣義的文學分類法。但如果只用一個最粗淺的方式區分兩者，或許可以這麼想像——文類探討的是：你是什麼動物？是人？鯊魚？老鷹？而文體探討的是：你是一個怎樣的人？有什麼興趣？在意什麼？

再回到「文類」：這種將「文」分「類」的過程，其實早在古希臘時期便已經出現。以歷史源流來看，西方最早成形的文類是史詩、抒情詩、戲劇。而不同的文類又可以畫分出各自獨特的「次文類」（Sub-genre），你可以想像次文類是「文類」這個大分類底下的小分類。例如「詩歌」這個文類底下，就包含了「十四行詩」、「讚頌詩歌」等次文類；而「戲劇」的次文類包含「悲劇」、「喜劇」等等。

然而，所謂「文類」絕非是一個封閉的範圍，相反地，它其實會隨著不同國家的時代氛圍、文化影響、文學史發展，而遞變成不同的風貌。例如，在華語文壇的發展中，我們的分類有小說、詩、散文。其中最難以輕易定調的文類，或許即是散文。若從歷史脈絡來看，現代散文主要是在中國「五四時期」的新文學運動開始發軔，透過密集創作以及理論發展，才終於獲得了實質的文類定位。

繼續以散文為例：不同於目前台灣文學的「小說」以及「詩」這兩個脈絡已經十分明確的文類，散文的型態則更加俗常、廣闊，幾乎是單靠自身就容納了所有「次文類」發展的可能性：一切的議論、對話、敘事的白話文寫作，從邏輯上幾乎都可以算是「現代散文」的文類範疇。但有趣的是，若從實際的創作數量來看，在台灣文壇中最大宗的仍然是被正典化的「抒情散文」（lyric prose），而較少知性的、論述性的散文，這樣的現象也普遍發生在台灣各大文學獎裡。

文類除了是一種命名與指認，它同時也提示了讀者「如何閱讀文本」的規則。比如閱讀小說時，我們不會要求事事為真，因為這個文類本來就強調虛構所帶來的閱讀體驗；閱讀新詩時，我們會更重視意象與節奏，並容許各種破壞性文法的句型。不同的文類規則會帶來不同的「享受」，但有時也會造成局限。因此，一代代的創作者有時會依循這一套規則去創作，有時又試圖突破規則，從而推動了文學演化。隨著時代更迭，自然也會有不同的文類畫分方式。例如，在日治時期的戲劇非常流行，也開啟了「新劇」的文類發展；相對的，散文就沒有那麼受到重視。然而到了戰後，狀況卻剛好相反，文學圈相對不重視戲劇，而把散文列入主要文類。

因此，我們可以很清楚地認知到：所謂的「文類」並非絕對、單一的真理，文類會隨著時空背景、文學社群的內部共識而有所變遷。

062 純文學

「純文學」往往被視為與「大眾文學」對立的概念。在一般的印象裡，「純文學」似乎比較嚴肅、深刻，能夠描述複雜的人性；而「大眾文學」則勝在曲折的情節與成熟的類型框架。然而，兩者的界線卻常常無法輕易「一刀切」——難道《魔戒》就沒有令人可以著迷的人性嗎？吳明益《複眼人》借用類型框架去虛構一個大事件，難道沒有好萊塢「高概念」的成分嗎？

雖然難以一刀切，但別擔心，我們仍可以從幾個特徵去判斷，什麼樣的作品比較偏向純文學，而非大眾文學。其中，「作者與出版社調性」與「文學獎的掏刷」，便是兩種可能的判斷特徵。

首先，作者與出版調性可以解釋成：出版社與作者把這部作品視為「純文學」還是「類型文學」。三島由紀夫是日本純文學的重要作家，受到許多關注，但在流行刊物上發表的《性命出售》（命売ります）卻被純文學界冷落，甚至到了二〇一五年才重新在日本成為暢銷書。三島由紀夫仍是三島由紀夫，待遇卻有極大的落差，顯然問題是出在「業界如何看待」，而不是作家或作品的本質有何改變。我們可以明顯看出門戶之見，就算你是當代最重要的作家，一旦在某個環節「血統不純」，也有可能被無視。

在台灣也有類似的例子，我們從陳栢青《小城市》與《尖叫連線》兩本書的定位可見一斑。《小城市》拿下了九歌兩百萬小說獎，因為該比賽的定位，這本書被視為類型小說；而《尖叫連線》則直接出版，被定位為陳栢青第一本純文學長篇小說。然而，前者真的比較「大眾」、後者真的比較「純」嗎？恐怕並不那麼絕對。陳栢青在訪談中不斷提及「從類型跨越純文學」這類問題，顯然並沒有那麼想選邊站。然而結果卻是有點諷刺的，陳栢青如此自述：「我本來想做橋梁，沒想到純文學圈說太類型，類型圈說踏馬的根本看不懂，哎我不是說這其中誰有問題，我是說在座各位全都有問題。」

是的，雖然許多作家都想要無視、跨越那些標籤，不過不得不承認，人們還是習慣用標籤來定位一部作品。

第二項特徵，則是「文學獎的掏刷」。在台灣，普遍被「純文學」肯認的方法，可以說非文學獎莫屬。經歷過文學獎競爭、獲得出版機會的新人，多半會被視為純文學的作家。陳國偉認為：「文學獎一直被看作是文學場域中『出道』和『累積資本』的舊媒介。」而文學獎作品通常也有特定取向，比如「重視深度、描寫內在、實驗性、前衛、創新、嚴肅、關注社會議題」這類標籤。一九七〇年後，可以說檯面上的純文學作家幾乎都經過文學獎的考驗。不論認不認同這個制度，在台灣，要辨認一名作家是不是屬於「純文學」，「文學獎」可以說是最「狹義」的定義方式了。

行文至此，提供了兩種辨認「純文學與類型文學」的方式。如果用更戲謔一點的辨認方法，那就是問一位作家：「你寫的是不是純文學？」並且觀察其反應。如果對方回答閃閃躲躲，或者不承認也不否認，那八成是「純文學作家」；相反的，如果是特定的類型小說家，往往能明確說出自己致力於哪個類型，或者推理、或者奇幻、或者言情⋯⋯。

當然，「純文學」並非一個永久不變的標籤。隨著時代與文壇風氣的變化，純文學的定義一直在改變。但台灣文學一路發展至今，也確實建立了某種大概的「純文學特別關注的範圍」，比如前面列舉過的「重視深度、描寫內在、實驗性、前衛、創新、嚴肅、關注社會議題」等標籤。由此，我們或可這樣歸納當下「純文學」的特性：它善於關懷「我們所不知道的真實」，善於模擬「壞事發生的世界」。如同尼爾．蓋曼（Neil Gaiman）在《煙與鏡》（*Smoke and Mirrors*）中藉由書上人物說出的：「這不是我們所過的婚姻生活，所有壞事情都發生在那張紙上，而不是在我們的現實生活中。我們並沒有過那種生活，只是在紙上讀讀而已。我們知道我們的婚姻有可能變成那樣子，也知道實際上並沒有。」

原住民文學

雖然在學術上有各種細緻的爭論，不過在大多數狀況下，當我們提到「原住民文學」，通常指的是「原住民作家創作的文學作品」。

最初，原住民文學以口傳文學、神話為主。原住民族早期並未產生自己的書寫系統，因此，這些內容都由其他族群的官員或人類學研究所記錄，並不完全以原住民創作者自己的主體敘述下來。比如清代的漢人官員黃叔璥的〈番俗六考〉，就記載了許多西部族群的歌謠；或如日治時期佐山融吉、大西吉壽編撰的《生蕃傳說集》，也記載了許多原住民傳說。雖然這些文獻留下了珍貴的紀錄，但不可否認的，它們也都有強烈的外來者視角，不能視為完全客觀的記述。

直到一九八〇年代，以漢文書寫的原住民文學才漸漸受到文壇矚目。晨星出版社所出版的選集《悲情的山林：台灣山地小說選》，成為了原住民文學的重要里程碑，該出版社亦成為原住民文學出版的重鎮。晨星出版社後續出版了拓拔斯·塔瑪匹瑪的第一本小說集《最後的獵人》、莫那能的第一本詩集《美麗的稻穗》、瓦歷斯．諾幹的第一本散文集《永遠的部落》，都是原住民文學的重要代表。

從這些作品與流變中，可以歸類出原住民文學發展至今的三種樣貌：

第一，口傳故事與歌謠。由於原住民族並不以文字傳承文化，因此以高度結合聲音和肢體語言的口傳文學，就成為主要的文學形式。在這些文本裡，我們能看到原住民傳統社會豐富嚴密的樂舞傳統和祭儀活動。文化訊息的傳遞、人際與倫理關係、個人情感的抒發，往往就藉著自由填詞的吟唱、舞步及隊形的變化，以及種種儀式的演出來達到傳播效果。

賽德克群巴萬．韃那哈出版《崇信祖靈的民族：賽德克人》、台東縣海端鄉霧鹿布農族人余錦虎與漢族老師歐陽玉合著《神話．祭儀．布農人》，都可讓我們一窺原住民口傳文學的樣貌。

第二，以漢文創作。受完整漢文教育的台灣原住民青壯世代掌握了漢文書寫能力，能夠以漢文書寫自身的主體意識。由此，原住民文學不再只是人類學式的紀錄，而是能有「我們這個族群」與「你們這個族群」對話的能力。一九八〇年代以後，拓拔斯．塔瑪匹瑪、瓦歷斯．諾幹、莫那能等作家皆是用漢文將原住民的第一視角呈現於文學中。

然而，很快地，使用漢文創作也內建一個問題，即無法完整地呈現族語原有的聲腔、節奏、原意。因此，就衍生出新的書寫路線。

第三，以族語創作。由於上述的原因，瓦歷斯・諾幹《泰雅腳蹤》、夏曼・藍波安《八代灣的神話》等作品，便開始嘗試以族語來書寫。而在詩歌領域，沙力浪的詩集《部落的燈火》，第三篇章「用笛娜的話寫詩」以布農語為主、漢語對照為輔，充分實踐作者以笛娜（媽媽）的話創作之企圖心。

總結而言，以文字創作的原住民文學雖然發展時間不長，作家的人數也相對較少。但其邊緣、特異的位置，也足以令我們反省許多固有的文學成見。比如說，「以文字為尊、口語為次」的文化，是否真的如此「正當」？當許多原住民作家必須以漢文書寫來提高能見度時，是否本身就是一種「被迫跨語」的壓迫？而在新生代原住民作家馬翊航、程廷Apyang Imiq等作者，也在傳統的「山海之間」主題之外，走出新的路徑，也再次擴展了我們對原住民文學的認知。從題材、主題到創造力，原住民文學都有著尖銳而獨特的活力，是不可因「量體」而小覷的文學力量。

064

自然書寫

「自然書寫」與「自然主義」相當不同。

自然書寫的主軸在於人與自然的互動，並且注視、觀察、記錄、探究，存在非虛構的經驗，如實地研究蝴蝶生長、環境等，或者親自走訪、探究自然生態，並且以自然符碼進行書寫。在台灣，代表作家有吳明益、劉克襄、廖鴻基等人。讀到這邊的你，也許想要問：「什麼算是自然呢？」在討論自然書寫之前，我希望你先閱讀這段文字：

在溪谷紮營對我是件具有特殊含義的事。試想山與山之間有一個既開闊又隱祕的地帶，人們下到這裡捕魚、煮茶、紮營，就像活在巨大的搖籃裡面似的。尤其到了夜晚，當你走出帳篷取水，會先被谷風吹醒，內裡和末梢的感官因而變得異常敏銳。你必須放輕腳步，憑藉腳尖的力量，將體重從這顆石頭移到另一顆石頭，當你這麼做時，會突然以為星辰和月亮如此接近地陪伴著你，但它們不過只是如實地在那裡而已，你突然成了全世界最寂寞的人。

——劉宸君，《我告訴你關於那座山的一切》

從這段文字之中，我們看到兩個很重要的東西。一個是「非虛構經歷」（在溪谷紮營）、一個是「對自然環境的感性」（全世界最寂寞的人）。我們很難接受，寫下《複眼人》的吳明益毫無野地經驗，只是上網查查維基百科，就完成了一部作品。讀者對自然書寫的期待，建立於作者的本身非虛構經歷。因此，上述引用的文字中，閱讀時，我們會相信作者劉宸君進到了尼泊爾山群的營地間，並且寫下這一切，而非單單是腦中虛構的場景。

然而，自然書寫的內涵全都是「非虛構」嗎？其實並不。除了觀察之外，書寫時也會具備自己的感受、判斷、想像。因此，自然書寫並不是寫出「一塊硬邦邦的知識」，而是回歸到感受上，並且加以輸出。如上的文字，從帳篷走出來時，被風吹醒的那時，作者小心翼翼地走在石塊之間，突然感覺到了遙遠的陪伴感。作者藉由自己的非虛構觀察與知識，向讀者展現內心的感受體驗，這兩者的結合便是自然書寫的魅力。

書寫的「對象」也並非只能在荒山野嶺中找尋。至今，台灣的自然書寫作品逐漸繁多，從農耕對於自身與山林的共存、建築與環境的反思——如阿寶的《女農討山誌》、胡湘玲的《太陽房子》。

重要的是，一個自然書寫者應當傳遞正確的、可考證的知識。因為自然書寫常常具備跨域的特質，大量的知識與議題設定，也是閱讀的醍醐味，單純只有一顆正義感的心（愛自然但不了解自然）是不夠的。好比說有愛惜水鳥的心，卻連水鳥的習性都弄錯，實在有違自然寫作的初衷。藉由「親自獲得非虛構的經驗」，以及努力「傳遞正確的知識」的心，你就可以跨入自然書寫的門內。不過，要怎麼跨入呢？

劉克襄從自然書寫的「策略」出發，將其分為三種：一、具報導性質的「環保文章」；二、避開城市文明，陳述反現實社會體制的想法的「隱逸文學」；三、以傳統散文、雜文的形式，挾帶著更多自然生態的元素、符號和思維。不論選擇何種方式，希望最後這句話能帶給你啟發，這是一位來自日本的地理、人類學者鹿野忠雄的〈卓社大山攀登行〉，竟在高海拔山區見到家鄉植物的心情：

高山的盛夏已逝，陽光不再熾人。從群草中探出身子，是帶著微笑的塔山澤蘭、瞿麥與玉山沙參，它們綻放著淺色的花朵，株株浸潤在初秋的陽光裡，不禁令我憶起日本家鄉的秋景……。

同志文學

「不過是非常單純的男孩子玩在一起，哪有什麼人家說的同性戀……。」

這是在蘇致亨專欄「弄髒電影史」裡，〈破解《跑道終點》遺留的牟敦芾密碼〉一文提及電影《跑道終點》演員對該片的說法，而這樣一句話，也是不少讀者接觸到廣義同志文本時常常產生的疑惑：「哪有什麼同性戀？」同志在哪裡？

會產生這樣的疑惑，可能是因為對同志文本的想像，還停留在「作者或主角明確說自己是同性戀的才算」。但其實，在各式文本中，同志是被「找」出來的。

是被觀看出來的。

同志是被「找」出來的，本篇討論重點「同志文學」自然也是。讓我們先看一看它的基礎概念。

「同志文學」，顧名思義，就是以眾多同志相關文本集結而成的領域。依據學者紀大偉《同志文學史：台灣的發明》〈緒論〉，「同志文學」可暫且定義為「讓讀者感受到同性戀的文學」。這時，細心讀者不免疑惑，那「同志文學」就等於「同性戀的文學」嗎？「同志」等於「同性戀」嗎？

於是想了解「同志文學」，我們要從「同志」一詞的出現開始。

性少數之中，同性戀最早為公眾所察覺。在各式更細部的認同分類被關注之前，「同性戀」常被視為性少數社群的代表。至於以「同志」指稱性少數，常見說法認為，是從一九八〇年代末的香港傳至整個華語地區。「同志」一詞作為委婉語，起初是為了取代當時受到汙名化的「同性戀」，迴避其社會禁忌性質。然而，日後隨著性少數社群的發展，雙性戀、跨性別與其他各性別性傾向認同也漸受重視，人們注意到性少數社群內的差異，不能單以同性戀涵蓋，於是「同志」一詞隨之擴大。

如今，若我們觀察參與「同志大遊行」的隊伍，我們會發現「同志」一詞範圍近乎包含「LGBT+」，涵蓋了繽紛燦爛的各個性少數社群。突破過去「LGBT」四大社群（女同性戀、男同性戀、雙性戀、跨性別），「+」號象徵了各式非主流的性別與性傾向，「同志」（LGBT+）的意涵也更加豐富。

《性別島讀：臺灣性別文學的跨世紀革命暗語》第221頁也指出，當今：「『同志』跟

『酷兒』已經混用，難以區分。」更可以看出「同志」一詞隨著時間演變，與其他用於性少數的詞彙互動磨合，形成了多樣的內涵。

因此，「同志文學」也如「同志」一詞意涵多元、百花齊放，涉及各性少數社群的文學作品皆可歸入。而「同志文學」也伴隨「同志」的定義擴充與變遷，如同紀大偉書中所言：

> 定義總是隨著時空變化而變遷：我相信定義工作不可能「一勞永逸」，而必須「多勞不逸」。

「多勞不逸」所突顯的，正是同志文化的活力與持續變動的能量。而這份能量發揮在文學內部，並不只取決於作者，更有賴讀者、大眾參與解讀、詮釋，大家一起「找」出來。

也就是說，無論作者是否出櫃為同志，或者書中主角是否明確表達同性愛慾，只要讀者感受到性少數的存在，讀者嗅出一絲「好像有同志的可能」，就能加入同志文學的領域。同志文學所討論的，遠遠不僅是描繪同性愛情的經典，諸如白先勇《孽子》、邱妙津《鱷魚手記》等。

另有許多遊走在模糊邊界的作品，諸如描繪同性之間曖昧友誼、跨越性別的想望等，甚至特定時空下一言難盡的複雜關係，例如陳千武〈迷惘的季節〉中所描述軍隊裡男士兵間的情慾（讓人不禁聯想大島渚《俘虜》〔戦場のメリークリスマス〕中戰俘營裡軍人間又愛又恨的「惺惺相惜」）。無論彰顯或隱微，只要是能解讀出同志氛圍的情節，都可被納入廣義的同志文學領域之中。

最後，讓我們舉出被視為女同志小說名作的曹麗娟《童女之舞》，總結前述觀點。

小說中的兩位女性，鍾沅與童素心，兩人之間有難以分捨的感情。鍾沅與女性男性皆曾交往，部分讀者因此視她為雙性戀，而小說敘事者童素心最終走入異性戀婚姻。故事中兩人不曾成為戀人，也沒有性關係，但始終深深刻印在彼此心裡。這樣的感情，描寫這樣感情的作品，如何被看出「同志」？

書中鍾沅對童素心開玩笑似地說了：

「……兩個女生能不能做愛。如果我是男生我就一定要跟你做愛。」

玩笑過後，兩人繼續維持旁人看來的深厚「友誼」。

唯有一閃而逝的情愫火花，被讀者所察覺，點亮了讀者心中對小說的詮釋空間。而那空間裡燃燒的光與熱，正是同志文學一再探問的，情感與關係的鬆動疆界，在人與人之間，愛的可能。

非虛構寫作

作為寫作者，你一定也常關注各類別的文學獎、寫作補助，而若關心二〇二一年的新設獎項，一定不會錯過「在場・非虛構寫作獎學金」。

該獎由網路寫作社群Matters與香港文藝復興基金設立，目標為資助非虛構寫作短期計畫，獲獎者不僅僅會得到獎金，更將配備一位編輯全程協助。你仔細讀簡章，除了少見的優渥待遇，你更發現評審多為記者、學者，且要求「書寫記錄內容100％真實」。這時你不禁疑惑，雖然是標榜「非虛構」寫作，但任何事實只要透過書寫、詮釋，還有可能100％真實嗎？如此講究事實轉達，那麼非虛構寫作與一般新聞報導有什麼不同呢？

當你產生了這些疑問，你便觸碰了「非虛構寫作」的核心——堅持真實也不放棄文學美感。「非虛構」譯自英文Nonfiction，其概念相對於虛構小說（Fiction），「非虛構寫作」專指記述事實、真實事件之作品，亦稱為「紀實寫作」。無論是寫人的訪談、寫景的遊記、寫事的評論，乃至人物傳記、回憶錄、新聞報導、口述歷史、民族誌、書信、科普、學術著作等，皆可歸入「非虛構」文類。

不同於虛構小說，「非虛構寫作」不允許編造未曾發生的事件、非現實存在的人物。因此，「非虛構」和虛構之間的分界在於內容是否真實，而非行文風格是否客觀。即使敘事風格強烈、參雜主觀看法、情感描寫，只要內容真實即屬於「非虛構寫作」。反之，亦有風格寫實的虛構作品，諸如「現實主義」（見341頁）與「自然主義」（見344頁）的小說。

明白了「非虛構寫作」對於內容事實的嚴格要求後，你也許想問：如果將真實故事予以壓縮潤飾、裁剪拼貼、修改順序，這樣還算是「真實」嗎？

這問題有正反兩面看法，保守者認為潤飾即為造假，較開放的一派則認為無傷大雅，甚至適度的小說手法能替事實增添文學美感。兩方主張各有優缺點，從一九六〇年代新新聞主義（New Journalism）興起後一路爭論至今。

傳統西方文學不乏紀實作品，但到了一九五〇年代後半至一九六〇年代的美國，「非虛構寫作」之概念才被廣泛傳播並視為書寫主張。

當時美國正值越戰、民權相關等思潮與社會運動興盛之際，引發了六〇年代新新聞主義。新新聞主義者並不滿足於簡略報導，面對高度複雜的社會議題，記者與作家們開始了重視細節、對話和心理描寫的深度寫作。記者兼作家的卡波特（Truman Capote）

一九六五年發表作品《冷血》（*In Cold Blood*），可視為其中代表。

此一風潮後發展為創意非虛構（Creative Nonfiction），雖然屬於「非虛構」之寫作體裁，「創意非虛構」則明確排除了不以文學風格和技巧創作的文本，諸如學術論文與技術說明書等。

「非虛構」作為書寫主張和文類標籤，在西方逐漸確立後，也於一九七〇年代引入台灣，並常與「報導文學」連結。一九七八年，第一屆時報文學獎便設有報導文學獎。從當年得獎名單中，已可看見許多台灣非虛構寫作的重要主題，諸如在地歷史沿革、族群傳統文化、邊緣社群、職業深入訪談等。到了一九八〇年代，更有陳映真創辦的《人間》雜誌，對於台灣紀實攝影和報導文學的發展大有助益。

時至今日，許多文學獎皆設有報導文學組。報導文學內容的真實性有詳細調查作為依憑，無疑屬於「非虛構寫作」。

然而，如果「真實」的文學就是「非虛構寫作」，那文學獎文類框架下常見的另一文類「散文」，能夠算是「非虛構寫作」的一員嗎？

其實，受中國文學傳統影響的「抒情散文」強調的是「情感真實」，而本篇聚焦的「非虛構寫作」則注重「事件真實」，一個主情一個主事，兩者的核心關注並不相同。既然如此，抒情散文中的事件是否允許虛構？目前此爭議未有定論，常隨散文文類界線一同討論，是否虛構常被視為散文與小說之分際。

最後，談及「非虛構寫作」必然不能遺漏的經典教學書，當屬威廉．金瑟（William Zinsser）的《非虛構寫作指南》（*On Writing Well: The Classic Guide to Writing Nonfiction*）。該書作為針對非虛構文類的寫作建議，本身即是一本精彩的非虛構作品。書中用一句話簡潔地點出：

> 我們這些作家認真地想寫好我們所居住的這個世界……。

一部好的非虛構寫作作品，必然要在關注這世界真實的同時，嶄露出作家們認真看待的，寫作這門技藝。

067

飲食文學

飲食文學是以「飲食」為主題的創作。傳統上，中國文學秉持「文以載道」的理念，強調知識分子應肩負起對社會的貢獻與責任。在這樣的文化氛圍中，若將書寫的焦點放在日常的飲食享樂上，很可能會遭到他人的排斥。改變此一「不入流」處境的重要作品，是清朝散文作家袁枚的《隨園食單》，從此開啟了「飲食文學」的傳統。

試舉《隨園食單》的〈軟香糕〉為例：

軟香糕

軟香糕，以蘇州都林橋為第一。其次虎丘糕，西施家為第二。南京南門外報恩寺則第三矣。

這段文字可簡單翻譯如下：

軟香糕

在蘇州都林橋的那家軟香糕最好吃，西施家的虎丘糕排名第二，在南京南門外報恩寺的那家排第三。

你可能會疑惑，這樣像是發在社群網站上，吃飯拍照打卡後的紀錄，真的是飲食文學的始祖，甚至稱為文學嗎？

袁枚卻也有他的道理，他說：「學問之道，知而後行，飲食亦然。」既然做學問都要先學習其中的道理，那每天日常飲食，也應該也要了解、探詢飲食本身的知識與體驗。

將時間軸從清朝時期拉近至現代，在戒嚴時期的台灣，官方主導的文化政策強烈提倡反共文學，這樣的環境使得飲食文學在當時難以找到立足之地。直到一九八〇年代，社會氛圍鬆動，才又出現大量飲食文學作品。

在徐耀焜的《舌尖與筆尖的對話——台灣當代飲食書寫研究（1949-2004）》提到，飲食文學有兩種書寫策略，一種是如實的書寫飲食本身，用文字去還原感官經驗；另一種則是用飲食豐富的意涵，去做飲食以外意義的表達。

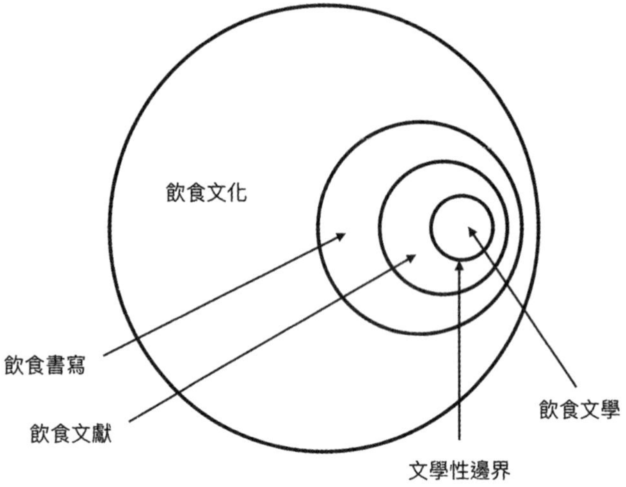

飲食文學範疇

專注於純粹飲食紀錄的寫作手法，如同袁枚所採用的方式，透過記錄食譜和飲食習慣，為後世留下了珍貴的時代文化資料。然而，隨著飲食文學的創作日益豐富和多元化，這種對飲食本身的直觀描繪，逐漸難以與食記或食譜作品明確區分。

所以，有不少作家轉向尋找飲食文學性的「文學性邊界」。例如焦桐的散文〈茶葉蛋〉，描寫他在醫院裡買了顆茶葉蛋，探望臥病的妻子，看著因手術而剃掉頭髮光滑的頭皮，上頭還有幾道縫線傷疤，不禁感嘆：

我理解生命中不免有許多損傷和裂痕，也許有那些裂痕才是真實的人生。……

蛋殼上的裂痕是一則隱喻。人生的傷痕亦然。

除了抒情散文式的個人經驗外，也有作家試著從飲食本身淵源，去結合政治議題。例如李昂的小說〈牛肉麵〉先以非虛構的筆法，書寫「吃牛肉」的習慣由外省族群帶來台灣，改變了飲食文化。但同時，牛肉麵卻也是台灣獨有的發明。

與此對應的，是故事的主線：一位富有的政治犯，即便在獄中，也常能花錢買牛肉麵當宵夜。他曾計畫訂購一碗牛肉麵，以此款待同為囚犯的獄友，但在真正下訂前，那位獄友就已被處決。

許多許多年後，甚至到他集榮耀於一身，是位具影響力的政治人物，他都還一直記得這碗未訂的牛肉麵。

由此，食物與食物背後的文化、政治、歷史、記憶互相交織，讓「牛肉麵」昇華為五味雜陳的「台灣的滋味」。

除了小說之外，抒情散文更成為飲食文學發展的肥沃土壤，讓作家能夠在其中深耕細作。蔡珠兒在其作品《紅燜廚娘》中以細膩筆觸巧妙地結合了飲食、生活與文化；洪愛珠《老派少女購物路線》也將飲食作為串聯過去與現在、個人與家族記憶的紐帶。

如果說料理是「從食材到餐桌」，那飲食文學就是「從食材到書桌」，有多少種食材，就有多少創作。我們能看見以傳統市場文化、頂級消費文化、異國旅遊等等書寫材料的飲食文學，也有親情、政治、性別不同的感悟與飲食的結合。

飲食文學作為新興而有活力的文類，正熱騰騰的等待被擺上書桌。

恐怖文學

在「浪漫主義」（見336頁）的詞條中，我們聊到十八世紀末歐洲的社會氛圍。啟蒙運動期望透過理性帶來進步和自由，但法國大革命後，現實與理想大相逕庭，知識分子對此深感失望。人們轉而探索心靈、批評社會壓迫、歌頌自然，尋求精神寄託，促成浪漫主義。

在浪漫主義發展下，誕生了「恐怖文學」的前身——哥德小說（Gothic Fiction），這一時期的代表作是霍勒斯．渥波爾（Horace Walpole）的《奧托蘭多城堡》（*The Castle of Otranto*），特點是使用中世紀的元素，如古堡、莊園、教堂、墓地來營造恐怖的氛圍。由於《奧托蘭多城堡》暢銷再版時，作者在副標題寫上「哥德故事」（A Gothic Story），因而得名哥德小說。

到了十九世紀，恐怖文學迎來發展的黃金時期。創作上，作家們不限於中世紀元素，轉而尋找更多能帶來恐怖感的題材，也誕生了許多經典作品和作家。

例如瑪麗・雪萊（Mary Shelley）的《科學怪人》（*Frankenstein*），探索了科學過度自信帶來的恐怖。愛倫・坡（Edgar Allan Poe）的〈黑貓〉（The Black Cat）等短篇小說，則展示了異常精神狀態下的心理恐懼。

值得關注的是，恐怖文學與女性主義文學之間，存在著深刻的交流與共構。這時期許多著名的恐怖小說出自女性作家之手，其中的創作內涵也與女性主義議題緊密相連。

進入二十世紀，恐怖文學展現出前所未有的多樣性與全球化趨勢。

H・P・洛夫克拉夫特（Howard Phillips Lovecraft）憑藉《克蘇魯的呼喚》（*The Call of Cthulhu*）開創了宇宙恐怖的子類型。他的作品深刻探討人類心智面對未知和真理時的脆弱性，揭示了一個核心觀點：人類的認知極限使我們對於生命的真相感到越來越陌生和恐懼，接近真理的同時也步入瘋狂的邊緣。

這種獨特的創作視角，可能與洛夫克拉夫特個人背景有關。他母親曾經因精神疾病住院，她幻想中「從黑暗建築物角落處衝出奇異驚人的生物」，或許某種程度影響了洛夫克拉夫特對於恐怖未知的藝術表達。

而史蒂芬・金（Stephen Edwin King）的代表作，如《鬼店》（*The Shining*）與《牠》（*It*），更深刻掘發了美國小鎮的隱祕陰影及普羅大眾心底的恐懼。當這些故事進行影視化改編時，影響力進一步擴大，透過電影銀幕，觸及了更廣泛的觀眾，將恐怖文學推向了大眾文化的前沿。

談到恐怖文學在台灣的發展，日治時期就已萌芽，作品如佐藤春夫的〈女誡扇綺譚〉和西川滿的〈赤崁記〉。這些故事巧妙地融合了中國、西方及日本的恐怖元素，創造出風格交錯的文學作品。

從一九五〇年開始，司馬中原的創作起於反共與懷鄉的情懷。他以傳統中國文化為背景，巧妙地融合了民間傳說、軼聞及鄉野傳奇，採用說書人的語調進行敘述。進入一九九〇年代後期，他的寫作風格顯著轉向，開始著眼於都市空間，代表作如《醫院鬼話》等，叩響了台灣恐怖小說文化工業式大量出版的方向。

一時之間，台灣的書報攤上充斥著軍中鬼話、校園鬼話等作品，這些創作不僅反映了獨特的文化背景與社會氛圍，而且在敘事方式上，從傳統的說書人風格轉變為回憶式的敘述法，如陳為民的《無聊男子的軍中鬼話》，增添了鬼故事見證者的第一手描述。

隨後，九把刀的「都市恐怖病」系列捕捉到台灣都會空間的獨有特質，將日常景象扭曲變形後，創造出令人不安的故事。例如，在〈冰箱〉一篇中，人物醒來發現自己失去了肢體或器官，反映了媒體對暴力分屍案的恐怖渲染所引發的集體恐慌。

這種類似都市傳說的敘事策略與布魯范德（Jan Harold Brunvand）在《消失的搭車客：美國都市傳說及其意義》（*The Vanishing Hitchhiker: American Urban Legends and Their*

Meanings）中的分析不謀而合，他指出都市傳說以隱喻的方式映照了當代社會的深層焦慮。

此外，蝴蝶的「禁咒師」系列的創作則是一次顛覆性的突破，它借鑑了日本漫畫《庫洛魔法使》（カードキャプターさくら）和托爾金（John Ronald Reuel Tolkien）的《魔戒》，展現了我們在後殖民詞條（見393頁）中介紹的「混雜」痕跡。這些作品不僅豐富了台灣恐怖文學的題材，也拓展了其表達的深度和廣度。

最後，如果你有志於從事恐怖文學的創作，我們想提供一個寫作技巧。說來也奇妙，為了瞭解恐懼，我們必須先懂得笑。在討論「恐怖」之前，我們必須要先回到「幽默」（見066頁）這個主題。當時我們說：想讓讀者感到幽默，可以先製造期待，接著去違背那個期待。這在心理學上有個專有名詞叫「失諧」。「恐怖」的結構亦與「失諧」頗為類似，都是「期待與實際的出入」。在「幽默」裡，失諧源於預期與結果不一致，這種不匹配創造了笑點。而在「恐怖」的領域，當這種不一致無法通過常理解釋，就會產生恐懼。

常見的恐怖元素如走不出的隧道（隧道應該要可以走出去）、食人魔（不應食人）、鬼魂（死後不該出現）等，本質上都是某種形式的失諧——現實與「應該」之間的差異。這種差異觸發了我們的恐怖感，因為它挑戰了我們對世界的基本理解。

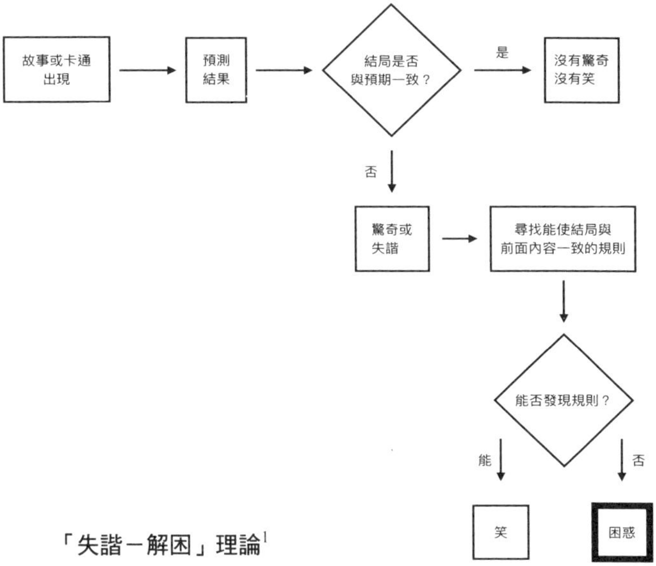

「失諧－解困」理論[1]

反向來說，作為創作者，我們只要有意識的去挑戰讀者對世界的基本理解，書寫無法常理解釋的失諧，就能順利營造恐怖的氛圍了。

在J.K.羅琳（J. K. Rowling）的小說《哈利波特》中，有一種生物叫作「幻形怪」，會變成人們最恐懼的樣子。而對付幻形怪的咒語是：「叱叱，荒唐！」這似乎呼應了「幽默」與「恐怖」之間微妙的相鄰關係：只要懂得笑，就不恐怖了。

1 引自：方裕民、林銘煌、廖軍豪，〈「失諧-解困」理論與設計邏輯中的幽默理解歷程〉，《設計學報》第十一卷第二期，台北：中華民國設計學會，二〇〇六。

069

成長小說

你寫給我、我的第一首歌／你和我十指緊扣、默寫前奏／可是那、然後呢？

——梁靜茹，〈情歌〉

「要經歷一次成長，得是在付出多大的代價以後呢？」

總以懵懵懂懂、跌跌撞撞的年輕角色為核心，為了生活為了感受，於是挫敗於是反抗，並在經歷了一連串曲折，終於在某個瞬間理解到，自己已經和「起點的自己」有所不同了，雖然……。

——這便是多數成長小說（Bildungsroman）的架構與特徵。

成長小說，又隨著語境脈絡與著重的細節不同，亦稱「少年小說」（針對年齡）、「啟蒙小說」（著重事件），或是引導人們在社會規訓中茁壯的「教（化）育小說」等。多是以青春期前後的少男少女為主要角色，敘述他們在生活方方面面的心路歷程，並特別重視「蛻變」的意義與影響。

在華人文化中，成長中的少年常被與家國興衰對比，或如《紅樓夢》以賈寶玉的純真浪漫，帶領讀者窺視賈府的樓起樓塌；或如金庸的《射鵰英雄傳》中，主角郭靖在成長路上面臨的挑戰與困惑，最終收束成「為國為民」的試煉之路。

而在十八世紀歐美興起的現代成長小說，則著重「啟蒙」的過程與意義，也就是「如何對抗家庭、社會環境的規範，去追求更強烈的個體發展」。公認為「成長小說」先河的是歌德（J. W. von Goethe）《威廉・麥斯特的學徒歲月》（*Wilhelm Meisters Lehrjahre*），講述主角如何在戲劇界中闖蕩，以實踐其對藝術與美的追求。美國作家沙林傑（J. D. Salinger）的《麥田捕手》（*The Catcher in the Rye*）更是此類作品的里程碑，以輟學、流浪在紐約街頭的青少年視角，搭配第一人稱口吻，控訴著成人世界的偽善，也批判「純真」與「叛逆」的界線。

在台灣文學史中，則有朱天文以〈小畢的故事〉刻畫台灣於獨特歷史脈絡下，造就的眷村空間及文化隔閡，以及因此誕生的家庭悲劇。結局以小畢從軍作結，亦隱約寄託出作者的思想——「家庭」的衝突須以「國族為念」來化解。此外，郭箏的〈好個翹課天〉則透過翹課高中生到處「浪流連」的混亂、脫序行為，進而覺察出「成長」的沉痛代價。

總體而言，成長小說的要素未必是年齡，而是角色在一連串經歷後的啟發。如果你對

「英雄之旅」的概念熟悉，或許也將發現，在文學發展蓬勃多元的如今，以「成長」為核心的故事，已經不只是一個特定類別，更已廣泛應用在各類創作的敘事框架。

如制霸「日本影史最高票房」達二十年的動畫電影《神隱少女》（千と千尋の神隠し），描述少女千尋為了拯救父母、找回自我，而在「大人」的世界中闖蕩成長。同時期中蔚為風潮的，還有日本《週刊少年Jump》（週刊少年ジャンプ）連載的知名漫畫，如《海賊王》、《火影忍者》和《死神》，因主打「熱血」、「夥伴」、「勝利」等正向元素，且重視面對挫折、鼓舞人們克服挑戰，與當代全世界的青少年世代，留下深不可分的羈絆。

值得注意的是，「成長小說」所描寫的「成長」，未必全是正向的。理解人生在世的無可奈何，甚至突然洞見人生的殘酷真相，也是一種「成長」。喬伊斯的〈阿拉伯商展〉（Araby）與袁哲生的〈送行〉，都讓少年在某一瞬間看見了「世界陰暗的背面」。也因此，有許多人認為：「成長小說的深刻，往往展現在其悲劇性之上。」

或許是吧，人因有著對悲歡離合的牽掛與不捨，於是前仆後繼地去挖掘「成長」的路徑與意義。這讓每個世代都必然有其「成長小說」，因為人生必然會有所錯過、有著懊悔，渴望將之託付與發洩。

於是成長小說將會和人們的遺憾一般，生生不息，陪伴著每個世代的人。

若追溯「圖像詩」的歷史，我們可以發現它天生就具有前衛、實驗性的基因——首先它在外觀就已經迥異於主流的詩型。傳統上，多數詩歌更優先著重在格律、音節、節奏帶來的「聽覺」效果（見175頁「音樂性」），不過圖像詩的拿手好戲，反而是在於具有挑逗、衝擊性的「視覺」張力。因此，有許多詩人學者普遍認為，圖像詩具備了「繪畫性」（或是「建築性」）——意即，它具有一種鮮明的視覺效果，就像繪畫或建築一樣醒目。

事實上也真的有人用詩來「蓋房子」。法國超現實主義詩人、劇作家紀堯姆・阿波利奈爾（Guillaume Apollinaire）於一九一〇年代開始有系統地利用詩行來構成各種圖案，進而對西方的詩歌形式帶來巨大影響。其詩集《加利格拉姆》（*Calligrammes: Poèmes de la paix et de la guerre 1913–1916*，詩集名直譯為「書法」）收錄了阿波利奈爾一九一三年至一九一六年的作品。代表作之一是這首描寫巴黎、並且將詩作直接組合成艾菲爾鐵塔造型的圖像詩。

作為一種具有高度「圖畫性質」的詩歌體裁，圖像詩不只是將文字視為圖畫遊戲，也重視詩、畫之間的呼應與融合——例如，若你將陳黎的圖像詩名作〈戰爭交響曲〉中複沓出現的「兵、乒、乓、丘」漢字抽換掉，這首詩的張力就會大打折扣。因為這些字不僅包含了原有的含義，也是在這個密密麻麻的圖形（戰場）裡呈現了肅殺的打鬥與死亡（帶有墳墓隱喻的「丘」）。有趣的是，這首〈戰爭交響曲〉除了圖像上的成功，它同時也具備了鮮明的漢語聲調、節奏感。如今，若要提起「圖像詩」的經典案例，華文世界的詩歌讀者大概都難以忽略這首詩。

早期，台灣有幾位詩人在一九五〇、一九六〇年代開始耕耘圖像詩，奠基了許多創

S
A
LUT
M
O N
D E
DONT
JE SUIS
LA LAN
GUE É
LOQUEN
TE QUESA
BOUCHE
O PARIS
TIRE ET TIRERA
TOU JOURS
AUX A L
LEM ANDS

作與論述。其中以林亨泰、詹冰、白萩等人較早開始投入圖像詩創作，這幾位詩人都經歷過抽象、戲耍、實驗性的詩風時期。白萩在〈由詩的繪畫性談起〉一文中，如此描述圖像詩的思維邏輯，以及其藏在「實驗性」背後的深意：「圖像詩的特性，在混著『讀』與『看』的經驗，它利用了你的『腦筋』，並且也利用了你的『眼睛』。它使以往千篇一律的形式，成為表現它本身自有的形式，就如那件事物的本身站在那兒向你逼視。」這批詩人為戰後的台灣詩壇留下許多水準極佳的圖像詩，包含林亨泰〈車禍〉、詹冰〈水牛圖〉、白萩〈流浪者〉與〈蛾之死〉等作品。

若借白萩「就如那件事物的本身站在那兒向你逼視」的詮釋，其實也更可以體現在一九九〇年代女性的圖像詩上。其中，以前衛

兵兵兵兵兵兵兵兵兵兵
兵兵兵兵兵兵兵兵兵兵
兵兵兵兵兵兵兵兵兵兵
兵兵兵兵兵兵兵兵兵兵
兵兵兵兵兵兵兵兵兵兵
兵兵兵乒兵兵乒兵兵兵
乓乓乒乒乓乓乒兵乓乓
乓乓乒乒　乒乒乒　乓
　乒乒　乓　乓乓　乒
　　乓　　　　乓　　
丘丘丘丘丘丘丘丘丘丘
丘丘丘丘丘丘丘丘丘丘
丘丘丘丘丘丘丘丘丘丘
丘丘丘丘丘丘丘丘丘丘
丘丘丘丘丘丘丘丘丘丘

（〈戰爭交響曲〉局部）

風格描寫女性身體、情慾著名的詩人江文瑜，在詩集《男人的乳頭》與《阿媽的料理》就收錄了若干圖像詩創作。除了形式上的持續開創，內容也充滿了許多對於女性、肉身、社會結構的高度洞察。例如其中一首名為〈九層塔炒蛋〉的圖像詩是這麼寫的：

第九層　大
第八層　大
第七層　大
第六層　人
第五層　人
第四層　人
第三層　入
第二層　入
第一層　入

轉骨的那一年
阿媽時常端上一盤九層塔炒蛋：
「從現在開始，妳要轉大人了
努力攀爬女人的人情世事」

圖像詩作為一種高度自由、甚至捉摸不定的詩歌體裁，它衝擊著時代，也衝擊著讀者的眼睛。在實驗與戲耍之外，圖像詩的另一項使命，就是以「新」的方式讓我們不斷去看見那些似曾相識的歷史。

071

散文詩

如何快速傷害一位詩人？

一句話：「你的詩只是分行散文！」

這句詩人最討厭的批評之中，突顯了現代詩「分行」的形式特色，卻以「散文」意指對方作品本質上不屬於詩歌。把這句話拉長一點來說，便是：「你的詩只是空有外殼，看起來像詩，但根本不是詩。」

空有外殼——外殼自然是指詩歌的外在形式，可是，詩歌的內裡究竟是什麼呢？這問題想必每位詩人心中都有不同答案，但沒有誰會否認：無論形式，詩歌內容必然要有詩意。關於詩意的辯證，請見詞條「詩意」（見164頁），此處我們就繼續討論形式與內容之間的關係。

回到開頭「分行散文」的批評，既然有「看起來像詩，但根本不是詩」的作品，那有沒有「看起來不像詩，但根本是詩」的作品呢？有的，如此挑戰詩歌形式疆界的作品自成類別：散文詩。

散文詩是具有散文性質的詩歌體裁，分段而不分行，正因其形式上與散文相近而得名。即使不以韻文形式呈現，散文詩具有詩意，因此本質上仍屬詩歌。

由於跨文類的特質，散文詩之作品範圍與內容要素尚未形成定論，然而普遍認為以散文形式表現的詩歌皆可稱為散文詩。形式上，其用韻、結構等方面較為自由，並無音節、行數、排列的限制。內容上，常見抒情，然而亦有著重於敘事者，使之在兼具詩的本質、散文的形式之外，亦呈現近似極短篇小說的情節鋪排。

追溯散文詩的歷史，和歐洲的自由詩、無韻詩有緊密關聯。形式自由的詩歌與富有詩意的散文皆長期存在西方文學史之中，然而，到了十九世紀中葉，法國詩人波特萊爾（Charles Pierre Baudelaire）使用了「散文詩」（poème en prose）一詞，有意識地採用這種體裁，創作了代表作《巴黎之憂鬱》（*Le Spleen de Paris*）。

散文詩先是流行於法國詩壇，在十九世紀後半到二十世紀前期，也開始興盛於歐美各國，再傳入俄國、印度等地。第一次世界大戰後，散文詩卻因文藝思潮轉向而逐漸沒落。美國重要詩人艾略特就曾對散文詩問題發表批評，認為文類界線曖昧模糊，會使創作者和讀者皆無所適從。

然而，散文詩並未消失，仍在各地默默發酵。在漢語詩歌的脈絡裡，散文詩之概念在中國新文學運動期間傳入。劉半農最早翻譯了泰戈爾（Rabindranath Tagore）的詩作，並使用「散文詩」一詞。由於泰戈爾詩作受到推崇，散文詩在一九二〇年代的中國十分流行，魯迅的《野草》可視為代表。但好景不長，漢語散文詩的創作風潮限於一時，一九三〇年代後亦逐漸沉寂。

直至一九五〇年代，由於紀弦等人的創作，散文詩在台灣再度引起注目。即使紀弦並不滿意「散文詩」一詞，認為：「這個名稱太灰色了，應該取消。」但他和瘂弦、商禽等詩人的部分詩作仍然被視為散文詩之復甦。例如，台灣學子最早接觸到的散文詩作品，往往是作為課外推薦閱讀的〈鹽〉（瘂弦詩作）。其後，台灣的散文詩後繼者有蘇紹連、渡也、劉克襄、陳黎、大荒、陳義芝、張默、沙穗、汪啟疆等詩人。

這些詩人中，蘇紹連〈七尺布〉常見於國文考題，也成為另一首廣為台灣學子所知的散文詩：

> 母親只買回了七尺布，我悔恨得很，為什麼不敢自己去買。
>
> 我說：「媽，七尺是不夠的，要八尺才夠做。」母親說：「以前做七尺都夠，難道你長高了嗎？」我一句話也不回答，使母親自覺地矮了下去。
>
> 母親仍按照舊尺碼在布上畫了一個我，然後用剪刀慢慢地剪，我慢慢地哭，

啊！把我剪破，把我剪開，再用針線縫我，補我……使我成人。

這首散文詩短小精簡，但意象完整、餘韻無窮。看似隨筆散文，卻蘊含豐富詩意，這正是散文詩的精髓。

072

類型小說

「類型小說」和「大眾小說」是兩個常常混用的詞彙，同樣指稱「比較具有娛樂性的作品」。然而，兩者強調的重點不同，「大眾小說」側重於「讀者普遍喜愛」的要素，與嚴肅、小眾的「純文學」相反；「類型小說」則側重於「這些小說採用了哪些共同元素或模式」，讓讀者能夠依照自己的喜好來挑選。

因此，在書店裡，我們常常會看到「〇〇小說」的分類標籤，例如推理小說、言情小說、輕小說等等，這些小說，都是「類型小說」的一環。

為什麼要使用分類標籤來描述小說呢？因為這樣的做法，才能產生精準而有效率的「文學商品」。透過「類型」，出版社能將作品「標準化」、「工業化」以大量生產。比如擅長操作「言情小說」的出版社，在掌握了特定公式之後（總裁、穿越……），就能以此來引導作者、修潤作品，快速出版符合市場需求的小說。

而在作品完成後，出版社也能精準地包裝、行銷，把小說送到「正確的」讀者手上。試想：一名走進書店的讀者，要如何從琳琅滿目的書堆裡，找到他想要讀的故事？這時候，「類型」就能提供很大的幫助。也許某甲想在夏日讀個恐怖故事、某乙想在冬日讀個暖暖的言情故事，如果分類不清而導致讀者「買錯了」，閱讀體驗必定大打折扣。

因此，分類的好處有兩個：一、作者可以「透過類型公式大量產出故事」。二、讀者可以精準找到、並且支持自己想看的類型作品。

或許會有人問：難道一部作品只能符合一種分類，不能「橫跨」其他類型嗎？當然可以！比如韓國影集《屍戰朝鮮》（킹덤），便同時採用了「喪屍」和「歷史古裝劇」兩種類型，從而迸發出新體驗。金庸的名作《神鵰俠侶》、《天龍八部》雖是武俠小說，但也有男女情愛和推理要素。如此說來，分類是不是就失去意義了呢？並不是的，因為這些作品仍然以某一類型為主，再加入其他要素來增添風味。以金庸的案例來說，不管作品有多少變化，仍然以「武俠」為主，讀者一定會大量看到「武俠元素」。如此一來，「因為想看某類型而買書」的讀者，需求就一定會得到滿足。

也因為要呼應讀者的期待，類型小說非常重視傳統與公式。千錘百鍊的公式，正是讀者娛樂的來源。不過，這並非意味著類型作品不能創新、反轉甚至顛覆原有的公式。只是，如果作者想要對○○類型做出反轉，就必須得到市場的認可，才能成功並開創新的類型；相反的，如果讀者沒有被滿足，就貪心納入其他元素，反而可能得不償失，甚至不會被該類型承認、被視為異端！而許多新的類型，也往往是轉化自較早出現的類型。例如：同性愛小說（BL、GL）就延伸出ABO的設定，並廣泛使用；言情小說延伸出古裝、耽美、穿越等設定；推理小說也延伸出本格推理、社會派推理。直到今日，無數的類型小說作家都一方面呼應「〇〇小說」的公式，一方面挑戰各式各樣的敘事元素，並嘗試贏得市場的掌聲。這便是台灣類型小說學者陳國偉所說的：「類型小說有面向大眾的特性。」

在本書當中，我們也蒐羅了部分類型小說的詞條。讀者可以參照閱讀，理解每一類型小說在「公式」與「創新」之間激盪出來的創作成果。

言情小說

類型小說裡，有一個重要的分類，曾經在台灣有巨大的市場影響力，那就是無所不在的「言情小說」──或可稱為「羅曼史小說」（Romance novels）。顧名思義，「言情」確實常常以情愛關係為主題。然而，除了主題之外，言情小說最大的特點更是：「女性寫給女性的作品。」因此，言情小說往往環繞著女性作者與女性讀者身分，發展出有別於傳統、以男性為主流的文學小說之樣貌。

一九六〇年代，以瓊瑤、郭良蕙等女性作家開創的「文藝小說」領域，或可視為台灣言情小說的先驅。然而，台灣言情小說真正大規模流行，是直到一九九〇年代之後。加拿大出版公司「禾林」藉由旗下大量的小說家，以及快速且種類繁多的小說，迅速攻占閱讀市場。羅曼史小說這樣的稱呼源自於西方，雖然與言情小說有學術定義上的分歧，但因為同時具有國內外身分的「禾林出版社」之存在，在讀者的認知裡幾乎可以視為同一體。另外，當時也有許多不同類型的出版社，如希代（龍吟）、禾馬、萬盛（飛田）、新月等等，都產製商業化的本土言情小說。

作為一種「商品」，言情小說有許多工業化的特點，如標準化、規格化、且可以大量生產。然而，這並不意味著言情小說只是一種仿冒與複製的產品。相反地，各家出版社的系列作品，都以能夠清晰辨別的規格，如版面設計、封面設計、書籍尺寸等要素，區隔出明確的品牌特色。「包裝規格化」、「文本公式化」、「作者匿名化」、「在出租店流通」、「以女性為主的文化生產」等五項關鍵特色，與「大量出版」、「短期銷售」、「迅速下架」等三種銷售模式，在在顯示了言情小說成熟的商品性格。

也因此，走進書局的你，會發現同一家出版社的系列言情小說，都用同一個字體、同一個封面畫風，也會有類似的主題或模式。比如現在辨識度很高的「霸道總裁系列」、「穿越系列」等等。試想，在一般的文學小說裡，是不是就比較沒有辨識度如此清晰的「系列作」？這正證明了言情小說的特色。

瞭解了言情小說的特色後，我們來模擬一下，在台灣要如何以「言情小說作家」的身分出道呢？首先，言情小說家的「出道」並不像純文學小說家，並不以文學獎為拔擢管道。除此之外，雖然純文學小說也寫愛情，但側重的特點與言情小說並不相同。作為一種類型小說，言情小說有自己的公式和傳統，作家要在「遵循傳統、符合商品需求」的前提下，發揮自己的特色與創意。

而當你投稿成功，作品由出版社印行之後，它的銷售通路也與其他書籍不大相同。在言情小說最興盛的年代，它會在便利商店、藥妝店等通路販售。還有另外一種特殊的銷售手段，即「全台各地的租書店」——透過中盤商，將你的小說放入店內，在觀察期內，若是你的書的表現不好，則會透過中盤商被退回出版社。當時風靡全台的租書店鋪貨手段，是書市委靡的當今難以想像的盛大！

最後，我們來聊聊讀者。在傳統父權體制以及傳統的文學觀念之下，言情小說常常被視為不入流的作品。言情小說的讀者，也常因這樣的環境下，選擇隱蔽或者在私人時間閱讀。除了作者常常匿名發表之外，讀者雖然大量閱讀言情小說，卻很少有哪個讀者真的能挺身而出大聲說，自己是言情小說的粉絲。而在公眾的書評版面、學術研究等領域，言情小說也幾乎完全被忽視，與其市場影響力根本不成比例。近年來，已有部分學者突破觀念的限制，投入言情小說的研究，重新發掘此一類型的價值。

就其積極的一面而言，言情小說重新將女性的閱讀、甚至是書寫的權利解放開來，也讓資歷與年齡的門檻解放，擴張了閱讀與出版的多樣性。「女性寫給女性」的言情小說，因而有著不可磨滅的意義與貢獻。

武俠小說

天涯的盡頭是風沙／紅塵的故事叫牽掛

——周杰倫，〈紅塵客棧〉

有牽掛的人就有故事，而若有一個故事，充滿著武功、俠客、天涯、客棧等，一系列濃厚的中國古典元素時，我們便喚它作「武俠小說」。

「武俠小說」是以古代中國的風土、文化、社會、思想、玄學等為主要素材，描述角色們如何穿梭其中，去拉幫結派、還恩報仇；並以俠義精神為主體、武學技藝為表現手法的類型小說。鮮明的文化符碼是其顯著特徵，以華人文化圈為中心，對全世界的文學、影視、音樂、遊戲乃至文化行銷，都造就了強大的影響力。

談及武俠小說，很多人或許會以為其與中國文化一樣源遠流長，但事實上，我們目前所熟悉的武俠小說特徵——即所謂「新派武俠」——其實是在短短一百年內形成的。

一九五〇年代初期，香港武術界中有兩個派系為了解決衝突，相約公開舉辦擂台比武，消息傳出後蔚為轟動，話題大開。當時就職於香港《新晚報》的梁羽生奉編輯之命，以這個事件為本，在報紙上連載起了其處女作《龍虎鬥京華》，就此一炮而紅，報紙銷量亦一飛沖天。隨著香港各大報跟進，武俠小說寫作者供不應求，梁羽生於是拉了另一位同事入坑。這位名喚查良鏞的同事拆了自己的名字做筆名，便是後來成為武俠小說代名詞的「金庸」。

梁羽生與金庸等人的武俠小說繼承了中國古代歌頌的「俠義精神」，強調重義輕生、一諾千金、快意恩仇、視國仇家恨為己任等價值觀。但相比中國古代的「俠義小說」和民國初年的「舊派武俠」，金梁兩人開創的「新派武俠」顯然另出機杼。他們的文字淺顯，介於文白之間，並且結合了自歐美傳入的現代思想與文學技法，以更加細膩的情感與情節描寫，大幅改造了武俠小說的表現形式，並讓「俠客」從一種「行為」演變成一種「理想人格的化身」。

除了「俠義」與「武術」兩大元素，「新派武俠」還納入了濃重的中國古典文化特色，如詩詞曲賦、琴棋書畫、星相醫卜、歷史軼聞、神怪傳說等。這些元素不僅作為背景裝飾，更常常與劇情推進、武打表現，甚至是人物性格深度結合，構成了獨特的娛樂魅力。而他們興起的一九五〇年代，正好是「中國」劇烈變動的時期。「新派武俠」的盛行，正好為中、港、台等地乃至海外離散的華人，提供了強韌的文化認同。在這樣的背景下，金庸與其代表性的十五部武俠小說，遂成為華人世界難以撼動的巔峰。

「新派武俠」在當時的香港、台灣帶起巨大熱潮。當年影響力廣大的報刊雜誌，無不以連載武俠小說作為吸引讀者的手段，數十年間連載了超過數千部武俠小說；遍布街頭巷尾、供應廣大民眾休閒的租書店，也因武俠小說的長紅而蓬勃發展。風潮所及，也出現了專門出版、行銷武俠小說的「八大書系」，這些出版社培養出各自的武俠小說名家。比如八大書系之首的「真善美出版社」，旗下便有古龍、司馬翎等作家，進一步開創了台灣的「武林盛世」。

武俠小說在台灣影響之大，甚至引起威權政府的緊張，曾以「暴雨專案」指揮警總大力查禁主要來自中國、香港的武俠小說，以防讀者受到「萬惡共匪的煽動與蠱惑」。當時報紙記載，數日之內，警總即從各類書店中取締超過數十萬冊的武俠小說。這也讓台灣的武俠小說家戒慎恐懼，對歷史、人物或情節都有所逃避或隱匿。

武俠小說的影響力還遠不止於文字。隨著電影工業的發達，香港自一九五〇年代起，即以清末武學宗師「黃飛鴻」為題材，持續拍攝出上百部電影，歷久不衰；一九六七年在台灣上映即轟動的《龍門客棧》、《獨臂刀》，也令導演胡金銓、張徹聲名鵲起，甚至進軍國際；西方世界更因華人武術家李小龍在電影中活躍的武打表現，對中國武術及文化留下近乎「傳奇」的印象。一九八〇年代後，武俠小說與電影已現出疲態，但就在一九九五年，台灣電玩公司大宇資訊發行了電玩遊戲《仙劍奇俠傳》。這款以中國神話加上武俠文化為題材的作品，引爆了巨大的銷量與話題，證明「武俠」題材仍有驚人的魅力。截至二〇二〇年代，《仙劍奇俠傳》系列發行了九款單機作品、已籌拍六部電視劇，衍生的作品與周邊商品不計其數，追逐與挑戰它的影視、遊戲更不曾止息。時至今日，武俠題材仍在電玩中帶有顯著比例，顯示出「武俠小說」雖已不復當年盛況，卻從未消失，而是在轉換媒介與風格後，持續影響台灣各個世代的文化。

若我們比較數十年以來，台灣與香港的武俠小說發展，將能看出顯著的特色差異。香港武俠喜愛追求與中國歷史的強烈結合，而台灣武俠則多半刻意模糊歷史背景，且更注重故事情節的詭異曲折，也開發出許多實驗性的表現手法與強烈的個人文字風格。此中差異，反映了港台兩地不同的政治氛圍和文學思潮，也展現了不同作家各自的創作偏好，如古龍以詩意文字煉造出的奇情謬思、倪匡在天馬行空的怪誕情節裡玩弄眾生……。

而在國族思想與政治氛圍大幅改變的當代，新世代的作家更致力思考如何轉化、揉合中國古典元素，使之與當代社會結合，並試著擺脫金庸、古龍等名家的影響，打造出嶄新而令人嚮往的江湖。

推理小說

一個謎題甚至是兇案的出現，伴隨著撲朔迷離的情節推進，直到最後真相被一口氣揭開——如果你對這樣的故事模式感到熟悉，甚至腦海中會本能地語音播放：「真相只有一個」、「賭上爺爺的名號」或是「華生，你突破盲點了」，那麼恭喜你，對本詞條「推理小說」（Detective fiction）已有了初步的理解。

「推理小說」，隨著時期與切入點的不同，是與「偵探小說」、「犯罪小說」、「懸疑小說」、「公案小說」，甚至是「神祕小說」等，可劃分入同一家族的類型小說（為求簡潔，本文將統一使用「推理小說」一詞）。除了本文開頭列舉的：謎案、懸疑、真相以外，偵探與理性亦是構成「推理小說」的關鍵元素。

談起近代推理小說的起源，普遍公認為是十九世紀美國作家愛倫・坡所創作的〈莫爾格街兇殺案〉（The Murders in the Rue Morgue）。愛倫・坡是「黑暗浪漫主義」（Dark romanticism）的代表作家，擅長以死亡、墮落、絕望、魔鬼等一切不祥的元素，來呈現對人性、倫理與現實世界的懷疑。然而在這樣魔幻且陰翳的筆法下，愛倫．坡卻獨樹一格地在眾多靈異怪誕的故事中，創作出〈莫爾格街兇殺案〉這樣一部以理性科學的眼光，解決了一樁恐怖懸案的短篇小說。

以理性撥開驚悚與恐懼的迷霧，將迷信與人性揭露在世人眼前，這樣的創作思潮，在英國作家柯南．道爾（Arthur Conan Doyle）的筆下達到顛峰。智慧過於常人的偵探、理性科學的演繹法推理，以及大幅拓展作品趣味性的「助手搭檔」——齊聚這些元素的「福爾摩斯」的出場，為「推理小說」奠定了眾多深刻精彩的元素，也讓「享受偵探如何破案」成為閱讀推理小說最大的樂趣。爾後的英國作家阿嘉莎．克莉絲蒂更是以近百本的推理小說創作量，為全世界的推理迷帶來豐富的謎題類型與犯罪設計，成為公認的「謀殺天后」。重要代表作《一個都不留》、《東方快車謀殺案》（*Murder on the Orient Express*）與《羅傑．艾克洛命案》（*The Murder of Roger Ackroyd*）等作品的詭計與情節，更成為後世推理小說家反覆致敬與挑戰的對象。

上述推理小說的宗師打下了扎實基礎，而在這些「古典推理」之外，也有許多作家另闢蹊徑，打造出不同流派的推理小說。比如以心理行為而非科學證據為手法的「心證推理」；在二戰戰後背景下盛行的「間諜推理」、「硬漢推理」；藉由社會議題剖析人性病灶的「社會派推理」等等，讓「推理小說」有了更加強大、多元的影響力。

而在台灣，大眾對推理小說的印象，則深受日本推理作品改編的影視與動漫影響，如主角之名即致敬柯南・道爾、案件也相對日常的《名偵探柯南》、走向獵奇驚悚元素的《金田一少年事件簿》（金田一少年の事件簿）和近年屢屢攻占排行榜的多產作家宮部美幸與東野圭吾等人。

談及台灣的推理小說脈絡，則不可忽略作家林佛兒所創立的林白出版社與《推理雜誌》。他們大力推廣推理小說，並鼓勵了許多本土推理創作。二十一世紀之後，台灣推理小說以結合靈異恐怖與社會議題為大宗，亦環繞著哲學、科技與民俗等元素各自拓展。例如撰寫許多推理文學評論的既晴，自《魔法妄想症》起，推出種種駭人聽聞的兇案；以輕小說聞名的護玄，創作了帶有萌感又直指社會陰暗面的《因與聿案簿錄》系列；推崇「無犯罪推理」的林斯諺，創作出與他同為哲學教授的「偵探林若平」系列；小說家臥斧則積極以結合台灣社會議題的「碎夢三部曲」、《FIX》凸顯台灣社會的潛在矛盾……。

除了文學創作，台灣近年的影音、遊戲也能看見帶有推理元素的作品大放異彩。如小人創作的《兇手不只一個》MV、赤燭工作室的《返校》、改編自日本作家宮部美幸同名作品的台劇《模仿犯》、改編台灣作家天地無限《第四名被害者》的影集《誰是被害者》等等，均展現台灣推理創作的魅力。

從二〇〇二年起，一群台灣推理作家、評論家合作創立了「台灣推理作家協會」，積極蒐集與傳播推理小說的創作、評論、研究、軼聞等資訊，努力推廣推理小說。除了其官網上豐富的資訊，該協會還開辦了「台灣推理作家協會徵文獎」，為台灣推理小說創作積蓄能量。

推理小說以「理性」起始，晚近創作則著力描摹未必理性的「人性」，看似有所乖離。但這樣的追求，正反映了推理小說如何生動地與社會、時代相連相生，不斷推陳出新，創造出更多的「謎團」與「真相」。

奇幻小說

妖精、矮人、難以名之的瑰異生物，歡迎來到奇幻小說的世界！

隨著二十世紀初浪漫主義文學的復興，幻想文學（Fantastic Literature）逐漸受到重視。廣義而言，這一文類涵蓋了科幻、神怪、恐怖以及魔幻寫實等多種形式。而在馬立軒的論文《台灣奇幻小說之探源與發展研究》中提到，中文的「奇幻」一詞隨著時間演變而不同，早期常與科幻混雜在一起，像科幻作家黃海在《台灣科幻文學薪火錄（1956～2005）》中提出「泛科幻」的觀點，將奇幻視為科幻的子分類。文學研究上，奇幻文學也常和兒童文學、青少年文學或傳說重疊。

從英國作家托爾金的《魔戒》開始，狹義的奇幻小說（Fantasy）逐漸定型為「充滿幻想色彩、架空世界」的故事。

現代奇幻小說的誕生，包含著反工業、反科技的思想，以及嚮往中世紀浪漫，因此內容包含幾項固定元素：神話（Myth）、魔法（Magic）、中世紀精神（Medievalism），因為字母開頭都有M，所以並稱「3M」。

托爾金曾在演講中提倡，奇幻小說創作的是「第二世界」（Secondary world）。第一世界是我們日常生活的世界，而第二世界是由小說家創造，擁有完整的內在邏輯（語言、生態或魔法的規則），以及幻想的本質。重點是完全由作者設定和創造。

在托爾金之前，奇幻小說經常以夢中世界（Dream Frame）的架構來解釋奇幻元素，例如《愛麗絲夢遊仙境》（*Alice's Adventures in Wonderland*）或《小飛俠彼得潘》（*Peter Pan*）。如同科幻小說有硬科幻、軟科幻的分類，像托爾金這樣重視嚴謹奇幻邏輯的作品被稱為「嚴肅奇幻」，也影響了《納尼亞傳奇》（*The Chronicles of Narnia*）系列作者C・S・路易斯（C.S. Lewis）和《地海》（*Earthsea*）系列作者娥蘇拉・勒瑰恩（Ursula Le Guin）的創作。

二十世紀末，由於電影工業技術的進步，開始掀起了改編奇幻作品的風潮。許多讀者是先在大銀幕接觸到了作品，再往回閱讀原著小說。除此之外，《龍槍》（*Dragonlance*）系列小說作為桌上遊戲「龍與地下城」背景小說、知名網路遊戲《魔獸世界》（*World of Warcraft*）龐雜的世界觀也出版小說集，在在展現奇幻逐漸走出書籍，與不同媒介結合。

而傳統3M規則的中世紀精神，也隨著奇幻小說在全球廣傳逐漸放寬，不再僅限於中世紀歐洲的風俗，出現了「都市奇幻」、結合各地文化傳說的「本土奇幻」等類型。台灣的蓋亞文化、奇幻基地、春天出版等出版社，也開始出版本土奇幻作品，例如乜寇・索克魯曼結合布農族神話的《東谷沙飛傳奇》、莫仁的《噩盡島》、葛葉的《風暴之子》等等，都是奇幻小說創作風潮下的成果。

科幻小說

科幻小說並不是有嚴謹學術定義的名詞，但一般來說是以「科學幻想」為主題的小說，一般公認最早的作品是瑪麗・雪萊在一八一八年所寫的《科學怪人》。我們會發現，這部作品在「恐怖文學」也有提到，因為恐怖、科幻、推理這些類型文學，最初都受到浪漫主義的影響，常有共通元素。

早期的科幻小說，由儒勒・凡爾納（Jules Gabriel Verne）作為先驅。他創作的《地心探險》（*Voyage au centre de la Terre*）、《深海兩萬里》（*Vingt mille lieues sous les mers*）、《從地球到月球》（*De la Terre à la Lune*）等作品不僅暢銷，也有一定的科學考據，甚至預見未來的發明，也為他贏得「科幻小說之父」的美名。

而在十九世紀，因為科學進步與工業革命的成果，西方社會樂觀地認為歷史是不斷進步、向上發展的，科幻作品也大多呈現「科學」可以在未來的社會做到什麼事情。

到了一九四〇年初至一九五〇年代的美國，科幻小說進入了黃金時期。寫了《基地》系列（The *Foundation* Series）的以撒・艾西莫夫（Isaac Asimov）、《異鄉異客》（*Stranger in a Strange Land*）的海萊因，以及《2001太空漫遊》（*2001: A Space Odyssey*）的亞瑟・克拉克（Arthur Charles Clarke）三人，並稱科幻小說「三巨頭」。

此時的科幻小說作家，開始對科學考據得更加嚴謹。因此，這類考據嚴謹的科幻小說便被稱為「硬科幻」（Hard Science Fiction）。而與「硬科幻」對應的，則是「軟科幻」（Soft Science Fiction）類別。相較「硬科幻」，「軟科幻」降低了科學技術的重要性，而深入哲學、心理學、社會學等面向。例如法蘭克・赫伯特（Frank Herbert）的《沙丘》（*Dune*），便致力於探討宗教、政治、倫理問題。

在台灣，因為科幻小說的知識性，早期引進出版這些小說，帶有科學知識娛樂化的教育目的。本土最早的科幻小說可以追溯到日治時期，鄭坤五的〈火星界探險奇聞〉。而戰後的科幻小說創作，則起於張曉風發表在《中國時報》上的〈潘渡娜〉，一篇描寫主角與人造人結婚的故事。隨後，張系國除了創作〈超人列傳〉，更創辦科幻雜誌《幻象》，成為台灣科幻小說的重要推手。

如果現在走進書店，觀察當代的科幻小說，我們隱約可以發現近幾年創作趨勢是：「在未來，自然科學以外的學科，可以做什麼？」

例如中國作家劉慈欣《三體》將社會學擴大到宇宙層次，姜峯楠（Ted Chiang）〈妳一生的預言〉（Story of Your Life）用語言學與外星人溝通，香港作家董啟章《後人間喜劇》則討論拓樸學與康德哲學，是否會成為人工智慧突破圖靈極限的最後一塊拼圖。

事實上，「科幻小說」在引進台灣時，曾有另一種翻譯方式是「未來問題小說」，聽起來有點繞口，但更準確的指出了科幻小說的本質：藉由閱讀與創作，向未知領域伸出探索之手，叩問人類未來遠景的關鍵議題。

078

BL小說

妳也有這樣的朋友們嗎？

「妳看！拿籃球那個一定是『攻』！」朋友A竊竊私語，「對啊！他旁邊那個一臉『女王受』。」朋友B附和。妳循她們目光看去，操場上走過兩人，不正是學校籃球隊的隊長與校排第一的資優生？

兩男孩打打鬧鬧，隊長嬉笑著把資優生一把抱起，資優生掙扎著揮舞柔軟的拳頭。陽光灑在他們身上，妳遠遠看著，隊長高壯英挺，笑起來憨厚溫暖，資優生白皙纖弱，清秀眉眼帶著傲氣。兩人玩在一起，不知怎麼……很登對啊！妳臉一紅，想著，眼前明明是普通的兄弟情誼，為什麼讓妳有怦然心動的感覺？

「腐女魂爆發啦！小說情節都想好了！」朋友A與B大喊。

什麼是腐女？腐女們看的是什麼小說？歡迎來到本詞條——「BL小說」。

BL是一種創作類型，照字面上說，就是Boys' Love，男孩之間的愛，也稱為「少年愛」，此詞源自於日本流行文化。然而，如果是關於「男男愛」的創作，那不就是男同志文學嗎？其實，兩者著重之處並不相同。

若以《BL進化論》作者溝口彰子的說法來解釋BL，其重點在於「以男性之間的戀愛為中心，主要閱讀對象為女性，由女性作者創作而成的故事」。換言之，BL所描繪的，與其說是現實中男同志的生活經驗，不如說是由女性的想像來創造的男男戀愛故事，角色人物多為美少年、美男子，主要的消費群體則是女性讀者。

只要符合前述特徵的文本，不論是動漫、電玩、小說，原則上我們就能把它歸於BL這個類型之下。圍繞著BL這個核心，也延伸出了一系列相關概念。

首先，是「腐女」，可以理解為「喜歡BL類型的女性讀者」。「腐女子」源自於日語同音詞「婦女子」（ふじょし），通常是自嘲或腐女之間彼此親暱的稱呼法。「腐」字也可以用以描述各種BL相關事物，因此也出現了「腐人類」（不分性別的BL讀者）、「腐文化」等用法。

再來，是「攻」與「受」，是BL類型裡最常見的人物設定。簡單而言，「攻」是指BL戀愛中扮演主動角色的男性，也是性行為時的性器官插入者；而「受」是BL戀愛中較為被動的男性，性行為中接受性器的被插入者。在早期的BL創作中，「攻」通常很剛強且握有關係主導權，而「受」通常性格柔弱，展現刻板印象下的女性特質，且常有

「受」「比女人還女人」、「比女人還美」的描寫。但隨著時代發展，ＢＬ文化也不斷變化，現今許多作品已突破典型的「攻」與「受」二元框架。

對ＢＬ有了基礎了解之後，讓我們簡要地認識台灣本土的ＢＬ小說吧。

各位還記得詞條「言情小說」（見293頁）嗎？該詞條提及言情小說是「專屬於女性的閱讀國度」，而ＢＬ的消費者也大多數是女性，既然如此，ＢＬ為題材的小說，在台灣的發展也自然與言情小說密不可分。

台灣ＢＬ小說除了沿襲日本的同人誌風潮以外，本土原創ＢＬ的創作者也已走入商業出版的階段，發展成言情小說的次類型。舉例而言，台灣本土的言情小說出版社萬盛（飛田），旗下作家鏡水就兼擅男女言情與男男言情（ＢＬ）。其他出版社也有李葳、凌豹姿等風格各異的ＢＬ作家。

除了實體出版之外，近年隨著網路盛行，更有以論壇形式發展而成的創作型網站。ＢＬ小說創作量大增，也常和其他類型結合，諸如武俠、穿越、宮廷、吸血鬼、仙怪類型之繁盛，可見ＢＬ小說的蓬勃發展，未來也將繼續壯大。

最後，讓我們再次思考ＢＬ演變所代表的文化意義。

如同前述，ＢＬ文化與時俱進。早期，「攻＝主動＝插入」而「受＝被動＝被插入」的人物設定，被批評是複製異性戀規範，針對女性化的「受」有處男情結或涉及強暴的故事公式，也被批評是隱含厭女、恐同的心態。而今，BL從複製框架到突破框架，越來越多作品開始經營兩位男主角的平等關係、顛覆強弱二元的性別角色，涉及出櫃、養育孩子等實際同志會遇到的議題。

有趣的是，近年作品具有對抗厭女、恐同與異性戀框架的傾向，不過BL的娛樂核心仍是不變的，如同《BL進化論》所言：

BL的強處就在於：大多數創作者並未意識到這種命題，只是自發性地創作與讀者同樂的娛樂作品。……不知不覺間完成具有社會行動意識的作品。

大家在享受令人心動的BL故事之時，可能也不自覺地鬆開了對於性別的刻板心結，解放出更多元的戀愛想像。

百合小說

你有訂《聯合文學》嗎？你記不記得二〇一八年六月號，封面上大大的「百合ONLY」標題？

這是你第一次接觸到「百合」這個概念嗎？如果不是，那你一定聽過另一個詞，GL。GL顧名思義就是Girls' Love／「少女愛」，常常與「百合」並置。然而，在認識GL之前，其實許多人更早聽說過的，是看似與之對應的BL（Boys' Love，「少年愛」，見310頁）。我們能發現，目前關於「GL／百合」的討論總是比BL少了許多，因此「GL／百合」也彷彿蒙上一層神祕面紗。本篇我們就將以類型小說的視角，簡要介紹GL／百合小說。

「GL／百合」概念源自日本流行文化，最廣泛的意思可以指稱一切女性之間的親密關係，不論是友誼、愛情，或者介於兩者之間的曖昧情感。而「百合」用來指稱女性同性之愛，目前多數學者認為是用於對應男性同性之愛的象徵「薔薇」。而「百合」傳入台灣後，時至今日，也經過詞意的轉變與擴張。

本文將在討論廣義「百合」之後，再進入較為狹義的觀點。在「GL／百合」的喜好者之內，部分人主張應將「百合」和「GL」分開，以「百合」突顯純粹精神的友誼或曖昧情愫，而「GL」則偏向有身體關係的愛情。另一部分人主張將兩者視為光譜兩端，多數「GL／百合」作品都落在光譜中間而非極端。

然而，無論是否採用這種分際，我們都必須注意到「GL／百合」的題材不限於女同性戀。「GL／百合」小說作為大眾小說的類型，通常較有娛樂取向，故事多以兩位女性的情感關係為主軸（各種層面的情感，包括友誼、姊妹情誼）。而同志文學（見259頁）中的女同志相關文本，則較常是以同志人物的情慾探索等個體經驗為主軸，敘述其成長與轉變。我們可以說，「GL／百合」著重感情與「關係」的描寫，而同志文學相較之下更關注「身分認同」。

但就如同「百合」和「GL」無法輕易分開一般，「GL／百合」小說與女同志文學也非涇渭分明。既然廣義的「GL／百合」絕對包含女同性戀，而同志文學又主張邊界的模糊與推移，兩者未來的互動實在令人期待。

討論完廣義的「GL／百合」，我們現在來看一看狹義的「百合」。

前面提及狹義「百合」偏向純粹精神的感情，這時讀者不禁疑惑：「百合」小說只是描寫少女同儕的友誼嗎？事情沒有這麼簡單！狹義「百合」的精髓往往在於一種「友達以上，戀人未滿」的曖昧，也就是說，遠遠超越普通朋友的情感，卻也不是戀人關係的模糊狀態。

我們可以說那是一種「女性之間深厚又難以言喻的感情」，明明不是親姊妹卻親密深刻、難以界定的「情同姊妹」，女性與女性之間互相陪伴友愛、彼此凝望關注。

「百合」小說在大眾文學裡已有發展，漸漸成為一個類型。而近年，更有「百合」題材作品受到純文學界的獎項肯定。例如，楊双子以「歷史百合小說」《花開時節》入選《文訊》雜誌「21世紀上升星座：1970後台灣作家作品評選」，以及《臺灣漫遊錄》榮獲金鼎獎。

最後，我們藉由《花開時節》和其姊妹作《花開少女華麗島》的推薦語、簡介，再次突顯「百合」藏在曖昧氛圍中的力量與可能性。首先我們注意到《花開時節》的推薦語，提及書裡描繪的是：

瘋狂、空幻、決絕的女子的愛情。

而書中兩位主角的關係正是超越普通朋友的「情同姊妹」。請注意，那是一九三〇年代的台灣，在那個時代，再深刻的愛都難以使兩位女性順利成為戀人，同性之間的戀情幾乎是無法想像之事。

再來，我們看《花開時節》人物的番外篇——《花開少女華麗島》的簡介：

> 書中十篇短篇小說延續《花開時節》，以「百合」為主題創作，描繪異性戀女性之間的同性情誼與慾望流動。

注意到了嗎？前者強調愛情，後者強調異性戀之間的同性情誼。但以「百合」來說，兩者都沒有錯。

那是一九三〇年代，人們幾乎無法想像女子在傳統婚姻之外的未來，我們甚至可以說，在那個時代所有人都被「預設」為異性戀。而以「百合」的角度切入那時代，則提供了模糊游移的可能性，在書中女性之間不僅僅是友愛陪伴，更重要的是，她們彼此「以女性的眼光平等地去看待女性」，那正是我們在歷史之中往往缺漏的視角。

這是「百合」的潛在能量，透過其本身曖昧模糊的性質，在情感的隱微流動之中，悄悄鬆動了傳統父權與異性戀的典範框架，給予女性訴說自身的聲音。

第三區

文學理論

導言——

文學真的需要那麼「理論」嗎？

幾乎每一個作家或多或少都有這類經驗：有一天，他的某部作品，幸運地得到了一篇書評。然而，當他滿懷期待讀下去，卻發現自己搞不太清楚這篇書評在說什麼。他可能會看到許多像這樣的句子：

「〇〇的作品帶有後殖民的旨趣，卻又微妙地保持後現代的精神。」

「雖然XX本質上是浪漫主義的，但卻是一種與現實主義結合的浪漫主義。」

「能指與所指之間的藕斷絲連、模糊曖昧，使得KK開闢出一方語言的嬉戲空間。」

如果你是作者，收到這樣的書評，可能會有點尷尬——你甚至很難確定自己該開心還是傷心。這些句子到底是在說什麼？究竟是褒是貶？當你搞不清楚這些文學理論關鍵字時，這些句子看起來怎麼解釋好像都可以，也都不可以。說是貶嘛，它好像動用了很多了不起的名詞來談論你的作品；說是褒嘛，又總覺得不太踏實。作為寫作者，我們太清楚各種明褒暗貶復暗貶明褒的可能性了。看到笑臉都要小心他藏刀，更何況連那張臉都還看不懂。

本書第三區塊的「文學理論」收錄了二十一個詞條，是所有區塊當中最少的。但是，如果你逐條閱讀過去，這一區塊可能是最耗費你心力的。文學讀者或文學創作者到底需不需要懂一點文學理論，一直是文學愛好者常常討論的問題。若從「實用」的角度出發，文學理論確實並非每個人的生活必需，就像物理學理論也不是人人都需要牢記在心一樣。然而，若你對文學的興趣、熱情與嫻熟度已經超越了入門階段，開始渴求更深刻的理解（或者粗俗一點說：你的口味已經越養越重，不能滿足於前兩個區塊那種難度的詞條了），稍微懂幾套理論名詞，至少是不會有害的。如果在某些場合——比如文章開頭提到的「書評」——遭遇了，你或許還能因此擁有一些工具，判斷某些人究竟是真知灼見還是胡說八道。

因此，我們從眾多文學理論當中，選出台灣的文學讀者和創作者比較常接觸到的一系列名詞。也由於是從讀者、創作者的需求出發，所以這份清單並不完整，不能代表「這就是所有文學理論了」。同時，我們也必須強調，本區塊提及的每一則詞條，都是能夠寫成堂堂巨冊的複雜理論——更正，不是「能夠」，而是「已經」有許多巨冊在談論它們了。本書因而只能是非常粗淺的入門，旨在讓你有一個非常初步的印象與輪廓，畢竟一千多字的篇幅再怎麼濃縮，都注定是掛一漏萬。如果你對任何一套理論有興趣，都應循正式的學術著作深入追讀。

在閱讀本區塊的理論時，也可稍微注意不同名詞的使用時機。有些名詞，是拿來描述某種文學風格、流派或理念的，比如「超現實主義」或「自然主義」之類，這是從作家角度建構起來的創作理論；然而有些名詞，是學者分析大量文本之後，建構出來的分析方法或框架，比如「新批評」或「互文性」，絕大多數作家在下筆時，腦袋裡可能壓根沒有這些概念。兩者區別，並不是誰高誰低的問題，而是「從不同視角談文學」的結果。它們各有用途，也各有局限。如果能先認知到這兩種差異，相信你會比較不容易在「XX主義」之海當中迷失。

要是你已經做好準備，就請深呼吸、閉上眼十秒鐘、清空腦袋裡面多餘的思緒，然後翻到下一頁吧。在這裡，你將一窺千百年來，最聰明也最執著的文學人所搭建的觀念世界。即便只是在門口晃晃，也足以感受到堂奧之深邃了。

作品、文本、論述

先說重點：本篇我們看似要一口氣介紹三個名詞，但其實，在文學評論裡，這三個名詞指的都是大家認知裡的「文學作品」——只是以三個不同的角度去思考它。

目前為止，文學研究對於「如何討論文學作品」歷經了三階段，每個階段側重的面向不太相同。為了凸顯這三階段的轉向與意義，我們會分別使用作品（work）、文本（text）、論述（discourse）這三個名詞來強調其中的差異。

第一階段，文學的古典／傳統時期，人們用「作品」來稱呼文學創作的成果。這個詞強調文學是「作者的附屬品」，於是解讀文學便該以「作者意圖」來作為分析意義的關鍵與權威。此階段中，作者的生平遭遇、時空背景，被視為是解讀文學的必要關鍵。

第二階段，到了對古典思潮發起挑戰的「現代」時期，人們提出：「作者本人的想法未必是理解文學的適合路徑」，轉而以「語言」（的表現）作為理解文學的核心。這種想法認為，文學的意義是由語言的使用以及結構鋪排構成的。其他外部因素——例如作者本人的想法——並不是文學意義的優先來源。因此，「作品」開始脫離「作者」，成為一個可以受到獨立分析的「文本」。

既然詮釋文學的權力從作者手中讓出，討論各式各樣情境與閱讀方法的文學理論便開始蓬勃發展。當讀者們積極探索著「文本」時，賦予文學意義的路徑，便從傳統階段的那條單行道——探尋作者意圖——擴展成：「文本」所能提供給讀者的任何可能。

但，即便我們掌握了剖析語言的自由，這難道就意味著：我們可以將文學所承載的意義全部都討論完畢了嗎？伴隨著這種強烈的批判意識出現，「現代」階段的許多認知遭到了檢討，「後現代」時期於焉展開。

在第三階段的「後現代」思潮下，人們專注在討論國族、階級、性別與身分認同等面向。這些「權力」是如何運作的，又如何形塑文學的樣貌？——帶著這種批判的視角，「論述」一詞登場。把「作品」稱為「論述」，所要強調的是：「當我們閱讀文學時，應當關注其中包含著什麼樣的意識型態，這個意識型態又如何影響現實生活中的權力運作。」重點從「它寫了什麼、它怎麼寫的、它寫得好不好」，轉變成「它被什麼力量影響，才會寫成這樣」。

如「女性主義」帶領我們，觀察各式文學中的性別論述如何影響著讀者，強化人們在現實生活中對性別的觀感；「後殖民」則要我們直面「帝國」侵略的歷史創傷下，深植記憶中的威權論述，是如何作祟迄今。將作品特地稱為「論述」，帶有一種強烈的提醒：所有的「作品」的表現，不僅是來自「作者的意念」，也不只是「語言的表現」，而是有其時代脈絡與權力所形塑出的意識型態，我們必須理解這些意識型態，才能避免被潛移默化而不自覺。

這三個名詞的更迭，反映著我們對「文學」的思考，有著不斷地推進與懷疑：從文學是「某某創作者的作品」，文學是「某某文本帶給我們的衝擊」，到文學是「在創作中蘊含了特定思想的論述」。這些名詞並不存在正確與否，當然也不存在任何強制性。它們的出現僅僅是提醒著我們：對文學的解讀，我們永遠可以探索更多。當我們用不同的角度切入，哪怕是同樣的一段文字，也都可能挖掘出截然不同的意義。

也許有一天，我們還會再用新的名詞、新的角度來解讀文學。那時候的我們，想必又會發現新的文學知識吧！

能指／所指

你匆匆駛過街頭。

接近路口，猛然看見燈號轉黃，於是不情願地放輕油門，減速滑行，直到燈號轉紅，你完美停於白線之內。這時，隔壁機車後座傳來稚嫩童聲：「媽媽，為什麼大家要停下來？」

你從幾歲開始知道紅燈要停？幾歲才知道黃燈的過渡意義？

紅色如此熱情鼓譟，鬥牛看到就往前衝，作為人類你卻知道要停。黃燈在紅與綠之間，作為機車騎士你就是能判斷，該暫停或加速通過。

這些交通號誌，還僅是城市眾多「符號」的一部分。

日常生活充滿符號，你覺得理所當然，但動物或還未學習過的孩子卻無法正確解讀。不禁令人思考，「符號」怎麼運作？又是由什麼組成呢？

要討論符號的組成和運作，必然要理解結構語言學家索緒爾（Ferdinand de

Saussure）所提出的分類。他認為，符號可以被拆解為「能指」（signifier）與「所指」（signified）兩個部分。

「能指」與「所指」互為表裡，能指是符號的外在，通常透過視覺（圖像）或聽覺（語音）傳達，是一個具有指定含義的記號，能夠引發對於特定事物、概念的聯想。相反地，所指則是符號的內涵，是符號所表示的意義之所在，也就是符號所代表的那個具體事物或抽象概念。

為何要做這樣的區分呢？因為，符號的「內在意涵」和「外在形式」往往沒有絕對的關聯性。

讓我們以紅燈為例。還沒學習過的孩子看到紅燈不知道要停，便是因為無法明白「紅」跟「停」之間的「正確解讀」。而所謂的正確解讀，其實僅是符號使用者之間的共識。你、交通警察、其他用路人，都同意紅燈就要停，這是社會約定俗成，並不是因為「紅」本身具有「停」的意義。換言之，如果有一天法律改變，綠燈也有可能代表暫停，而紅燈代表往前。

覺得難以理解嗎？讓我們再舉一個紅與綠的例子。台灣股市有「紅漲綠跌」的顯示規則，然而，美國股市卻是「綠漲紅跌」，完全相反。可見「顏色」作為符號，它的意義依賴於不同的社會，不同的「約定俗成」，個別顏色（能指）與背後的各種意涵（所指），並沒有本質上的必然性。

回到「紅燈」來討論，也就是說，「停」是紅燈符號的「所指」（內涵），跟「紅色」（紅燈符號的外在「能指」）沒有絕對的關係。同樣是「紅色的燈」，在馬路上與在神明桌上，所喚起的是截然不同的聯想，兩者的「所指」並無關係。

如此，符號內涵與外形可以斷裂，兩者關係依賴約定俗成，這便是索緒爾所提出的「符號的任意性」理論。

索緒爾認為，語言符號的「能指」是語音，「所指」是語意。表達同一意思的詞，各語言可能有不同的發音。舉例來說，各語言的「人類」聽起來截然不同，英語的human和華語的ㄖㄣˊㄌㄟˋ在語音上並沒有相似性，卻有很相近的意涵。由此可見，極度相異的「能指」也可以指稱同一個「所指」。當我們拆解一個符號，「能指」與「所指」彼此間對立，但是又同時屬於符號，在符號整體間對立。

這項理論始於結構主義語言學、符號學，之後也應用至其他領域。而在文學方面，結構主義影響文學批評，也引進了「能指」與「所指」的概念，尤其使用在詩歌評論。目的在於分析詩人所使用的象徵，和象徵背後突顯的文化或心理意涵。

我們在此以夏宇的〈某些雙人舞〉為例：

他在上面冷淡地擺動恰恰恰
以延長所謂「時間」恰恰
我的震盪教徒
她甜蜜地說　她喜歡這個遊戲恰恰恰
她喜歡極了恰恰

根據詩名〈某些雙人舞〉，以及日常「恰恰」一詞的用法，我們原先預期「恰恰」的所指是舞蹈。然而，隨著全詩意象在眼前開展，我們發現這首詩是關於遊戲愛情的背叛與試探。這麼看，「恰恰」是指挑逗，甚至是影射肉體關係嗎？此處，「恰恰」作為「能指」，透過詩的安排，它背後的「所指」意涵變得更豐富且曖昧，這便是詩人調度語言的能力。

作者之死

〈作者之死〉（La mort de l'auteur）是來自結構主義（見374頁）學者羅蘭・巴特（Roland Barthes）在一九六七年發表的一篇重要著作，主張「當文本被完成，作者對其影響力便宣告終止，好讓文本的運作徹底開放」。

這篇著作也標誌著羅蘭・巴特脫離了前期對結構主義理論的使用，轉而開創解構主義（見378頁）的一系列理論，並在文學圈產生了重大迴響。

「文本誕生，作者已死。」可說是該篇文章的重點。我們在介紹「作品、文本、論述」（見323頁）的詞條中已然說明過「文本」一詞所側重的視野。而「作者已死」一詞聽來雖然聳動，但其實在十九世紀末便已有德國哲學家尼采（Friedrich Wilhelm Nietzsche）提出的「上帝已死」。「上帝已死」要討論的當然也不是指「God」會不會死，而是尼采認為當代歐洲人面臨了「上帝已不再是生命意義的來源或是道德的絕對秩序」，必須要重新思索生命意義。於是我們回頭再看羅蘭・巴特的「作者已死」，搭配

「文本」的概念與年代稍早的「新批評」（見370頁）風潮，便不難看出，羅蘭・巴特想針對的是：在閱讀跟評論文本意義的時候，「作者」的存在將完全離去——將「作者意圖」納入文本分析的思維應當終結。

請放心，是只有閱讀跟評論的時候。羅蘭・巴特在此特別要終結的「作者」，指的是「作者對文本詮釋的影響」，而不是作者本人。

但也請不要把「XX之死」的「終結」理解為全然消失，因為想要「終結」，首先意味著對方曾經存在過巨大的影響力；其次，終結不是消滅，而是要追求新思維的誕生。必須要理解理論家們所針對的情境是什麼，還有想要開啟的未來為何，才能不墮入字面上的誤解，錯過了理論所要提供的嶄新視野。

所以我們先複習一下新批評的主張：「讀者應當自其創作出的文本表現，來獲取作者可能的意圖，而非透過對作者本人的理解來尋求對作品的解讀。」從中可看出，新批評雖然已將「文本」視為「一個內在充滿各式結構、張力的完整體」，但在這個整體中，「作者意圖」依然是存在的，只是需要經過對文本的檢視。而「作者之死」則是徹底否定了「作者意圖」的存在。

但早年浸淫其中的羅蘭・巴特顯然已不甘於此，他聲稱，當前的文學批評，都是還太過於重視作者意圖與身分對文學文本的解讀，所以〈作者之死〉一文中主張：「文本」一旦完成，付印或發表在任何管道上時，作者便不再握有對文本的解釋權威。作者本人對作品的詮釋，也不過是眾多「讀者」對這個文本的解讀方法之一。需要注意的是，羅蘭・巴特並沒有否認「作者」本人的詮釋，而是要「排除」作者對文本詮釋的「權威」。而作者失去權威之後，我們還是要「就文本論文本」。所以，「作者之死」不代表讀者可以脫離文本逕行超譯，或是肆意否認作者個人的解讀——沒有權威的作者，他仍然還是存在的。

按照羅蘭・巴特的設想，從此以後，「文本」所產生的意義，將取決於讀者的評論與註解。「文本」的解讀將成為一個開放性的存在，並且因為不同時空、經驗的讀者們在閱讀過程中產生不同評論與發現，將餵養這個文本，為這個文本添加更豐富、強大的影響。文學之所以能夠不朽或製造強大的穿透力，在於優秀的文本抵達了一個又一個的讀者，而這些讀者的解讀又將不斷滋養、增厚文本的意義。

讓我們以一個較為戲謔的例子作結：二十一世紀的網路上充斥著各類迷因改編創作——如「女人吼貓」或「元首咆哮」——這些迷因圖元素的出處、原作者發表的動機，大都與其二創後要呈現的意圖無關。但正是因為「作者之死」，讀者們得以肆意連結，結合社群互動造成的註解，為這些「作品」持續添磚加瓦，持續創造出「莫名其妙」的張力。

互文性

想像你正在閱讀一本小說，故事中的主角本來過著平靜的生活。突然之間，某種不知名的疫情大規模爆發，受感染者失去所有人性、見人就咬。在毫無防備的情況下，主角被自己的鄰居咬傷了手臂。他奮力擊暈鄰居，驚魂未定……。

請你猜猜：接下來主角會發生什麼事？

如果你接觸過《惡靈古堡》（バイオハザード）或《最後生還者》（*The Last of Us*）一類的作品，應該已經看出來了：這是一部「喪屍」（zombie）題材的作品，主角接下來也會被感染，成為見人就咬的行屍走肉。但且慢，你不覺得這種推測有點武斷嗎？搞不好這是一部完全不同的作品，主角被咬之後有一半的機率會陷入重度憂鬱，只有一半的機率會變成喪屍呀！為什麼只要你是接觸過「喪屍」類型的讀者，幾乎都會不假思索往同一個方向猜呢？

從文學理論來說，這就是「互文性」（intertextuality）在發揮作用了。這個概念從巴赫汀（Mikhail Bakhtin）開始發展，最後由克莉斯蒂娃於一九六〇年代提出。「互文性」的理論認為，任何文學文本都不是由作者獨立創造出來的，而往往是作者吸納了過去的文學文本之後，有意識或無意識地轉化、重寫或重複的結果。大到情節結構、意象安排，小到用字遣詞、句法風格，莫不充滿前人、前文本的痕跡。

同樣的，讀者在閱讀時，也不是腦中一片空白，只被動接收文本提供的訊息。讀者也會帶著自己讀過的文本印象，與眼前的文本互動。由此，讀者可能會辨識出典故、常見的情節公式或似曾相識的手法；或者，讀者也可能會在這個過程裡，發現眼前的文本做出了某些突破。

總之，「互文性」認為，沒有任何一個文本是能夠單獨存在的，任何文本都是鑲嵌在網路裡面的一個節點。我們之所以能寫出它／讀懂它，是因為我們早就讀過類似的東西；我們之所以覺得它很秀異或很平庸，也是因為我們下意識拿它和過去的文本比較。文本不是被自身的特質所定義，而是被「所有其他文本」所定義的。反過來說，如果我們是對人類文化一無所知的外星人，突然拿到一部文學作品時，就算每一個字都認得，恐怕也無法理解文本的內涵，更別說品味其精妙之處了。

這也是為什麼，當你讀到「會咬人的感染者」，會立刻想起喪屍類型的所有公式；而寫下那部小說的作者，也因為有過去的類型傳統，所以能夠準確搭建起自己的世界觀。就算作者銳意創新，決定創作「被咬了之後會傳染憂鬱症的疫情」這樣的情節，我們還是能一眼就辨認出來：啊，這是喪屍類型的變體。

於是，不管作家是因襲傳統還是破格求變，都無法逃出「互文性」的網羅。這套理論向我們揭示了殘酷又真實的創作原理：作者的創造力，可能並不是文學作品的全部；對文學作品的褒貶論斷，也往往要建立在今昔比較之上。

對於有志投入創作的人來說，「互文性」也隱然暗示了「閱讀前人文本」之必要性——不只是要傻傻堆疊閱讀量，更是要不斷思索：文本裡有什麼東西，是能學起來為我所用的？又有什麼東西，是過往少見，我所能夠貢獻的？一旦理解「互文性」的原理，創作者就更能夠預測「讀者會如何解讀／評價我的作品」，從而更有意識地創作。比如你想創作詩化的散文，那想必要面對余光中〈聽聽那冷雨〉或言叔夏〈馬緯度無風帶〉；若要挑戰政治小說，黃凡與黃崇凱就是不可繞過的……。

如果所有創作都將成為文本網路裡的一個節點，那麼，要是能稍微推測自己將降落在哪個方位，至少可以減低迷路的機率。讀者也比較容易認出：原來你是你，而不是祂、他、她或它。

084

浪漫主義

你有沒有注意到，當我們談論文藝時所說的「浪漫」主義，跟平常提及愛情所說的「浪漫」，其實很不一樣呢？

如果你愛看文學書籍，可能被朋友稱為「浪漫的文藝青年」，你也一定聽過報章誇讚某名人「生性浪漫，雅好文藝」。人們常以幾項特質辨認浪漫：主觀、多情、充滿想像力與創造力。而當我們說一個人是「無可救藥的浪漫主義者」，往往也是因為那人不守成規、放浪不羈，甚至質疑理性，具有所謂的藝術家性格。

這麼說來，浪漫主義是一種對個人情感的強調，以及對群體理性的反抗。

對於個體感情的關注，向來是文學藝術的常見主題，然而，對理性與群體的批判，卻是在特定歷史環境下被激發而產生的。所謂「浪漫」一詞，其實是近代翻譯的產物。因此，我們若想追溯「浪漫」的真正意涵，必然要回到十八世紀末誕生的「浪漫主義」（Romanticism）。

浪漫主義源於十八世紀末的歐洲，在十九世紀上半葉到達顛峰，是一橫跨各藝術領域的文化思潮。作品重視情緒、直覺、想像力，多取材於各地自然環境、各個民族的傳統習俗，藉以反對單一權威、專制政治。

整體而言，浪漫主義提倡感性至上，反對啟蒙運動的理性崇拜。

啟蒙運動時期，思想家曾經樂觀地相信「進步」的價值，認為透過追求知識、提倡理性，人類將擺脫過去時代的無知與錯誤，迎來最終的自由解放。然而，經歷了諸多革命和戰爭，人們才恍然明白世界並非如此單純。

尤其在法國大革命之後，舊秩序遭到摧毀，新確立的資本主義制度卻遠不如啟蒙思想家所預想的那麼美好。新興的工商業資產階級在財富競逐中感到茫然；同時，沒落的貴族階級因巨變而沉溺於頹喪虛無。

社會中各階層，尤其是知識分子，回首革命時「自由、平等、博愛」的口號，以及那時自由主義所聲稱的個人自由和獨立性，對比眼前革命後的一切，感到深深失望。於是，無論是向內探索心靈，控訴社會對個體才情的壓迫，抑或向外歌頌自然環境，突顯人為知識的不足，人們無非是在尋求超脫的精神寄託，抒發對整個時代的情感失落。

這情緒反映在文化上，便促成了浪漫主義。

了解浪漫主義的基本概念後，讓我們看一看浪漫主義的文學。

縱向上，浪漫主義文學繼承了文藝復興的人本精神，以「人」為出發點來看待這世間。橫向上，它和隨後的現實主義（見341頁）共同造就十九世紀西方文學，成為兩大體系，並影響了後來的現代主義（見352頁）。這使得其後的文學作品或多或少都帶有一點它的影子，浪漫主義的特質在文藝創作上漸漸變得尋常，也就較少被特意指出。

浪漫主義在詩歌方面表現傑出，理論起於德國，其中成就最高的卻是英、法兩國。英國代表詩人有拜倫、雪萊（Percy Bysshe Shelley）、濟慈（John Keats），法國作家有雨果（Victor Marie Hugo）。

浪漫主義文學多取材於各地不同的民俗傳說，在不同國家也就有所差異，德、法、英的浪漫主義都各有特色。且隨時代發展，同一國內的浪漫主義也有早期和後期的區別。即使如此，浪漫主義文學仍有其一致性，如文學批評家韋勒克所歸納：浪漫主義文學強調想像，以突顯文學目的在於表現理想和希望，也以強調自然來突顯文學應抒發個體的主觀感受和情緒，更以象徵與神話來突顯文學的隱喻性、表現性。

韋勒克所點出的這些特質，可以在拜倫的詩歌中觀察到：

〈普羅米修斯〉（拜倫）

巨人！在你不朽的眼睛看來
人寰所受的苦痛
是種種可悲的實情，
並不該為諸神蔑視、不睬；
但你的悲憫得到什麼報酬？
是默默的痛楚，凝聚心頭；
是面對著岩石，餓鷹和枷鎖；
……
逆境會喚起頑抗的精神
使他與災難力敵相持，
堅定的意志，深刻的認識；
即使在痛苦中，他能看到
其中也有它凝聚的酬報；
他驕傲他敢於反抗到底，
呵，他會把死亡變為勝利。

此詩歌頌神話巨人普羅米修斯，以強烈情感一再呼喚、渲染其英雄形象。拜倫藉此巨人象徵了反抗壓迫者的決心，並寄寓自己的理想。

以個體對抗世界，以心靈對抗現實，這正是浪漫主義的精神。

現實主義

聽到「現實主義」（Realism），你會聯想到什麼呢？是現實生活的現實？還是跟幻想相反的現實？其實，與這個詞條有個相關聯朋友，就是「自然主義」（見344頁）。在該詞條中，提到了對於事物的詳細描寫。首先，我們希望你先知道，這兩個詞條都有一個很重要的中心：對於描寫對象不加矯飾地呈現。相對來說，現實主義則更傾向對於描寫對象所在的社會予以批判。

為了區分這兩個詞條，容我們用下頁的簡圖來表現。自然主義（科學上的）先影響了文學上的現實主義，奠定了「呈現客觀事實」這一原則。接著，才延伸出了「自然主義」這個「對於主體不加以批判」的寫作流派。看完了很容易產生誤會的流派演變，接著我們來談談「現實主義」的內涵。

現實主義文學力圖描寫當下的世界，全力描述人情世故、不同階級、不同性別或不同族群的樣態。因此，在現實主義小說中，常常出現「典型人物」：也就是將小說的角色，視為某一種人的「樣本」，凸顯他的樣態。當現實主義小說出現一名農夫或一名工匠時，他可能不只代表他自己，而是代表「某種農夫的典型」、「某種工匠的典型」。如此一來，作家便能以一部小說的篇幅，成功擷取某一部分的社會現實。

一開始，十九世紀的現實主義並不強調描寫特定階級。如法國的巴爾札克（Honoré de Balzac）、福樓拜（Gustave Flaubert）等作家，作品中兼有各個階層的角色。但到了二十世紀初，隨著蘇聯的崛起，許多現實主義作家響應了左派思潮，而有了「社會主義現實主義」的趨向，更加強調描寫底層、無產階級、「被汙辱與被損害」（語出杜斯妥也夫斯基〔Fyodor Dostoevsky〕）的人們，從而有了更尖銳的批判傾向。

而在台灣，現實主義與「新文學運動」同時出現於一九二〇年代，可以說是深植在台灣文學基因裡的一種流派。也由於前述的脈絡，台灣的現實主義文學

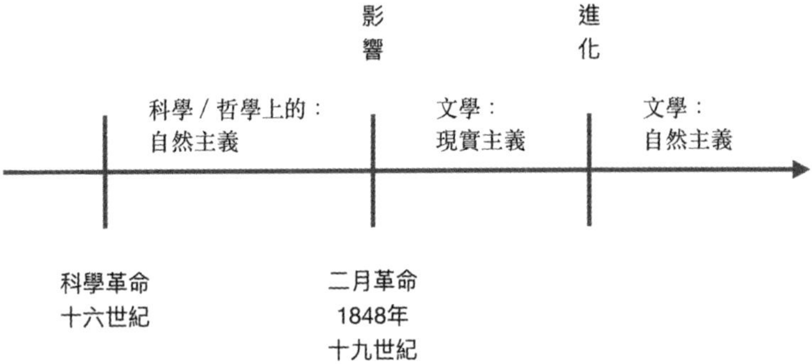

從一開始就多少帶有左派精神。比如賴和〈鬥鬧熱〉描寫民眾迎神與迷信一擲千金的現象；張我軍〈買彩票〉則呈現了留學生的經濟困境。

由此開始，台灣文學便不斷有現實主義的作品出現。不管是以日文書寫的呂赫若〈牛車〉、楊逵〈送報伕〉，還是戰後吳濁流的《亞細亞的孤兒》與鍾肇政的《魯冰花》，乃至於後來「鄉土文學」當中的黃春明、王拓等人，都是現實主義的代表作。這些作品手法各異，但基本上都繼承了「批判性地描寫現實」的意識。

即使到了當代，台灣文學仍或多或少帶有現實主義的色彩。即便很少作家以這個名號自稱，但作家從對「議題性」的重視，便可看見其中關聯；而鼓勵描寫當下的時空，較為疏遠架空的、幻想性的作品，也帶有現實主義的精神。因此，可以這麼說：雖然現實主義早就不再是最新銳的文學思潮，但它卻早已成為台灣文學的底蘊，與其他文學流派一同共生茁長。

080

自然主義

討論文學時聽到「自然」一詞，你最先想到的是什麼？是網路書店分類某本書為「自然書寫」？還是文學獎評審誇讚某篇作品「自然流暢」？「自然」一詞乍看之下十分廣闊、包山包海，意涵也隨著情境改變。

我們可以粗略切分「內容關於大自然」和「風格上的自然」兩種意涵。所謂「自然書寫」屬於前者，內容描寫大自然環境（真的既包「山」又包「海」）。然而，本篇我們將聚焦的是後者——風格上的自然。「自然主義」（Naturalism）文學即是以「自然」作為形式美學主張，產生於十九世紀下半葉的文學流派。

「自然主義」強調對於現實經驗的詳細描述，顯現了生物學等科學理論對於文學流派的影響。其主要成就在於小說，代表人物有左拉（Émile Zola）、莫泊桑等人。

起初，「自然主義」為科學哲學之思潮，主張以經驗觀察去解釋世界，排除無法被實證的各種超自然因素（諸如神靈、鬼怪、詛咒、預言等），強調具體的事實和現象，而隨著科學理念的流行，「自然主義」思潮於十九世紀後半進入文學，改變了當時歐洲文學兩大派之一的現實主義（另一派為浪漫主義）。

秉持著科學界自然主義之觀察與記錄現實的精神，「自然主義文學」不似浪漫主義文學那般熱情灌注想像力，也不似現實主義文學那般高聲批判。自然主義作家認為，作者應該以敘事為主，不應置入作者的想像或觀念，以呈現純粹的真實、客觀。此處我們以莫泊桑〈羊脂球〉（Boule de Suif）一段為例：

> 突然，普魯士軍官出現在街口那頭。在一望無際的雪地上，遠遠地勾勒出他那穿著軍裝的細高身影。只見他走路時雙膝向兩側撇開，這是軍人特有的步行姿勢，因為是怕弄髒了精心擦亮的皮靴。
>
> 從太太們身邊走過時，他微微彎腰致意，對幾個男人，則輕蔑地瞧了一眼，而這幾個男人也有點尊嚴，並未脫帽……。

此段，莫泊桑僅僅敘寫場景與人物動作，並未做多餘評論。然而，軍官的性格形象、其他男性與軍官的敵視關係，皆在這平實的描寫之中，更加突顯了出來。

雖然自然主義「詳實紀錄」的理念繼承於現實主義，但它明顯修正了現實主義文學的常見弊端（諸如為了推動社會改革而生的長篇說教、呆板的典型人物），大大提升了現實主義小說的藝術高度。再者，自然主義文學為了保持客觀抽離的敘述手法，也傾向減弱戲劇性，不刻意追求變化、曲折或反轉，只求自然而然地向讀者提供生活的詳實記述。

自然主義代表人物左拉有一段話揭示上述創作理念：

我看見什麼，我說出來，我一句一句地記下來，僅限於此；道德教訓，我留給道德家去做。

這段話的後半，「道德教訓，我留給道德家去做」，點出了核心。左拉突顯了自然主義在文學美學上的重要地位，也就是主張文學不需要服務於道德教條，不應為了其他目的而扭曲客觀現實。

而當歐洲的自然主義傳到日本時，又變化出不一樣的風貌。二十世紀初期，日本作家島崎藤村、田山花袋、正宗白鳥等人開啟了日本文學的自然主義浪潮。他們同樣強調「不加批判、客觀描寫現實」，然而日本的自然主義作家卻更聚焦描寫「個人所能接觸到的生活現實」。因此，日本的自然主義作家甚至演變出暴露自身經驗、描寫內心陰暗面的「私小說」。這種思路，是歐洲自然主義文學罕見的。因此，當我們談到「自然主義」，必須先確認是「哪一國的自然主義」。

接著，日治時期的台灣文壇也從日本文學當中接觸到自然主義，進而受到影響。當時重要的小說家張文環，其名作〈閹雞〉就帶有自然主義色彩。

以當代的文學觀來看，自然主義小說所追求的「絕對中立客觀」或許顯得不切實際，然而其主張的價值，尤其文學不應被政治、宗教或道德等觀念過分介入，仍深深啟發了後代寫作者。現代主義文學對人類心理矛盾的真實反映、對現代生活壓抑的描寫、模糊乃至薄弱的情節安排等特色，都可視為自然主義遺痕。

因此，雖然「自然主義」的巔峰期相當短暫，但卻有著承先啟後的重大意義。

馬克思主義

資產階級……迫使一切民族——如果它們不想滅亡的話——採用資產階級的生產方式；它迫使它們在自己那裡推行所謂的文明，即變成資產者。一句話，它按照自己的面貌為自己創造出一個世界。

——馬克思（Karl Marx）與恩格斯（Friedrich Engels），《共產黨宣言》（*Manifest der Kommunistischen Partei*）

看電影時，如果我們說某部電影是「商業大片」，很少是稱讚電影「具有開創或藝術性」。通常是指電影重金聘請知名演員、砸錢打造視覺效果、劇情迎合觀眾的口味，因此預期票房會很可觀。

整個商業大片的製作彷彿工廠流水線，動作、警匪、科幻、愛情，各種類型任你在售票口挑選，但當你拿著爆米花進了影廳，感覺每部電影都如此相似，卻又說不清問題在哪。

那不妨套上「馬克思濾鏡」去觀看作品，或許會有完全不同的體驗。

馬克思主義（Marxism）思潮在十九世紀中後期開始席捲各個領域，當然文學也不例外。馬克思主義文學批評關注在藝術的生產過程，以及作品對現實世界的影響。與先前提到的自然主義、浪漫主義這類以創作者視角出發的思潮不同，馬克思主義更多是從讀者、評論的視角出發，如同女性主義關注作品的性別要素，馬克思主義文學則關注作品的階級要素。

在馬克思主義裡，人與人之間的「階級」主要是以經濟狀況來區分的。因此，馬克思主義特別重視經濟對社會的影響，由此產生的文學理論，也會著力探討「經濟如何影響文學」。因此，馬克思主義文學批評常常援引「下層建築決定上層建築」的概念。所謂「下層建築」，就是經濟條件和生產關係；「上層建築」則是文化、政治、法律、意識型態等等抽象的、精神性的產物。也就是說，一個社會的經濟和物質，會很大程度影響到文學藝術的發展。

舉例來說，一個沒有盛產大理石或者不具備開採技術的地方，就很難發展出石雕藝術。相反的，一個以農業為主的社會，就有可能產生較多的田園書寫或農民文學。

因此，馬克思主義不只會關心「作品寫了什麼」，更會注意「是哪些條件讓作品產生的」，並且將之納入評論的內容當中。以開頭的「商業大片」為例，馬克思主義可能就會批判電影工業如何以資金、技術與行銷資源，生產出大量平庸的消費性作品，進一步攫取龐大的商業利益、並且麻痺社會大眾，使人們失去對資本主義的警覺。

批判資本主義所造成的階級不平等，是馬克思主義的核心。因此，除了上述針對「藝術生產過程」的討論外，過去一個多世紀以來，也有許多作家受到這股思潮的影響，嘗試在自己的創作裡反映階級不平等。這些作品，常常都以「現實主義」為旗號，主張文學應該處理現實問題——此處的「現實問題」，往往就是馬克思主義視角下的階級分析。

自一九二〇年代台灣新文學誕生起，現實主義就一直是台灣最重要的文學傳統之一。日治時期的賴和、楊逵等作家，描寫日本殖民政府如何與資本主義結合，壓榨殖民地的台灣人；戒嚴時期亦有「鄉土文學」的黃春明、陳映真、王拓等作家，描寫美國、日本的跨國企業和消費文化如何入侵台灣，改變了台灣社會的面貌。這些作品，都或多或少帶有馬克思主義的色彩。

其中，黃春明〈蘋果的滋味〉可說是最具代表性的作品。故事講述一名台灣工人，意外被美國人駕駛的轎車撞斷了腿。工人全家本來陷入愁雲慘霧，沒想到美國人不但支付醫療費用、給予大筆生活費，還願意帶他的「啞巴女兒」去美國讀書。小說的最後一段，一家人圍在工人的病床前，吃起了美國人贈送的昂貴蘋果：

咬到蘋果的人，一時也說不出什麼，總覺得沒有想像那麼甜美，酸酸澀澀，嚼起來泡泡的有點假假的感覺。但是一想到爸爸的話，說一只蘋果可以買四斤米，突然味道又變好了似的，大家咬第二口的時候，就變得起勁而又大口地嚼起來，噗喳噗喳的聲音馬上充塞了整個病房。原來不想吃的阿發，也禁不起誘惑說：

「阿珠，也給我一個。」

整篇小說以喜劇的筆調進行，帶有強烈的諷刺意味。美國的紐約有「big apple」的別名，所謂「蘋果的滋味」，實際上就是「美國－資本主義的滋味」。由此來看，上面這段文字的「假假的感覺」，正非常精準地點出了資本主義的本質——看似十分甜美，但這種「甜美」實際上可能是被行銷出來的。而在這些甜美的利益面前，工人阿發全家人都忘了，這一切是從「美國－資本主義」撞斷了他的腿開始的。蘋果的滋味掩蓋了背後慘痛的代價。

雖然到了二十一世紀之後，古典馬克思主義以「經濟」為唯一考量的「經濟決定論」已經受到許多挑戰，然而，馬克思主義仍然在文學史有著舉足輕重的地位。不管同不同意它的階級分析，它都是深入研究文學所必須理解的重要概念。

現代主義

我們有感於舊有的藝術形式和風格不足以表現我們作為現代人的藝術情感，所以，我們決定試驗，摸索和創造新的形式和藝術風格。

——劉紹銘，《現代文學》第一期

上述是《現代文學》雜誌的前言。這是一九六〇年代的現代主義（Modernism）文學雜誌，由台大外文系的白先勇、歐陽子、王文興、陳若曦、李歐梵、劉紹銘、葉維廉與郭松棻等人所創辦。那句話最能彰顯現代主義精神的有兩部分：感於舊有的藝術形式和風格不足；摸索和創造新的形式和藝術風格。

這段話也表明現代主義的核心價值，就是試圖與舊有的傳統決裂。

現代主義是源自西方的概念，可追溯到一八九〇年代工業化時期，社會相信理性與效率會帶領人類走向美好未來。然而實際上，人們卻在這當中感受到強烈的孤立、疏離感，於是人們開始質疑社會的主流價值。

這個質疑成為現代主義的開端，文學作品開始試圖與傳統文學決裂，進行形式或概念上的突破。現代主義大致可分成兩種突破，一是形式上的突破，例如打破敘事的連續性、傳統的構句等，例如福克納《我彌留之際》（*As I Lay Dying*）的某些章節，刻意不使用標點符號來描寫人物的內心世界。

現代主義的另一種突破是顛覆傳統對「美」的認知，故意書寫傳統視為醜、惡以及禁忌的主題，像是性、暴力、死亡以及人性的黑暗面等，甚至「以醜為美」，顛覆傳統對美學的認知，像是波特萊爾《惡之華》（*Les Fleurs du Mal*）收錄的〈腐屍〉（Une charogne）：

戀人唷，想想我們看見的景物，
　在那涼爽夏日的早上：
在小徑的拐角，一具醜惡腐屍，
　橫在碎石鋪成的床上，
兩腿高舉在空中，像淫蕩的女人，

熱呼呼而且滲出汗毒，
以一種滿不在乎的無恥和厚顏，
露出充滿惡臭的肚子。

可是，生根在西方的現代主義，是怎麼漂流並會合進台灣文學的呢？源頭要從日治時期說起。當時在日本留學的台灣知識分子，他們最先接觸到翻譯成日文的西方現代主義作品，再加上當時的日本文壇也受到西方現代主義的影響，試圖突破傳統文學的體制，開創了新的文學流派。這群台灣留學生將這些新的文學刺激帶回台灣，嘗試將現代主義融合進台灣的小說、現代詩當中。

特別的是，現代主義能讓台灣作家有新的發揮空間，以龍瑛宗在一九三七年發表的〈植有木瓜樹的小鎮〉最後段落來舉例：

陳有三於醉眼的白色幻象中，浮起死者的遺言：有如黑暗洞窟的心中，吹來一陣寒風，突然渾身戰慄起來。

句中幻象浮起的是死者的遺言，內容有黑暗洞窟、寒風、戰慄，鋪墊內心深處的黑暗與痛苦，是現代主義常見的技巧。不過，作者巧妙利用現代主義風格，來表達殖民地台灣青年對不公社會的無力感。

但很可惜的是，日治時期的現代主義文學到了戰後，因為語言政策轉換的關係，台灣作家無法繼續使用熟悉的日語來寫作，剛萌芽的現代主義便因此斷根。

現在我們較熟知的台灣現代主義，是一九六〇年《現代文學》雜誌以降所定調的現代主義。聶華苓曾在〈現代鄉土之間：白先勇對談黃春明〉中回憶道：「從前文學基本上就是為政治服務，台灣全是一片的反共聲音！……那個時候的我們其實都秉持不牽涉政治的原則，《現代文學》真是一股很清新的氣息。那個時候的創作並不是那麼多，我也不懂任何主義的，包括什麼功能主義、三民主義等等。我覺得《現代文學》就是一個創新吧。」而在場的白先勇也補充：「我們那本現代主義雜誌，我想警備總部也拿去看的，不過看了也看不懂，他們也不知道我們在搞什麼，那就算了。」

兩人的描述體現當時的年輕作家，渴求擁有不被政治束縛的天地，因此《現代文學》雜誌的出現，讓作家得以用現代主義書寫超脫現實的主題，免於敏感的政治審查。

戰後的現代主義寫些什麼內容呢？以七等生在一九六七年發表的〈我愛黑眼珠〉為例：

> 我承認與緘默我們所持的境遇依然不變，反而我呼應你，我勢必拋開我現在的責任。我在我的信念之下，只佇立著等待環境的變遷，要是像那些悲觀而靜靜像石頭坐立的人們一樣，或嘲笑時事，喜悅整個世界都處在危難中，像那些無情的樂觀主義者一樣，我就喪失了我的存在。

這段出現在主角決定拋棄妻子、選擇妓女的時刻，乍看是道德兩難選擇，但進一步拆解文本，或許是作者對現實狀況的嘲笑。現代主義對抗的不僅是傳統，還包含對社會現況的抗議。

即使現今距離現代主義的起源已經過了一百多年，但現代主義依然殘存在許多文學作品中，延續質疑的眼神觀測著世界，作為現代主義最重要的精神遺物。

象徵主義

明指是破壞，暗示是創造。

——馬拉美（Stéphane Mallarmé）

「象徵」的歷史悠久，至今依然是近代文學中最常見的修辭手法之一。在詞條「象徵」（見028頁）中，我們也曾經介紹過它的概念。值得注意的是，「象徵」與「象徵主義」（Symbolism）兩者並不相同。

「象徵主義」的起源並沒有「象徵」那麼悠久，它起源於十九世紀中後期，是現代主義文學的核心分支，涵蓋「詩歌」與「戲劇」兩大領域。法國詩人莫雷亞斯（Jean Moréas）首先於一八八六年在《費加洛報》（*Le Figaro*）上發表的〈象徵主義宣言〉（Le Symbolisme）一文，標誌出象徵主義的誕生。象徵主義帶著明確的意識，在當時瀰漫哀愁的世紀末氛圍裡，象徵主義反對當時的拘謹保守，同時也拒絕直接描摹現實。這份宣言指出：「讓詩歌給『理想』披上『感覺形式』的外衣，詩人的任務是描寫生活內在的奧祕。」他們反對過去的教條傳統，轉而以暗示、意象、象徵等手法來表現內心世界，引起廣大迴響。部分文學史家認為：象徵主義是西方「古典文學」與「現代文學」兩者的分水嶺。

這個具有特定歷史脈絡、以西方詩人為大宗的思潮運動，也被稱為「象徵派詩歌」（symbolist Poetry）。隨著現代派的百花興盛，象徵主義在不同的藝術領域中，為十九世紀的歐洲文化帶來極為繽紛的樣貌。在文學的領域裡，前期象徵主義的代表者有波特萊爾、馬拉美，後期則有里爾克（Rainer Maria Rilke）等人，每一個名字都有沉甸而堅實的重量。

這些西方思潮也影響了中國「現代派」的詩人與知識分子。陳獨秀所創辦的《新青年》曾大力引介，文學表現則是以李金髮、戴望舒等人最具代表性。戰後在台創辦了「藍星詩社」的詩人覃子豪也曾受到其影響，引介了許多「象徵主義」的西方作品——然而，覃子豪在〈論現代詩〉一文中曾經如此闡述自身立場：

> 我不是一個唯象徵主義者，也沒有說過「只有象徵詩才是詩」。……台灣詩壇的主流，既非李金髮、戴望舒的殘餘勢力；更不是法蘭西詩派（指法國象徵主義）

新的殖民。台灣的新詩接受外來的影響甚為複雜，無法歸入某一主義、某一流派，是一個接受了無數新影響而兼容並蓄的綜合性的創造。

綜觀而言，我們上述談論的「象徵主義」有其歷史淵源，在文學史的尺度上也有其文學意義。不過隨著各種思想的互相融合、傳承、演變，作為當代的寫作者，更重要的或許是去感受、思考、實踐——在所有基礎之上，下一步的創造會是什麼。

090

超現實主義

超現實主義（Surréalisme）最早是在法國發起的一場文化運動，其思潮帶有顛覆、不合邏輯、直覺導向的美學傾向。超現實主義的前身為反戰、意欲摧毀一切倫理秩序的達達主義（Dada）。在一九二四年達達主義宣告分裂，以法國理論家安德烈．布勒東為首的另一群人在巴黎另組流派，即是「超現實主義」。

同年，布勒東發表第一次〈超現實主義宣言〉（Manifeste du surréalisme），開創性地宣告了心靈的純粹、自由與無意識：「超現實主義將夢境與『外在現實』之間的衝突消解，創造出一種內心絕對的現實——即是超現實。」它看似披著一副「不現實」的外殼，表現手法呈現出種種錯位與不合邏輯，然而對超現實主義而言，「心靈內裡的現實」才是他們在藝術領域上所追求的「現實」。例如西班牙畫家薩爾瓦多．達利（Salvador Dalí）那只彷彿流體狀的、扭曲的時鐘；商禽的超現實主義詩作〈滅火機〉，眼中有兩個滅火機的敘事者。因此商禽說：「我不是超現實主義者，而是超級現實，最最現實。」

當然，這些例子只是冰山一角。超現實主義在一九二〇年代盛行於歐洲，不僅前衛地抹除了「夢」與「真實」兩者的絕對，也跨越了國界與媒介的限制，對世界各地的思潮帶來相當程度的影響，成為西方現代文化具有指標性的存在。時至今日，無論在當代戲劇、文學、繪畫、建築、電影等各種領域，都能看見超現實主義的影子。

單以台灣詩史的發展脈絡來看，超現實主義其實是扮演了某種隱微而重要的角色，並且持續受到各世代詩人的關注。早在一九三三年的日治時期，台灣文學史便出現了第一個提倡超現實主義的「風車」詩社；到了戰後，不僅有紀弦主事的《現代詩》高舉「新精神」宣言，廣泛譯介、提倡許多超現實主義作品與詩論，由瘂弦、洛夫等人創辦的《創世紀》詩刊，更是戰後超現實主義的集聚地。

崇尚直覺、潛意識、夢囈的超現實主義，在文學技法上也提倡「自動書寫」（automatic writing）——為了不受語言成規、文學慣例的干擾，以純粹的精神與直覺來寫作，並且反對事後修改。比起文學，這或許更像是對語言本身所開展的冒險。心靈是有風險的，文學亦是。以下為安德烈·布勒東在第一次〈超現實主義宣言〉一文中所給予的創作建議，請小心服用：

盡可能不要去想自己的天資才能，或者其他人們的天資和才能。而請在心中牢牢記著，文學即是一條通向所有東西的最可悲的道路。不要事前預訂要寫什麼地快速地寫吧。不要有躊躇，或者再讀的心情。那麼不一會兒最初的文章，就會水到渠成了。[1]

這是超現實主義在八十年前就說過的危險寓言：務必要愛著你的想像力，無論那將會帶你通往哪裡。

1　本文引述的第一次〈超現實主義宣言〉為葉笛譯本，此處節錄為葉笛於一九六六年在《笠詩刊》所發表的布勒東〈一九二四第一次超現實主義宣言〉之節譯。非直譯，而是透過日文譯本翻譯為中文。

存在主義

> 無論幾次，我依然選擇輪迴，無數次的探尋，尋找唯一的出口。尋找能將你從絕望命運中拯救出來的道路……。
>
> ——《魔法少女小圓》（魔法少女まどか☆マギカ）

你認為，人的存在是有意義的嗎？是因為有一個需要被實踐的意義，所以人才存在，還是得先有一個獨立的「人」存在後，生命的意義才能被創造出來？

若你傾向後者，那存在主義（Existentialism）正在對你敞開懷抱。「存在先於本質」（l'existence précède l'essence），這是沙特（Jean-Paul Sartre）為存在主義留下的代表性論述。

這句話的關鍵在於強調：人之所以存在，除了「人」本身之外，並沒有任何先天決定的元素，例如道德或靈魂。「道德」和「靈魂」，這類看似為生命核心相關的概念、意義、價值，在存在主義者眼中，都是人先經歷誕生，經驗了生活，然後才在自由意志下去創造出來的東西。正因為人的誕生本身沒有意義，所以人類是在體認到自己的存在後，基於選擇與行動，為自己的生命創造出價值，因此「存在先於本質」。

以反例來思考，或許會更清楚。比如刀叉、桌椅等「工具」的發明，就是「本質先於存在」——我們需要某個功能，於是發明了某個工具，這個工具的存在，是為了實踐它之所以誕生的理由。

存在主義是一個對二十世紀影響深遠的龐雜流派，相關人物有齊克果（Søren Kierkegaard）、卡夫卡、杜斯妥也夫斯基、尼采、沙特等人。存在主義強調的核心與方法相當駁雜，試用以下兩點粗淺概括方向：

1、「存在」是經內心體驗後的生活：獨立的客觀事物並不存在，唯有親自感覺到的存在為真。

2、人最真實的存在，在於：獨立、不被「理性」或「效率」拘束的意識，於是人的偉大在其「自由」。

綜上所述，存在的意義與表現，在於人意識到自己擁有「進行選擇和決定行動的能力」之自由，而不是依照某種先天的本質或是來自外部的力量，來主宰自身存在的意義。比如說，你不會因為自己是男性，所以就一定得剪短髮，你應該認知到自己有選擇髮型的自由，並從而獲得自身存在的意義。在這樣的案例裡，「男性」就是先天的本質，它不應該拘束你的選擇。

可以說，存在主義之所以強調個體的「自由」，與歐洲人對其所經歷過的「中世紀的神本思想」和「科學革命的理性思潮」，所進行的深刻反思有關。本來歐洲人以科學取代宗教，相信自己打造了更進步的世界。不料，科學力量卻被用在世界大戰，這使得他們開始質疑：高度發展的科學卻帶來大規模的毀滅，這真的是合理的道路嗎？如此一來，既無「神」可以依靠，也無「理性」可以依歸，荒謬虛無的感受應運而生。

「存在主義」作為一個文學流派，遂在此時迅速發展。各式創作者以各自的手段探討人生於世的虛無與荒謬。

最著名的存在主義作品，當屬卡繆（Albert Camus）的《異鄉人》（*L'Étranger*）與《薛西弗斯的神話》（*Le Mythe de Sisyphe*）。前者以主角對於母親之死的冷漠反應貫穿故事，鋪陳人與社會如何疏離，於是，堅持自我的人必然成為無法融入現實世界的「異鄉人」。而薛西弗斯是在希臘神話中，一個為了享受生活、逃避死亡於是觸怒眾神的人類，他受罰必須將巨石推到山頂，但巨石一旦到達山頂，就會再度滾落山腳。於是「薛西弗斯」一詞，意味著「永遠重複著徒勞無功的舉動」。在卡繆筆下，這像極了「人生」這回事。

然而，卡繆提出了一個「荒謬」的概念，來解讀這則神話：若薛西弗斯意識到自己的努力是無意義的，但他每一次依然決定將滾落的巨石重新推上山時，這便已不再是懲罰。他已成為自己生活的主宰、已戰勝了神靈，是他自己創造了自己的命運。類似的思考也影響了許多往後的作品，比如文前所引的動畫《魔法少女小圓》或電玩《尼爾：自動人形》（ニーア オートマタ）。

值得一提的是，存在主義的文學表現手法固然相當多樣，並在一九六〇年代，透過《現代文學》雜誌引進台灣，但由於戒嚴政治下的精神禁錮，台灣的寫作者們自存在主義中吸收的，是消極、虛無與灰暗等元素，而忽略了後半段「自由選擇」、「自己創造自己的命運」的成分。如王尚義的小說集《野鴿子的黃昏》，竭力描寫一代人如何壓抑自我、遊走在社會邊緣；陳映真的短篇小說〈我的弟弟康雄〉，探討無政府主義青年康雄，如何懷抱理想成為一個「虛無者」，卻又因無法擺脫內心的脆弱與自溺，於是自我了結。

時間來到二十一世紀，人們存在的時空與社會或許已然有所改變，但對於「自我」的存在、宿命的意義，仍然是無法不感到困惑的吧。

今天的你，也還在堅持著感知到自我嗎？

兩個根球論

台灣現代詩的淵源，只有詩人紀弦主事的《現代詩》嗎？當年「現代派」有沒有本土詩人活躍其中？有。但我們可以從《笠》詩社的創始成員、詩人陳千武於一九七〇年代「兩個根球論」（亦稱兩個球根論）出發，窺見另一段歷史記憶的伏流。

陳千武認為，台灣的新詩能夠在短時間內脫離古典文學，並獨立展開出自身的樣貌，絕非偶然。綜觀詩史源流，促成現代詩開花結果的「球根」有主要兩個：其一是外省詩人紀弦、覃子豪來台，從中國移植而來的現代派；另一個球根，則可溯源自日治時期的發展。長達半世紀的殖民史，許多台灣人自然也在成長過程中，受到「內地」（殖民地日本）新思潮的影響，而同樣萌芽了現代主義精神。

在這篇文章中，陳千武也列舉了許多生於日治時期，作品帶有現代性風格的詩人，例如王白淵、張冬芳、巫永福、郭水潭、楊雲萍。從現代眼光看來，陳千武提出的論點與作家名單不免有所疏漏，畢竟當他一九七〇年提出「兩個根球論」時，四十年前曾經活躍於台南的超現實主義（見360頁）詩社「風車詩社」尚未出土，幾乎不被當時的文壇所知悉。但陳千武的「兩個球根」隱喻，確實以先行者之姿，鬆動了原先在華文詩壇的（中國五四新文學運動→戰後台灣）單一史觀。只是，陳千武的論點全然是為了對抗主流史觀嗎？或許未必。

正如文化會互相傳播影響，根球也會互相融合。例如當提及同一個世代經歷跨越語言（政權）轉換的詩人們，陳千武就如此寫道：「他們所留下的日文詩雖然已無法看到，但繼承那近代新詩精神的少數詩人們——吳瀛濤、林亨泰、錦連等，跨越了兩種語言，與紀弦他們從大陸背負過來的『現代』派根球融合，而形成了獨特的詩型使其發展。」便印證了各種合作的跡象。而跨語世代的本省詩人林亨泰，本身也是紀弦發起「現代派運動」的核心成員之一。因此，陳千武提出的「兩個根球論」，其實也點出了不同出身的詩人如何跨越界線，彼此既競爭又合作的歷史。

除了島內詩人彼此的交會，陳千武的這篇「球根論」本身就是跨越了界限的最佳明證。一九七〇年代，笠詩社編輯委員會在日本出版了《華麗島詩集：中華民國現代詩選》一書。企畫廣納多個詩社，以中日文雙語並置的方式，選錄了當時六十四位台灣詩人的作品，其中包含：紀弦、羅浪、洛夫、林亨泰、陳千武、詹冰、杜潘芳格、黃靈芝、余光中、葉珊等風格迴異的詩人，搭起戰後台日詩歌的對話橋梁。

面對跨國、跨語、跨世代的各種艱難問題，文學必須肩負起它的使命，同時也肩負起它自己。詩人在文末以積極的口吻，鼓勵詩人們持續反思，開展新的視野。陳千武所提出的「兩個根球論」，因而完整了我們對台灣詩史理解的這篇重要文章，標題直白且大氣：〈台灣現代詩的歷史和詩人們〉（台湾現代詩の歴史と詩人たち）。

093

新批評

你是否也曾在國文考試中，面對「新詩填空」或是「作者情感解讀」的考題時，感到棘手？我們怎麼知道作者在想什麼？出題老師又是怎麼知道的？甚至，出題老師憑什麼在沒問過作者的情況下，就給出答案？

事實上，還真有一種理論流派，是主張「不必問作者」的，那便是本文要談的「新批評」（New Criticism）。

自文藝復興以來，以傳統人文主義為主流的思考中，認為正確的理解一部作品，就是必須「探究作者想要傳達的概念」，所以也同時會考慮作者的傳記資料。但二十世紀起，西方人文學者們針對「文學」的當代性有了全新開展，探討「文本」（見323頁）形式與意義的討論蓬勃發展，並開始告別傳統的思路，普遍認為「文學」閱讀需要關注的是「可以在作品內讀到的東西」，比如作品的形式、結構、語言，而不是文章以外的作者生平。

「新批評」就是其中最具代表性的流派之一。它的核心論述是：文學文本是一個內在充滿各式結構、張力的完整體。當你閱讀一篇小說，文本意義的主要來源即是：你所閱讀的語言文字本身，和其排序所組合成的結構。在閱讀理解的過程中，應先避免受到來自文本以外，如作者生平、他者風評、權威解讀等外部因素的直接影響，那些都不是你在閱讀時應該優先考量的。你應當直接去解讀「你所讀到的那些字句」，而且專注於那些字句，不要受到外部因素的干擾。

新批評學者提出了兩種常見的外部干擾，希望讀者能夠避免，那就是：「意圖性謬誤」與「情感性謬誤」。

先從比較關鍵的「意圖性謬誤」開始談起。該主張認為，我們在閱讀過程中，應避免落入「這是作者想要說什麼？」的思維。一旦將重點轉向考究作者本人，並受其影響，便會忽略文本自身的表現與打造出的體驗。作者本人的意圖當然可能影響其創作，但讀者應當自其創作出的文本表現，來獲取作者可能的意圖，而非透過對作者本人的理解來尋求對文本的解讀。比如說，如果你先入為主認為眼前的文本是非常厲害的作家寫的，你就有可能高估文本，甚至可能會覺得「讀不懂是我的錯」，因而忽視了文本可能的缺點；或者，你可能也因為得到了「某人是同志作家」的資訊而受到誘導，把他的創作都往同志議題的方向解讀，忽視了其他可能性。這就是過度看重作者意圖所可能產生的偏誤。

並且，作者本人的意圖該如何佐證？若以本人親自證實為真，那如果作者對自己作品的理解與詮釋產生改變了呢？或是作者已不在人世，我們不就永遠失去了探究文本意涵的路徑了嗎？所以，我們應當避免「以作者為意義來源」的閱讀理解，才能避免落入「意圖性謬誤」，盡可能保持「讀到什麼就是什麼」的持平之心。

而「情感性謬誤」，則是要求讀者閱讀時應排除自身的背景、宗教、性別、文化等差異，避免我們主觀代入自身的想像，產生對文本的超譯與誤解。比如說，我們不能因為自己有過被劈腿的經驗，就認為「只要寫到劈腿的都是爛作品」；也不能因為自己信仰基督教，就做出「所有文本都在貫徹上帝的旨意」之解讀。這種讀法，就會產生「情感性謬誤」。

透過以上兩個主張可以看出，新批評追求的是一種「對文本盡可能客觀分析」的解讀，並跟過往「以作者為中心的詮釋方法」做出轉向與區隔。為了實踐其主張，新批評學者還提出「細讀」的概念。既然文本本身是一個完整的有機體，那麼文本中必然有個使其運轉、拼湊的結構；為了組成結構，則會有無數個促成該結構產生的角色、事件、背景等，而將角色事件背景展示出來的則是一個又一個微小的細節……。讀者的任務，就是找出這些細節有什麼功能、如何組織，如何導致我們所獲得的閱讀體驗。

看見了嗎？文本本身就是一個充滿著浩瀚璀璨、層層運轉的風景，只要你摒棄外部影響，細細品味，它所組織起的一切，從細節到核心，就是最正確、完整的解釋。如此一來，你就可以不必遷就於作者，從文本裡挖掘出自己的解讀。

新批評的主張，因而既理性又浪漫：每個人都可以透過這套方法，親自打開天窗，自己去一探窗外的風景。

結構主義

你可能看過這種文學導讀班海報：「七堂課帶你拆解莎士比亞」。

你接著往下讀，一堂課拆解《羅密歐與茱麗葉》（*Romeo and Juliet*）的悲劇元素、一堂課拆解《馬克白》（*Macbeth*）的人物關係、拆解《哈姆雷特》的對話……這時你不禁困惑：怪了，文學作品難道是一個個零件拼裝組成的嗎？為什麼可以拆開來看？

文學作品可以拆開嗎？要回答這個問題，我們得先知道：要本身有「結構」的東西，才有辦法拆開啊。

結構有大有小，以單篇作品來說，把文學拆開來看，常見方法就是找出作品裡各元素與背後象徵意涵的潛在關係，而這種潛在關係就是「結構」。有一種閱讀的方法，認為我們必須釐清文學作品的「結構」，透過主要「結構」才能理解故事的真正意義，而不被細節所誤導、迷惑，這種閱讀方法，便是在一九六〇年代達到高峰的「結構主義」（Structuralism）。

在討論結構主義如何應用於文學之前，讓我們先概要地了解它。

結構主義興盛於二十世紀下半，常使用在語言、文化與社會行為的分析，其目標在於指出事物現象背後所蘊含的規則，代表人物有索緒爾、李維史陀（Claude Lévi-Strauss）等人。

結構主義興起時，存在主義也正值鼎盛，兩者卻有許多不同。存在主義主張人的主觀性和意識，然而，結構主義注重客觀性，尤其是深層的、無意識的規則。也就是說，結構主義不認為人的語言、文化與社會僅是各個零散的事件事物之集合體，反而認為我們應該看透繁雜的表象，找出背後的穩定系統。

廣義來說，結構主義試圖探討的「結構」是一種相互關係，作用於事物內在意義和外在表象之間，透過具有普遍性的原理規則，使得事物的意義可以透過一定的結構被生產、製造與再製造。「結構」存在於各類可拆解詮釋的文本（見323頁），例如習俗禮節、宗教儀式、語言、文學等。

由此可見，結構主義所涉及的領域相當廣大。方才提及的代表人物索緒爾是著名語言學家，以符號結構分析語言（見326頁「能指／所指」），而李維史陀則是人類學家。結構主義更能用於精神分析、文化研究、文學批評等範疇。

大致了解結構主義的核心精神之後，我們來看一看它如何發揮於文學。

結構主義對文學批評影響甚深，小說、戲劇、詩等各文類皆可分析。而結構主義批評的目標，在於對作品進行客觀的功能分析，並將之放入更大的文學系統裡面，以系統作為批評單部作品的外部參考。

怎樣算是對作品進行功能分析呢？淺顯來說，有點像是要找出「公式」。舉例而言，英雄之旅（見146頁）就是一種敘事的公式，公式裡的各種英雄原型和幾個階段的歷程，可以廣泛應用在不同類型的故事結構之中，不論主題是關於愛情或冒險，喜劇或悲劇。讓我們發現，看似毫無關係的許多故事竟有一個共同的內在結構。這種結構主義的分析方法，比較不看重表面，而看重文本的共同性。

可以說，結構主義想要找出不僅存在於單部作品的，而是在整個文學系統之內的各個作品裡都能發揮功能的原則，這需要研究不同作品間的關係。

接著我們以戲劇為例：許多人說《西城故事》（*West Side Story*）是美國的《羅密歐與茱麗葉》，兩者根本是同一個故事。這是為什麼呢？明明一個是在一九五〇年代美國的移民社區，一個在十六世紀歐洲的貴族家庭，故事背景、人物階級都差得遠了，哪裡一樣呢？

其實，看似天差地遠的兩個故事用了同一個結構。

這個結構便是：故事中有一對戀人墜入愛河，可是他們來自的家庭卻深深彼此仇恨，最後只能以死亡來讓雙方家族明白仇恨的荒謬。

如此，即使《西城故事》與《羅密歐與茱麗葉》有再多細節上的差異，在結構主義看來都是同一個故事，因為兩者具有高度相似的結構。而透過拆解結構，我們能發現這兩個看似不同的故事，以相同的規則原理昭示了相似的意義。

最後，我們不能忽略的是，結構主義有其極限和缺陷。結構主義試圖在真實而混亂的破碎表象中，尋找出蘊藏其後的完整通則，這樣的努力時常不得不對文本進行簡單化約（從上述戲劇之例，我們發現兩劇的歷史細節在分析下被忽視了），或者過度解讀，為了強行拆解分析而「創造」出多餘的意涵與結構。因此，後期的結構主義必然面對分歧與式微，但它的初衷仍留下了深遠影響。

關於結構主義的分歧，讓我們引用尚·皮亞傑（Jean Piaget）的《結構主義》作結：

我們應該承認，所有「結構主義者」所已經達到或正在追求的一個具有可理解性的共同理想，是存在的；而結構主義者們的批判意圖，則是十二萬分地不同。

結構主義本身也是如此，試圖在各種「十二萬分地不同」之中，論述、分析出一個可「理解」的（可以用一個道理去拆解的）、客觀深層的穩定結構。

095

解構主義

你又經過那張文學導讀班海報：「七堂課帶你拆解莎士比亞」。

這次你迫不及待地報名，想在專家帶領下，拆開偉大劇作的潛在結構，並找出這些作品在整個文學系統中的正確意義。

幾堂課過去，你卻發現，導讀破壞了閱讀的興致。尤其當你不同意老師的詮釋，卻一再聽到：「莎士比亞安排此情節，是為了……」你邊抄筆記邊抱怨：老師又不是莎士比亞，怎麼確定人家就是這個意思？

課堂上說的，難道就是作品原本的「正確意義」嗎？

你忍不住提問，得到了這樣的回答：「課本裡只是最權威的說法。就算同一齣劇，不同專長的學者也會讀出不同東西，甚至可能彼此矛盾。各時代看法也不同，沒有誰對誰錯……。」

沒有誰對誰錯？那作者的意見呢？

難道作品沒有一個「正確意義」嗎？

其實，有種閱讀方法正是強調文本不只有一個正確意義，作品解讀不只有一種答案，甚至連作者自己講的都不是唯一「標準解答」。

以莎翁劇作為例，人們幾百年來對莎翁的各種詮釋、研究，都一定程度地賦予了作品意義。作品的意義於是不斷生成、轉換，就算明天莎翁復活，他也不能否認這個動態過程。

如此，文本並沒有唯一正確的解讀方式，它的意義是透過與讀者互動而重寫或改寫出來的。這種閱讀方式反對了單一的系統、權威，而它的理論基礎，便來自批判結構主義的「解構主義」（Deconstruction）。

解構主義起於法國，創始人為德希達（Jacques Derrida），主要特色為：質疑傳統哲學以「理性」為中心的想法，並顛覆「二元對立」的概念，藉以突顯出存在於主流權威之外，往往被壓抑與忽視的其他觀點。

反對單一或公式化的權威解答，是解構主義的基本性質，但這使得德希達自己也表示解構主義難以定義。因此，以下僅能從幾個主要特徵來討論。

解構主義出現於結構主義之後，並對其進行批判和反思。

結構主義相信事物皆有共通原理、穩定的系統，研究目標在於找出藏於表象之後的

「結構」。可以說，結構主義所假設的「結構」系統如「真理」般穩定。然而，解構主義並不同意，解構主義認為系統並不穩定，就連「真理」也僅是人們以「非對即錯」的二元對立觀念去比較、排除、化約出來的範疇，再透過權力的運作去合理化。

也就是說，解構主義不認為「真理」單一不變。這種宣稱，大大反駁了過去哲學理論對單一真理的追求。

傳統西方思想以一個真理作為中心，延伸出一組組的「二元對立」：真理與謬誤對立，中心與邊陲，正確與錯誤，正義與邪惡，主體與客體，主流與異端，我群與他者，進步與落後，理性與感性，男性與女性……這些對立觀念，隱含了優與劣的想像，前者是主導，後者被支配。

然而，二元對立有明顯盲點。往往為了彰顯二元之間的穩定對立結構，忽視與貶低處於模糊邊界的人事物，也因此對複雜的現實進行簡化，對「正確真理以外」的對象造成壓迫。解構主義因此提出不同看法，認為概念其實是透過與其他概念比較而生（例如：要有「邊陲」才能確立「中心」），如此便從根本質疑了二元分類結構的穩定性，甚至質疑「分類」的必要，並提出顛覆的可能。

德希達在《論精神：海德格與問題》（*De l'esprit: Heidegger et la question*）就指出：

傳統的「二元對立」之所以必須被顛覆，是因為它構成了迄今為止一切社會等級制和暴戾統治的理論基礎。作為一種策略，「解構」在批判和摧毀「二元對立」的同時又建構和實現原有的「二元對立」所不可能控制的某種新因素和新力量，造成徹底擺脫「二元對立」後進行無止境的自由遊戲的新局面。

至此，我們認識了解構主義的基本精神。接著來看一看，德希達所謂「無止境的自由遊戲的新局面」，如何發揮於文學批評。

解構主義實踐於閱讀，便是強調作品解讀並沒有單一答案，並不是二元的「非對即錯」。閱讀者不必客觀地找出作者的原意，而可以透過自己身為讀者的參與，來替文本賦予意義。使得閱讀彷彿一項鼓勵人發揮想像力的遊戲，無須以原作者或專家學者作為唯一「正確」的依歸。

各種不同角度的詮釋，都參與了文本意義的生成。

舉例來說，研究同志文學（見259頁）時常用的「歪讀策略」（或稱「酷兒閱讀」〔queer reading〕），就帶有這種去中心（無論以作者或學者為中心）且反權威的特色。另外像是史碧娃克（Gayatri Spivak）也曾運用解構主義策略，剖析《簡愛》（*Jane Eyre*）在主流的女性主義詮釋以外，如何從次要角色身上看出殖民議題。那是過去文本分析認為

「不是作者原意」或「不是故事重點」，因而忽略了的聲音。

由此可見，以解構方法閱讀文學的好處，在於能夠突顯作品內部同時存在的許多觀點，尤其是被傳統方法壓抑的「非重點」。解構主義反駁了過去閱讀「找出正確重點」的直覺，讓我們注意到「正確」與「重點」往往是被建構的。

我們可以說，解構主義要的不僅僅是反抗，更是反省。反抗看似理所當然的成規，是為了思考事物更多面的複雜性質。

讀者反應批評理論

「文本的意義，是作者創造出來的。」這句話乍看沒什麼問題吧？畢竟作者就是負責構思跟寫出來的人，但在讀者反應批評理論（Reader-response Criticism）的場子，這句話會是錯的。

讀者反應批評理論認為，每位讀者閱讀文本都能創造不同的意義。然而對於傳統的批評理論而言，情況則是相反的，文本（見323頁）本來就有一套完整的意義，不會因為讀者閱讀的介入，而使得文本有分別的意義產生。

舉例來說，目前公認最早文字版本的〈小紅帽〉，是法國作家夏爾．佩羅（Charles Perrault）寫於一六九七年的作品。在這個版本的結局中，小紅帽沒有剖開大野狼的肚子，而是爬上大野狼的床被吃掉。夏爾．佩羅對〈小紅帽〉下了自己的註解，認為故事是告誡年輕的孩子們，尤其是女孩子，別隨便聽信陌生人的話，包含那些外表紳士、舉止有禮的「衣冠禽獸」。

對傳統批評理論來說，夏爾．佩羅的註解就是文本的意義。可是同樣的文本到了讀者反應批評理論手中，就會產生多種〈小紅帽〉的文本解讀。例如文本提到的「紅帽」，是否象徵什麼意義？有人說紅帽代表的是女孩的初潮，也有人說是年輕活力的意思，又或者有人說是女孩對性的好奇。即使夏爾．佩羅本人可能沒想過紅帽是否有這些象徵，但是對讀者反應批評理論來說，這些都算是文本的意義。

但是誰解釋的〈小紅帽〉才是正確的？文本能被恣意解讀嗎？

讀者反應批評理論的學者伊瑟爾（Wolfgang Iser）提出「隱含性讀者」（implied reader）與「真實讀者」（actual reader）兩種概念來解釋可能的差異。

隱含性讀者像是文本的X光掃描機，能看出作者在文本經營了哪些拿手好戲：隱喻、象徵、技法、高概念等，對文本的結構（見374頁「結構主義」）一覽無遺。真實讀者則相對是張白紙，不懂作者搬弄了什麼技巧、概念，無法明瞭文本的結構，但也正因為如此，在閱讀過程能感受到文本的「斷裂」與「空白」，反而能容納自己的親身經驗或其他知識體系，為文本創造出新的意義。

也就是說，在隱含性讀者與真實讀者的交互作用下，文本的意義能在合理範圍內誕生出多種版本。因此，文本雖然能容納新的解讀空間，但再怎麼解讀仍受限於文本本身，例如有人認為〈小紅帽〉的紅帽代表女孩對性的好奇，就必須在文本中找到能支持這一論點的證據。我們不太可能在這個故事裡討論「直升機有什麼意涵」，因為文本裡沒有這個元素。因此，文本解讀雖然是多元的，但仍然有一定的合理範圍。

能在文本找到證據，似乎就能避免誤讀的可能。然而對於讀者反應批評理論來說，閱讀本身就沒有對或錯的結果。學者費許（Stanley Fish）認為，文本解讀沒有所謂的正確，因為閱讀是受到讀者所在的「社群」所影響。他提出「解釋共同體」（interpretive communities）的概念，每個社群各自有一套閱讀策略，而多個社群則表示有多套閱讀策略。舉例來說，台灣讀者是一個社群，不一定能像歐美讀者直接聯想〈小紅帽〉的「紅」是年輕、危險的意義，因為在漢人文化的脈絡裡，「紅」通常代表喜氣的事物。而女性主義讀者又是另一個社群，可能會採取父權框架的策略來解讀〈小紅帽〉。

閱讀文本就像開箱禮物的盛會，每個人有著不同的文化背景與成長經驗，打開箱子後就能與文本結合，「組裝」成不同的禮物。像是對性別議題敏感的人，就能看見文本展現的性別觀點。對社會階級關心的人，就能發現文本運用到的馬克思理論（見348頁）觀念。每個人拿到的禮物，沒有優劣或對錯之分，僅是作為文本的一種樣貌而已。當我們拿著獲得的不同禮物彼此分享，或許還能激盪出新的意義，創造文本的新詮釋版本。所以啊，千萬不要小看讀者呢。

女性主義

讓我們在進入任何一個情境前，先透過「女性」經驗與立場出發，透過「女性」這個身分所承受過的壓迫與恐懼，提醒我們不斷思考：什麼是我的身分？這個與他人的身分差異，帶給我什麼樣的經驗與意識？以及，我能夠從這個身分差異所帶來的痛苦與迷惑中，擁有一個更好的我嗎？

這是女性主義想要陪伴你一起叩問的事情。

一般認為，「女性主義」起源於近代歐洲的啟蒙運動，來自各個階層的人們，希望能打造更為平等、自由的社會制度。英國作家瑪麗．沃斯通克拉夫特（Mary Wollstonecraft）在一七九二年出版了《女權辯護》（*A Vindication of the Rights of Woman*）一書，針對當時輿論反對「讓女性也能受教育」一事，做出主張：「女性在國家社會中應當享有與男性相同的基本權利，而不應被視作男性的從屬或是婚姻交易中的財產。」作者與該書成為女性主義的重要先聲，首先指出了同樣身為人類，女性卻因為

「性別差異」而遭受不平等對待。

從此，隨著爭取權利的運動蓬勃發展，女性主義論述也不斷獲得反思與補充。女性主義帶來的衝擊，遠不僅僅是「反思女性作為一個人，卻無法獲得和其他人一樣平等的權利」，而是當人們去意識到「女性」所遭受的不平等，有著許多不同面向與層次時，我們將不得不發現「社會上充斥著壓迫，人們卻常因習慣於是視而不見」。因為擁有著這樣挑戰直覺的反思性，女性主義的發展，經歷過一波又一波的批判浪潮，看似圍繞著女性自身的經驗與權利，卻又不僅僅只是限縮在「女性」這個標籤上。

比方說，女性主義指出：在一個以男性為主要支配地位的「父權」社會中，女性常被視為男性用以傳宗接代、誇耀展示的資本，但亦強調在這樣的權力支配過程中，男性亦是受到社會觀念的壓迫與誘導，必須在非自願的情況下，受強迫去追求有別於女性陰柔形象的「陽剛氣質」。在父權體系的壓迫中，男女性的權力固然有高低之分，但一樣都是失去了追求自我的機會，一樣被迫承受外在的想像與羞辱，抑制了個體的可能與自由。

要談論台灣的女性主義文學創作，得先釐清，女性主義是一個思考框架，而非檢驗試紙。有些作品本身是為了實踐女性主義而創作，亦有些只是直抒胸臆，卻深刻推進了女性主義思潮的影響力。在不同時空與議題脈絡中，女性主義的範圍與深淺亦不一致，並無絕對的標準與定義。

台灣的女性主義與女性文學創作，在鄉土文學最高峰過後的一九八〇年代，出現了首波大規模浪潮。眾多女性作家隨著社會氣氛放鬆，紛紛透過報刊舉辦的文學獎嶄露頭角。她們多以過往少見的女性心靈、經驗為主題，提供了前所未見的思考角度，對當時的社會大眾與文學圈都造成重大影響。

其中，李昂的《殺夫》以聳動的題材，將性別問題中的性與暴力，尖銳赤裸地坦露在大眾視野，造成轟動話題，並在往後也持續了高度批判力的創作路線。廖輝英的《油麻菜籽》則是透過寫實筆調，鋪寫女性如何在家庭與社會的縫隙中，受盡擠壓又堅韌不屈的生存姿態。蕭麗紅以長篇小說《千江有水千江月》，連接了台灣的鄉土生活氛圍與中國古典文化，對方言的使用、世俗情愛的描寫，有著典範性的影響。

在解嚴後，女作家的創作更加蓬勃多樣，明確與「閨秀文學」這樣明顯帶有刻板印象的框架漸行漸遠。她們的創作不再僅是作為「男性視角與經驗外的補充」，對於台灣的政治、歷史、國族議題亦展開深刻的探討，如袁瓊瓊《今生緣》、平路《行道天涯》。隨著社會對於平權觀念的重視，此後帶有女性主義色彩的創作，也更頻繁涉及更多主體意識的建構、權力界限的運作與創傷經驗的揭露。世紀末的邱妙津以長篇小說《鱷魚手記》講述女同志如何得在痛苦中隱蔽自我；近年則有林奕含的長篇小說《房思琪的初戀樂園》、楊婕的散文〈我的女性主義的第一堂課〉等作品，都在網路上激盪起巨大聲量，讓人們反覆意識到：在一個因性別未能平等的社會內，形形色色的人們將如何生活在痛苦與恐懼中，卻不為他人所見。

在女性主義的思辨下，人們意識到，要理解女性受到的壓迫，就必須要理解社會上的不平等如何形塑，就會自然而然去擴及思考：社會的集體意識如何在各個層面中壓迫個人？這個過程讓女性主義從不只僅是涉及女性。女性主義所推動的思考方向——亦是推動著女性主義不斷反思的核心，就是讓每個人能以自身為起點，開啟一場「社會想像VS.個人心靈」的抗爭。

女性主義永遠有其未竟之處，因為它要我們不斷懷疑：「在種種看不見的玻璃天花板之下，我們真的更加自由了嗎？」為此，我們必須不停地將我們的經驗、感受、思考，再一次地、再一次地拋向這個社會。

後現代

各位讀者來到這裡，想必是先讀了「現代主義」（見352頁）這個詞條了吧。歡迎來到「後現代」。在這個詞條裡，只有一條核心規則，那就是「不要」輕易相信任何規則。如此一來，你便接近了「後現代」的思考方式。

例如，光是「汙水」與「污水」一詞，教育部與水利署就頒布了兩個不同的用字標準；前者要求學生，後者要求公務員。具有「作家」與「水利人」兩個身分的我，該相信哪個？是的，這個五光十色的世界，所有東西都被各式各樣的說法、符號與描述所包圍，我們幾乎不可能確認「什麼才是事物的真相」。這種「只有不同說法、沒有單一真相」的社會狀況，被學者李歐塔（Jean-François Lyotard）命名為「後現代情境」（La condition postmoderne）。

在過往，人們或許會有不同的價值觀，但至少都會相信「某處存在著事物的真相」。以文學來說，雖然浪漫主義、現實主義、現代主義的信念各自不同，但它們都相信有一種最好、最正確的文學值得追求。然而，李歐塔認為，這種「相信有真相」的「大敘述」，在後現代的社會裡已經不存在了。我們要如何去確定某種文學一定勝於另一種？我們怎麼知道，我們所持有的好壞標準，是不是某種政治因素或文化偏見導致的？因此，「後現代」的文學表現可以被定義為「對大敘述的不信任」。

反應在文學創作裡，後現代作品往往都致力於呈現「不要相信任何東西、包含你眼前正在閱讀的文字」這樣的不穩定性。卡爾維諾《如果在冬夜，一個旅人》，本質上就是一個「尋找《如果在冬夜，一個旅人》這本書」的故事。這趟追尋之旅，我們會看見同一書名下，各種互相衝突、風格差異極大的版本，其形式和內容都在表達「單一版本的故事並不存在」。

在一九八〇年代，後現代也進入台灣文壇，引發了一波「後現代」創作。其中最具代表性的，當屬黃凡的〈如何測量水溝的寬度〉。情節內容如標題，以「測量水溝」這麼「無聊」的事情為主題，本身就在挑戰「文學一定要講一個嚴肅主題」的「真理」。並且，小說也並沒有乖乖沿著「測量水溝」的主軸來寫，敘事者一下子跑去書店買文具，一下子叫讀者去問報社，甚至吐槽自己所寫下的東西。這樣「自己拆解自己主軸」的寫法，正是後現代的思考方式。如果有讀者嫌它離題、無意義，黃凡這樣的後現代作家可能會反問：「文學不能離題」、「文學必須有意義」的「真理」真的是不能挑戰的嗎？

後現代只相信一條真理：世界上沒有任何確定的真理。（當然，也有人會質疑：那上述那句真理就是真理嗎？這豈不是一句自我矛盾的話？）

後現代的積極意義，在於解除不同文本之間的位階高低，從而打開更多元的視野。台灣文壇引入後現代的時間，差不多與「解嚴」同時，於是使得過往被壓抑的女性、同志、本土、生態、原住民等種種觀點傾巢而出，迎來了一波「眾聲喧嘩」的年代。同時，學術界也漸漸從過往「只關注經典文學」的態度，轉而研究更多通俗的、大眾的、不同媒介的文本。既然沒有絕對的真理，沒有絕對的好壞之分，那就什麼都值得探討，端看我們以什麼視角來閱讀。

另一方面，也有人認為後現代「不相信有真理」的虛無態度，很可能會削弱弱勢群體的抵抗力量。因為當權者也可以套用後現代的邏輯，去指責弱勢群體「你所說的也不是真理」。因此，後現代雖然仍有其影響力，但已漸漸不是文學界最主流的思潮。

後殖民

在聊「後殖民」之前，我們先簡單談一下殖民。人類歷史上的殖民關係，可以粗淺的分成三個階段。

第一階段是在第二次世界大戰以前，殖民列強直接在「軍事」與「政治」上統治殖民地，讓殖民地人民徹底喪失了國家主權。

第二階段是隨著第二次世界大戰結束，絕大多數殖民地國家在政治上獨立，但因為貿易的不平等、技術與金融差距，「經濟」尚未能完全脫離原宗主國的依賴，名義上雖然並未被殖民，但形同殖民地被剝削。

到了第三階段，人們發現即使政治與經濟都成功獨立，在殖民過程中被影響的「文化」卻很難自主，也就是這篇要聚焦討論的「後殖民」——除了政治與經濟，受影響的文化要如何獨立。

在「後殖民」領域裡，有三位重要的學者：愛德華．薩依德（Edward Wadie Said）、霍米・巴巴（Homi Bhabha）、史碧娃克。他們分別從不同角度，提出了批判殖民文化的理論。

薩依德在一九七八年所出版的《東方主義》（*Orientalism*），可說是開啟了後殖民的討論。他批評學術研究與文學寫作裡，西方人將自己作為主體，去書寫、研究「東方」。這些作品不斷強調東方人的神祕、墮落、專制與古老。並且，透過西方強勢的媒體、學術和文化體系，這些印象覆蓋了東方人真實的樣貌，甚至成為「東方人的本質」，這種歪曲、扁平的想像，就被薩依德稱為「東方主義」。

第二位理論家霍米・巴巴，是在印度成長的波斯人後裔，且印度也曾長期受到英國殖民，因此時常需要面對複雜的文化認同問題。而他提出的最著名策略，是「混雜」（hybridity）和「模擬」（mimicry）。

霍米・巴巴認為，被殖民過後的文化不可能「回復原狀」，試圖回復原狀反而可能造成傷害。因此，他主張「混雜」：既然殖民宗主國的文化影響像幽靈一樣陰魂不散，不如就混合得更徹底，從中誕生出新的第三空間，以此彰顯本土文化的活力。

在文學中，混雜更常出現在語言上，例如王禎和的〈嫁妝一牛車〉中有這樣的句子：「說王哥柳哥映畫裡便看不到這般好笑透頂底。姓簡底衣販子和阿好凹凸上了啦！」其中書寫的文字是中文，但「映畫」是日語，笑透頂底的「底」則是民國初年結構助詞的用法。整篇小說都充滿了中文、日文和台語文的「混雜」痕跡。

「模擬」則是說，如果殖民宗主國有某些優勢，藉由模擬能讓身分調轉，從被觀察的客體變成主體，甚至以此混淆、滲透殖民者的文化。比如日治時期的台灣文化人學習日語、日本文化，並且利用這些知識來對抗日本殖民者。

第三位理論家史碧娃克則著重於「女性主義理論在處理東方經驗時的盲點」。當過西方社會改善性別歧視的同時，應該也要注意到發展中國家的女性受到經濟上的壓迫，例如跨國大公司的一個決定，可能使東南亞婦女被迫承受低薪勞動的工作。此外，她著名的〈從屬者可以發言嗎？〉（Can the Subaltern Speak?）一文，則思考了知識分子如何協助被殖民者、女性等從屬者發出自己的聲音，又不會代言、剝奪了從屬者的主體性。

以上介紹，僅為較具代表性的幾位後殖民理論家。實際上，不同的後殖民理論家對於如何抵抗、批判殖民文化，都有著不同的進路。由於台灣長期被殖民的經驗，學界非常盛行以「後殖民」來分析過往的文學作品。因此，後殖民理論也成為理解台灣文學史的基本素養。

離散文學

台灣是一隻綠色的眼睛。孤另另地漂在海上。
東邊是眼瞼。
南邊是眼角。
西邊是眼瞼。
北邊是眼角。
眼瞼和眼角四周是大海。

——聶華苓，《桑青與桃紅》

聶華苓的小說《桑青與桃紅》中有兩名女子，一是自中國內戰逃來台灣，卻不得不繼續躲藏的「桑青」；另一是非法移民的「桃紅」，狂妄地將豔遇情史寄給移民局。可是讀者讀到後面就會驚覺：原來桑青、桃紅是同一人？

小說安排人物分裂出兩人的理由，我們最後再來談。我們先來認識《桑青與桃紅》歸類在「離散文學」的原因。

文學評論家李歐梵為《桑青與桃紅》下了一段註解：「在這個世界性的移民大地圖中，我們都是桑青與桃紅的子孫。」也就是說，每個不在原鄉的中國人，都能在桑青與桃紅身上看見自己的影子，道盡中國移民者的「離散經驗」。

所謂的「離散」（diaspora）源自希臘文diasperien，其中「dia」是「跨越」（through/across）的意思，「-sperien」是「散播種子」（scatter/sow）的意思，結合起來即離鄉背井、散居各地的族群，而且在《聖經．舊約》中，diasperien專指被流放的猶太人族群。

離散與一般的旅遊、移民有什麼不同嗎？通常離散指的是非自願狀況下的跨境，例如迫害、戰爭發生，甚至是國家滅亡，因而不得不遷離家園，尋找新的居留地。然而旅遊及移民通常是自願性地遷移，且旅遊常指暫時性的移動，並非永遠移居異地。

對於落腳新地的離散第一代，他們既有關於家園的記憶，同時得試圖融入新居留地的文化，因此這群人對自我認同的定位，時常遊蕩在家園與居留地之間。人類學家柯立佛（James Clifford）將這樣的處境，比喻成「根」（root）與「路」（route），意即族群自同一歷史根源地出發，享有相似的過去與記憶，卻在新居留地發展出數條指向未來的路徑，而離散會不斷在根與路之間來回對話。

人類關注到離散議題，與交通科技的發展也有關聯，尤其是十九世紀以後出現了火車、輪船等交通工具，人們有能力進行長程遷移，因而對離散主題更加留意，衍生出處理離散處境的文學作品，稱為「離散文學」。

在二戰以後，離散文學觸及到更廣泛的離散經驗，例如在種族屠殺中倖存下來的猶太人、滯留西伯利亞勞動營的日本戰俘、捷克布拉格之春的政治逃犯、馬來西亞五一三事件出走的華人等，還有聶華苓所代表歷經中國內戰與台灣白色恐怖的一代中國人。

離散文學關注的主題，經常與「鄉愁」有關，像是余光中〈鄉愁〉：「給我一瓢長江水啊長江水」那般傾訴對祖國的思鄉之情。另一個常見主題是「自我認同」，不僅是描述遷移、思念原鄉的情感，還強調舊有的自我認同，在新地方如何受到挑戰與融合，是一連串文化認同的抵抗與妥協的過程。

其實離散包含的字根「-sperien」便體現了挑戰與融合過程的兩面性。究竟離散的族群在新地方是主動地散播種子，抑或被動地插枝落地？兩種心態交織出複雜的自我認同。

正是因為有妥協與抵抗兩股力量不斷衝撞，使得離散文學展現某些特徵，像是語言的斷裂與切割，如猶太詩人保羅・策蘭（Paul Celan）因納粹屠殺猶太人而屏棄慣用的德語書寫。這樣的語言特性，在《桑青與桃紅》則是用火柴排文字的方式表現：

桑娃最喜歡擺字的遊戲。我擺出最簡單的字。

天下太平

她用手把字攪亂了。她說簡單的字不好玩。她要擺複雜的字。她照著報紙上的字擺。擺一個拆一個。樂得格格笑。

國

殺

戰

賊

作家透過重新拆解原鄉文字，傳達離散的傷痛，而在《桑青與桃紅》，那個傷痛便是控訴威權對這一代知識分子的追殺。

同樣以華語書寫的馬華作家，如黃錦樹、張貴興、李永平，以及滯留海外的留學生，諸如郭松棻、張系國等人創作的文學，主題都與離散有關，也被視為離散文學。戰後移居日本，用日語書寫的陳舜臣、邱永漢等人的經驗，也算是離散文學。在離散文學的世界，語言變得更有彈性與包容力，不再是辨別國族認同的唯一特徵。

那樣的認同，既是試圖對原鄉切割，也是試圖與原鄉連結，矛盾的命題構成離散文學的核心。從這一點來看，便不難理解為何《桑青與桃紅》要讓女主角分裂出兩個人格，體現離散者經歷的認同複雜性。好比與聶華苓同世代，同樣流亡美國的作家於梨華曾說：「別問我為什麼回去。為什麼回去與為什麼出來，是我們這個時代的迷惑。」那道永恆的迷惑，就是離散文學特別的地方。

不過，別以為離散僅存於上一代人的記憶中，直到現在離散仍持續在我們周圍發生，像是來到台灣工作、生活的東南亞移工、新住民，試圖融入台灣的文化生活，也帶給台灣豐富的家鄉文化。他們的經歷不也是離散經驗嗎？二〇二〇年第七屆移民工文學獎優選作品〈編織宿命 Merajut Takdir〉，描述移工職訓中心的剝削以及移工逃亡的故事，作者Etik Purwani在接受記者訪問時，說寫這個故事是想告訴讀者，面對剝削時，移工不是一群安靜的人。

正因如此，離散文學成了一艘能包容離散經驗的方舟，乘載了離散族群想要傾訴的故事。

作者介紹

呂珮綾

一九九七年生，畢業於國立臺北教育大學。曾獲台中文學獎、新北文學獎、教育部文藝創作獎、國藝會創作補助等。文字作品散見副刊。合著有《島嶼拾光．文物藏影：臺灣文學的轉譯故事》。

撰寫詞條

001——形式／內容
002——隱喻
003——意象
004——象徵
010——結構
012——抒情
041——詩意
042——分行／迴行
043——節奏
044——音樂性
046——陌生化
049——新詩／現代詩／現代派運動
054——文學獎
061——文類
070——圖像詩
089——象徵主義
090——超現實主義
092——兩個根球論

班與唐

一九九三年生，曾獲台積電文學賞等文學獎，著有歷史小說《食肉的土丘》、《安雅之地》。寫小說之餘，嗜好探勘有趣的台灣歷史，經營YouTube頻道「熬夜的便當（BenDon）」。

撰寫詞條

秦佐

屏東人，畢業於國立政治大學歐語系西班牙文組，另輔中文系，目前就讀政大語言學研究所。曾任長廊詩社顧問，現為想像朋友寫作會成員。喜歡海洋、光影、寂靜、讀與寫。

曾獲國藝會文學創作補助、全球華文青年文學獎、教育部文藝創作獎、台積電青年學生文學獎、臺中文學獎、屏東文學獎等。

著有散文集《擱淺在森林》。

撰寫詞條

陳泓名

小說、散文創作，成大水利工程系畢業，獲時報文學獎、台北文學獎、鍾肇政文學獎、吳濁流文學獎，獨立書店楫文社負責人。出版小說集《湖骨》、中篇小說《水中家庭》。

撰寫詞條

陳冠宏

一九九六年生，專職文字工作與活動策劃。長篇小說創作計畫《東宮行啟》獲文化部青年創作補助，曾任「雲端漫遊」獨立書店線上展、「南島嶼族」文學市集策展人，合著有《島嶼拾光・文物藏影：臺灣文學的轉譯故事》。

撰寫詞條

蓋彧

本名吳俊賢。
關注文學教育的跨域應用、創傷與成長敘事。
畢業於東海中文系、清華台文所，「想像朋友寫作會」第一屆總幹事。
二〇一九年「眾聲起噪——顛島文藝營」總召。
補教業、桌遊編輯、文學＆教育企畫工作者。

撰寫詞條

總顧問

朱宥勳

一九八八年生。畢業於清華大學人文社會學系、清華大學台灣文學研究所，專長為現代小說、文學批評。曾獲金鼎獎、林榮三文學獎、全國學生文學獎、台積電青年文學獎。已出版個人小說集《誤遞》、《堊觀》、《以下證言將被全面否認》，評論散文集《學校不敢教的小說》、《只要出問題，小說都能搞定》、「作家新手村」系列二冊、《他們沒在寫小說的時候：戒嚴台灣小說家群像》、《他們互相傷害的時候：台灣文學百年論戰》，長篇小說《暗影》、《湖上的鴨子都到哪裡去了》，散文《只能用4H鉛筆》。與黃崇凱共同主編《台灣七年級小說金典》，並與朱家安合著《作文超進化》。曾擔任奇異果版高中國文課本執行主編，並於鳴人堂、蘋果日報、商周網站、想想論壇等媒體開設專欄。個人網站：chuckchu.com.tw。

撰寫詞條及篇章

第一區「創作觀念」導言：培養高手的眼力

第二區「圈內行話」導言：「自己人」的氣息

第三區「文學理論」導言：文學真的需要那麼「理論」嗎？

LOCUS

LOCUS

L O C U S

LOCUS